眞魔傳説

Of Dark

진마전설

목형 판타지 장편소설

FANTASY FRONTIER SPIRIT

마존전설 2부

진마전설 4

목형 퓨전 판타지 소설

초판 1쇄 찍은 날 § 2006년 12월 22일
초판 1쇄 펴낸 날 § 2007년 1월 2일

지은이 § 목형
펴낸이 § 서경석

편집장 § 문혜영
편집책임 § 서지현
편집 § 심재영

펴낸곳 § 도서출판 청어람
등록번호 § 제1081-1-89호
등록일자 § 1999. 5. 31
어람번호 § 제1-0782호

주소 § 경기도 부천시 원미구 심곡1동 350-1 남성B/D 3F (우) 420-011
전화 § 032-656-4452 팩스 § 032-656-4453
http://www.chungeoram.com
E-mail § eoram99@chollian.net

ISBN 89-251-0471-7 04810
ISBN 89-251-0216-1 (세트)

Of Dark
목형 판타지 장편소설
FANTASY FRONTIER SPIRIT
진마전설
마존전설 2부
4
각성(Awakening)
청어람

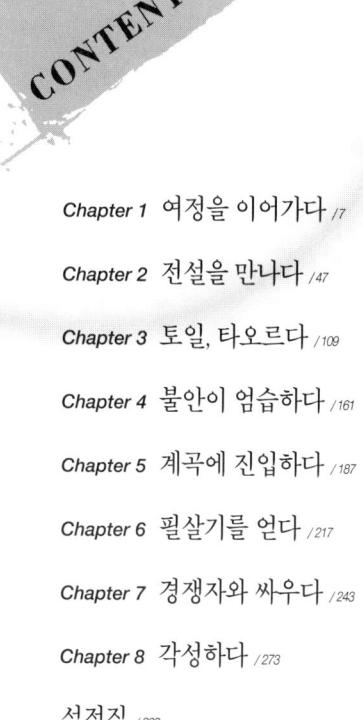

CONTENTS

Chapter 1

여정을 이어가다

"누나~ 이거 꼭 해야 돼? 안 하면 안 될까~?"

수한은 그 예쁜 얼굴로 궁극(?)의 아양을 떨며 수진에게 매달렸다. 하지만 수한의 미태에 단련될 대로 단련된 수진에겐 그저 마이동풍일 따름. 때문에 수한의 간절한 애원에도 불구하고 그녀의 태도는 극히 단호했다.

"안 돼!"

…이런 이유로 인해 수한우 결국 모종의 '연극'을 펼쳐 보여야만 했다.

＊　　　　＊　　　　＊

"이거, 너무 시간이 걸리는데⋯⋯."

냉정함이 지나치다 못해 간혹 냉혈인간으로까지 취급받는 로빈. 그런 그가 지금 연신 안절부절못하며 불안한 속내를 전혀 감추지 못하고 있었다. 한 집단을 지휘하는 책임자로서 절대 추천할 만한 행동 양식이 아닌 모습. 하지만 그 주위에 있는 사람들에 비해선 극히 양호한 모습이기도 했다.

"우오오오~"

쾅쾅쾅!

자기 자신에 대한 무력감과 그 누군가에 대한 분노를 이기지 못해 손에 든 무기로 연신 주위 자연 경관을 파괴하는 데 주력하는 사람들. 진정한 화풀이는 이런 식으로 해야 한다는 듯 지극히 열정적으로 움직이고 있었다.

"으으으으~"

달달달.

수전증 말기라도 된 듯 연신 신음성을 토하며 두 손, 두 다리를 사정없이 떨어대는 사람들. 불안, 초조라는 단어를 전신으로 표현하는 전위예술의 극을 보여준다.

하지만 그런 정신질환의 초기 증세를 보이는 사람들 중에서도 군계일학이 있었으니, 그의 이름은 바로 란슬롯이라.

"어떡하지? 지금이라도 당장… 아니야. 괜히 피해만 늘 수가… 아니지, 내가 이러는 동안에 그녀가 어떤 고초를… 으~ 안 돼, 오 작가님이 간 이상 경거망동은……."

머리를 쥐어뜯으며 왔다 갔다 왕복은 기본, 연신 뭐라 중얼거리다 가끔씩 손에 든 검을 허공에서 휘두르는 것으로 초조한 심정을 양껏 드러내는 란슬롯. 3초 간격으로 급변하는 그의 행동 양식은 이미 정신분열증 말기의 전형적인 모습이다.

그러나 란슬롯을 비롯한 토벌대원들의 이런 모습은 나름대로 이유가 있었으니…

"으~ 아무리 위급한 순간이었다곤 하지만, 마리안느 양을 신경 쓰지 못하다니… 이 란슬롯, 일생일대의 대실수!! 크흑~"

그렇다. 이들의 우왕좌왕, 난감무쌍의 행태는 수한의 실종에서 기인된 것. 그 연약하고 가냘픈, 거기에 인세에 보기 드문 미모를 지닌 초절정미녀―그 실체는 시도 때도 없이 '남자는 힘이다'를 부르짖는 극마초주의의 선두주자이지만―를 그런 위험천만한―살기등등한 오십 기의 데스 나이트가 한바탕 칼춤을 추는―전장에 남겨두었으니, 그 죄책감과 안타까움을 어찌 말로 다 표현할 수 있으랴?

심지어 수한을 그리 중요시 여기지 않는 팝콘과 레드 역시 제단엔 흥분하는 기색이 역력했다. 하지만 그렇다고 지금처럼 만신창이가 된, 그것도 반수 이상 줄어든 전력으로 다시 단톨 시로 향하기엔……

"조금만 더 참읍시다. 블랙, 아니, 오 작가님이 가셨으니 무슨 수가 있겠죠. 거기다 우리가 가봤자 방해만 될 게 뻔하지 않습니까?"

"크윽, 하지만……."

일행 중 그나마 티끌만 한 이성을 유지하고 있는 로빈. 수진의 직업상 특징을 누구보다 먼저 간파한 그는 기다리는 게 상책임을 주장하며, 연신 폭주 직전의 란슬롯을 만류했다. 하긴 지금 상황에서 토벌대가 가봤자 집단 자살 이상의 성과가 없을 테니.

하지만 어디선가 아련히 들려오는 비명성에 로빈의 그 냉철한 이성 역시 저 광활한 우주 너머의 먼지로 화했다.

"까아아아악!"

"응?! 이건?!"

자신이 잘못 들었기를 간절히 빌며 확인차 란슬롯을 돌아보는 로빈. 그러나 평소 준보살 급의 사람 좋아 보이는 란슬롯의 얼굴이 흉살악귀의 그것으로 변한 걸 볼 때 제대로 들은 것이 분명하다.

그렇다. 그것은 분명 마르안느 양(수한)의 비명 소리인 것이다.

"크윽~ 역시 도저히 안 되겠다!!"

우왕좌왕의 그 끝을 달리던 란슬롯. 이제 도저히 참을 수 없다는 듯 한 시간 전 그들 일행이 탈출했었던 단톨 시를 향해 내달리기 시작했다. 비록 그 행동이 무모하다 못해 맨땅에 헤딩하는 짓이라 할지라도 이대로 가만히 있기엔 그의 심장은 너무나 뜨거웠던 것이다. 그리고 그런 란슬롯의 행동에 다른 토벌대원들 역시 자극을 받아 하나둘씩 그 뒤를 따르는데…

"에휴~ 여기서 가만히 기다렸다간 평생 비겁자 소릴 들겠군."

입으론 이런 변명 비스무리한 소릴 해대지만, 어느새 란슬롯의 바로 뒤에서 내달리고 있는 로빈. 결국 한 시간 전 비참한 몰골로 도주했던 토벌대는 다시 한 번 데스 나이트들이 우글거리는 단톨 시로 향했다. 그리고 그런 그들이 단톨 시의 입구에서 본 것은…

"이히히히~ 고통에 울부짖어라! 쾌락에 몸부림쳐라! 절규하고 갈망해라! 이히히히."

"주군을 위하여!"

"매직 미사일! 매직 미사일!!"

'그분(?)'이 강림한 듯, 분위기에 심하게 도취되어 데스 나이트들에게 즐거이 채찍을 휘둘러대는 여왕, 수진. 그리고 각자 사명감에 불타오르며 마법과 검의 이상적인 조합의 극의를 보여주는 기사와 마법사, 시드와 토일. 놀랍게도 그들 세 명은 백 기에 달하는 데스 나이트들을 일방적으로 몰아붙이고 있는 게 아닌가? 지금껏 단톨 시 밖에서 안절부절못했던 란슬롯 일행이 극도의 허무감에 빠져들게 만드는 광경.

하지만! 정작 란슬롯 일행의 시선을 집중시킨 건 데스 나이트들 사이에서 종횡무진, 용맹무쌍한―어딘가 박진감이 부족해 보였지만― 활약상을 보이는 그들이 아니었으니…

―크큭 자, 어서 수청(?)을 들어라.

"이거 봐요. 당신 같은 사악한 존재와는 한시도 같이 있을 수 없어욧!"

격렬한 격전의 중심에서 멀찍이 떨어진 그곳, 거기엔 품 안에서 벗어나려는 듯 버둥거리는 수한과 그런 그를 더욱 억세게 끌어안는 '척' 하는 데스 나이트가 있었다.

…어디 초등학교 연극에서나 나올 법한, 상황에 전혀 어울리지 않는 유치찬란한 대화와 그에 못지않은 어설픈 몸짓. 뭐, 일단 겉모습만은 마왕에게 희롱당하는 미녀의 그것이긴 한데, 이렇게 연극에 소질이 없어서야.

하지만 정작 그 광경을 목격한 란슬롯 일행에겐 리얼리티가 폭주하는 실제 상황이나 다름없었다.

"으아아아아~"

넘쳐 나는 의기와 분노에 광란 상태가 되어 데스 나이트들에게 뛰어드는 란슬롯과 토벌대 사람들. 자신들의 상대가 백기에 달하는 데스 나이트라는 전력상 차이 따윈 눈곱만치도 고려하지 않은 채 특공(?) 정신을 발휘한다. 그리고 그 광경에 남몰래 한숨을 내쉬는 수한.

소설─비록 그것이 특정 소수 사람들을 위한 글이긴 하지만─까지 쓰는 사람답지 않게 어설픈 연극을 제안한 수진. 그녀의 유치할수록 잘 먹힌다는 말도 안 되는 강변에 넘어가 '이 짓'을 하긴 했는데… 설마 사람들이 이 허술하기 그지없는 연출에 속아 저리도 광분할 줄이야.

"하아~ 역시 세상엔 내가 모르는 게 많구나."

뭔가 심오한 듯하지만 알맹이가 없는 헛소릴 늘어놓으며 수한은 그렇게 재차 한숨을 내쉬었다. 그리고 그가 그러는 사이, 수진이 연출 감독을 책임진 이 한 편의 연극은 눈 뒤집힌 용병들의 광기 어린 활약상에 의해 점차 그 끝을 달리기 시작했으니…

─크아아악!

채챙!

비명 소리와 검들의 마찰음이 난무하는 일대 격전. 그런데 그 진행은 가히 일방적, 그것도 토벌대 측의 우세가 아닌가? 불과 한 시간 전 토벌대를 거의 가지고 놀던 그들이 맞는지 의심스러울 정도로 어이없이 쓰러지는 데스 나이트들. 결국 '98' 기의 데스 나이트들은 그렇게 전멸했고(일부러 맞아주는 이상 전력 차이가 무슨 소용이 있으랴?), 장내엔 결국 수한을 겁박한 데스 나이트만이 남겨진다.

"마리안느 양, 걱정하지 마십시오! 저희들이 반드시……."

"너도 기사라면 어서 마리안느 양을 풀어주고 검을 들어라! 그럼 우리도 정정당당히 일 대 일 대결을……."

"우우~ 기사 체면이 있지… 최소한 지킬 건 지켜라!"

─크윽~ 이럴 수가… 이놈들이 이렇게 강해지다니…….

장내에 유일하게 남은 '마지막' 데스 나이트를 둘러싼 채 협상(?)을 제시하는 토벌대 사람들. 이에 데스 나이트는 짐짓 당황한 기색을 노골적으로 보인다. 그리고 소설에서의 인질범이 늘 그렇듯 주위의 압박에 못 이겨 '실수로' 수한을 놓치고 마는데…

"지금이닷!!"

그 순간의 빈틈을 노려 수한을 구출하고, 데스 나이트의 가슴에 치명적인 일검을 가하는 란슬롯. 평상시 지나칠 정도로 공명정대한 그의 성품을 고려할 때 전혀 예상치 못한 행동이지만… 사랑에 눈 먼 남자의 행동, 그것도 인질범에 대한 것이니 이 정도는 용납(?)해 주자.

어쨌든 그것으로 상황 종료. 데스 나이트는 왠지 사람들의 가슴을 절절히 울리게 만드는 명대사를 날리며 최후를 맞이한다.

―크아악~ 역시 사랑의 힘 앞에는 마(魔)의 강대한 힘도 어쩔 수 없다는 건가?

…너무나 유치찬란한 내용에 닭살이 돋긴 했지만, 그 단말마 비명성은 너무나 유효적절했다. 자신들의 어마어마한 업적, 데스 나이트 토벌에 대해 조금이라도 미심쩍어하던 몇몇 선각자(?)들은 이로써 면죄부를 받게 된 것이다. 아마 그들 가슴속 깊숙한 곳에서 솟구쳐 오르는 정체불명의 위화감은 이로써 해소되었으리라. 심지어 일행 중 그나마 냉철한 로빈조차 사람의 잠재력은 역시 무한하다는 식으로 납득하는 모습.

'세상에… 역시 언데드는 언데드란 건가? 그런 대사를 안색 하나 안 바꾸고 그렇게 자연스럽게 외치다니… 그리고 이놈들은 뭐가 그리 당연하다고 고갤 끄덕이는 거야?!'

눈앞의 어처구니없는 상황의 진실을 아는 수한은 그저 답답할 뿐. 왠지 세상이 미쳐 돌아가는 느낌이다. 그나마 위안으로 삼을 수 있는 건…

'이제 더 이상 이런 짓은 안 해도 되겠지?'

여장에 이어 야오이 작가가 각본, 연출을 맡은 3류 연극까지. 이제 정말 할 만큼 했다. 그러니 더 이상 이런 황당한 일 없이 보다 무난한 여정을 이어나갈 수 있으리라.

…물론 수한 혼자만의 생각이었다.

"와아아~"

처음부터 작정을 하고 돈질을 한, 엄청 두껍고 튼튼한 흑목강의 재질로 이루어진 마차 안. 그러나 고레벨다운 예민한 오감 탓에 수한은 바깥의 열렬한 환영 인파의 열기를 조금의 가감 없이 전신으로 느낄 수 있었다. 이에 그의 입에서 쉴 새 없이 새어 나오는 한숨 소리(도대체 그의 입에선 한숨이 끊길 날이 없다).

"에휴~ 내가 정말 무슨 짓을 하는 건지……."

일부러 남루한 로브를 걸치고 폭급한 성질을 억누르며 최대한 조신하게 행동했다. 오직 사람들의 이목을 피하기 위해서!! 그런데 자신의 그런 작은 희망은 지금 이 순간 무참히 짓밟히고 있었으니.

비록 외부와 단절된 마차 안이라곤 하지만 너른 대로의 중심에서 수천, 수만 명의 인파에게 둘러싸인 채 꽃비를 얻어맞고(?) 있는 게 현 상황. 거기다 이런 환영 인파를 헤치고 지난 뒤 일국의 왕을 직접 배알해야 한다. 수백 명의 귀족들 앞에서!! 대체 왜!? 어째서?!! 자신이 이런 고초(?)를 겪어야 한단 말인가? 이건 전부 다…

"뭐, 새로운 스폰서를 구하기 위해선 어쩔 수가 없어? 로빈, 이 자식! 나중에 내 손에 죽었어!"

　데스 나이트 토벌전에서의 초반 약세와 현재 전력 부족 문제를 고려, 마침내 결단을 내린 로빈(란슬롯은 어디까지 얼굴마담, 로빈이 바로 진짜 실세인 것이다). 그는 이전처럼 소극적으로 토벌대원들을 모집하는 것에서 탈피, 아예 스폰서(?)를 구하기로 결심했다(하긴 란슬롯과 로빈의 사비만으로 토벌대의 보급품과 월급을 감당하기엔 그들이 제아무리 부자라 할지라도 간당간당할 터이니).

　이에 삼대재앙 중 하나를 해결한 유명세를 몰아 다음 목표인 '나르빌' 주위의 왕국들 중 스폰서를 물색했고, 로빈이 최종적으로 선택한 곳은 프로인 왕국! 바로 수한의 권속인 시드가 얼마 전까지 몸담았던 곳이다.

　…뭐, 거기까진 큰 문제가 없었다. 이미 수한이라는 새로운 주군을 얻은 시드로선 프로인 왕국에 조금도 미련이 없는 상태. 과거에 대한 추억을 잠길지언정 언데드의 정체성(?) 문제로 고민한다거나 하는 일은 없었다.

　문제는! 바로 수한의 처지. 토벌대를 끝까지 따라가야 할 입장인 그로선 당연히 프로인 왕국에 동행하는 게 당연지사. 그것도 로비(?) 활동을 위해 적극 몸을 굴려야(절대 무릇한 의미가 아니다!!) 하는 처지가 되었던 것이다.

　물론 수한의 미모에 해롱거리는 란슬롯들이 그런 행동에

마냥 기뻐할 리 없고, 수한 스스로도 그런 걸 하고 싶을 리가 없다.

하지만!! 어디 음침한 구석진 곳에서 연신 키득거리고 있을 수진의 압박은 수한의 자존심과 주위의 만류를 일거에 해결할 만큼 위력을 지녔으니.

결국 이런저런 이유로 인해 수한은 잘 포장(?)되어 프로인 왕국의 왕궁으로 향하는 신세가 되었다. 그것도 지금처럼 군중들의 열렬한 환호를 받으면서 말이다.

자연 수한으로선 이런 상황의 가장 근원적인 원인인 수진을 탓하는—그에게 감히 그럴 용기가 있겠는가?—대신, 만만한 로빈을 원망하는데… 자신이 직접 자원한—적어도 겉으로 보기엔—주제에 이런 생각을 하다니, 역시 세상의 모진 풍파를 덜 겪은 모양이다.

한편 수한이 호화찬란한 마차 안에서 그 안을 한숨 바다로 만들고 있는 그때, 한창 원망의 대상이 되고 있는 로빈은 행렬의 선두 열에서 란슬롯과 앞으로 계획에 대해 한창 논의 중이었다.

"돈이 문제가 아닙니다. 체계적인 훈련을 받은 군대의 지원, 아니, 적어도 일 개 기사단의 지원을 반드시 얻어야 합니다."

"하아~ 그게 과연 가능할까요? 아무리 대륙의 큰 골칫거리를 해결한다는 명분이 있다곤 하지만, 일국의 알짜배기 전력을 명분만으로 움직이기엔……."

"아니, 가능합니다. 적어도 이곳 프로인 왕국에서는. 나르빌은 이미 예전부터 프로인 왕국이 탐내던 땅. 그들로선 이런 좋은 기회를 놓칠 수 없을 겁니다. 특히나 지금처럼 '말론'에게 영토의 삼분지 일이나 침탈당한 상황에선 말입니다."

데스 나이트들에게 워낙 호된 경험을 한지라 로빈은 이번에야말로 철저히 준비하겠다는 생각인 모양이다. 하긴 데스 나이트들의 경우엔 막판에 극적으로 승리했다곤 하지만 그것은 어디까지 요행(?)에 가까운 기적. 단순한 행운이나 우연보다는 철저한 준비를 바탕으로 한 전략을 우선시하는 그로선 이것이 지극히 당연한 반응인 것이다. 특히 데스 나이트들에게 그 험한(?) 일을 당하고도 끝까지 토벌대에 잔류한 마차 안 '누구' 탓에, 그의 각오는 더욱 남다를 수밖에 없었다.

그리고 란슬롯 역시 그런 그의 생각에 동의하는 바였으니… 적어도 그는 삼대재앙 토벌전 이면에 숨겨진 진실을 일부나마 알고 있었기 때문이다.

암중에 모든 일을 조장하고 있는 수진. 세간엔 유능한 미인 작가(비록 그 집필하고 있는 내용이 문제이긴 하지만)라 알려졌으되, 그 실체는 미소년을 농락하는 어둠의 여왕이라. 그런 그녀의 영향력을 조금이라도 배제하기 위해선 토벌대 자체 전력을 높이는 게 최선인 것이다.

결국 각자의 사정에 의해 더욱 각오를 다지는 두 사람. 그리고 그렇게 앞으로 계획을 정리하자, 그제야 그 두 사람은 행렬을 구경 나온 군중들의 열렬한 환호성과 사방에서 뿌려지는 꽃비를 인지할 수 있었다.

"하하하, 이거 너무 반기는데요?"

"그렇군요. 지금까지 딴생각에 빠져 몰랐는데… 이거야 원, 마치 전장에서 막 귀환한 개선장군이라도 된 기분입니다."

…이들의 집중력에 박수를. 이미 군중의 열렬한 분위기에 휩쓸려 헤롱헤롱거리는 다른 토벌대원들—특히 팝콘과 레드—의 모습과는 너무 다르지 않는가? 거기다 단순히 분위기에 휩쓸리지 않는 것이 아닌, 현 상황에 대한 냉정한—이런 냉정함을 수한에게 적용한다면 더욱 좋았을 텐데…—분석까지 하고 있다.

"…그만큼 지도층에 대한 불만이 많다는 소리군요."

"보다 정확히 말하면, 기사의 왕국에 기사다운 사람이 없다는 게 문제죠. 그나마 있던 트루 나이트, 시드조차 축출되어 행방불명되었기에 대중들로선 새로운 영웅이 필요한 겁니다. 비록 그것이 타국인이라도 할지라도."

"시드? 아, 그러고 보니 마리안느 양을 호위하는 기사의 이름도 아마……."

"하하하, 동명이인이겠지요. 얼핏 연무하는 모습을 보니 란슬롯 경과는 감히 견줄 만한 실력이 아니었습니다."

"이런, 그분도 어느 정도 실력이 있으신 분인데… 로빈님이 제 얼굴에 금칠을 하시는군요. 솔직히 로빈님이야말로 무식한 저와는 달리 일행을 이끄는……."

…던져 준 먹이(?)도 못 받아먹는 녀석들(하긴 폴리모프를 하여 얼굴이나 체형이 크게 변한 시드를 알아본다면 그게 더 신기한 일이다), 그저 좋다며 상대방을 칭찬하기에 바쁘다. 덕분에 행렬이 왕궁에 들어섰을 땐 그 두 사람의 얼굴은 황금색(?)으로 번들거릴 정도. 그러나 그것만으로도 부족한지 왕궁에 들어서자 궁정부원이 그들 일행에게 아예 황금 엑기스 메이크업(?)을 펼쳐 보인다.

"이 시대가 낳은 진정한 영웅이자 신의 의지를 대행해 악을 섬멸한 성기사의 표상인…(중략)… 란슬롯 경과 그와 함께 대륙의 공포에 맞선…(중략)… 대륙의 희망들이 입장합니다."

길고 긴, 그러나 단 한 번도 같은 문구가 들어 있지 않은 무려 10분간에 걸쳐진 소개. 그 고문 아닌 고문이 끝난 다음에서야 란슬롯 일행은 거대한 홀로 들어설 수 있었다. 그리고 그런 그들을 맞이한 건 가지각색의—그 화려한 때깔에 비해 극히 촌스러운—정장을 걸친 수백 명의 사람들과 높은 단상에서 그들을 내려다보는 프로인 왕국의 국왕이었다.

"어서 오시오. 왕국의 귀빈들을 환영하오."

"기사왕국의 제1기사를 배알합니다."

50대 중반의 곱게(?) 늙은 국왕의 환대에 란슬롯은 일행을 대표해 기사의 예로 답례했다. 그리고 이어지는 지나치게 멋을 부려 고어적인, 통상적이면서도 더없이 따분한 대화들. 일단 겉으로 보기엔 일국의 국왕과 세상이 인정한 영웅의 만남에 더없이 어울리는 진행이었다.

…만약 '그 일'이 없었더라면 말이다.

"하하하, 란슬롯 경, 그대는 진정 영웅이오. 그 무시무시한 삼대재앙 중 하나를 토벌하다니… 그런 영웅이라면 당연히 그에 걸맞은 검이 필요한 법. 어떻소? 그대의 역량을 이번 기회에 한번 시험해 보지 않겠소?"

슬슬 알현 시간이 지루해질 때쯤 은근한 목소리로 제안하는 왕. 지금껏 점잖은 옆집 아저씨의 얼굴을 하던 그가 이제 전문 사기꾼의 기운을 내뿜기 시작했다. 그리고 그 모습에 뭐라 형용할 수 없는 불길함을 느낀 란슬롯과 그의 일행들. 하지만 정작 그 불길함의 실체를 가장 먼저 깨달은 이는 수한의 옆에서 멀뚱히 서 있던 시드였다.

"서, 설마?"

뭔가를 깨달은 듯, 양손을 부서질 듯 꽉 쥠으로써 자신의 흥분을 은근슬쩍 어필하는 시드. 그는 속으로 자신의 생각이 틀리길 간절히 빌며 왕을 몰래—일단 상황이 상황인 만큼—노려보기 시작했다. 하지만 지금까지 늘 그렇듯, 그 순간 구현될 수 있는 가장 최악의 상황 전개에 대한 예측은 결코 빗나가지 않았다.

왕좌 옆에 마련된 작은 단상에게 다가간 왕. 이어 단상 위에 걸쳐진 큼직한 흰 천을 손수 걷으며 자랑스럽다는 듯 소리쳤다.

"자, 보시오! 이것이 바로 우리 프로인 왕국이 자랑하는 신기, '영광의 검' 이오!"

"오오오오~"

'이런, 미친⋯⋯!'

십자 형태의 손잡이 부분에서부터 번쩍이는 검신에까지 고풍스런 문양이 새겨진, 1.5m 달하는 거대한 양손 검. 세밀하게 새겨진 문양이 아니었다면 지나치게 단출한 장식으로 인해 투박하게까지 느껴졌을 그것. 하지만 그 정체는 대륙에 존재하는 오대신기 중 하나이며, 기사라면 그 누구라도 한 번쯤 욕심을 가진다는 절세의 신검, '영광의 검(Claymore Of Glory)' 이었다.

"자, 어서 들어보시게, 란슬롯 경. 만약 경이 이 검을 다룰 수만 있다면 그것의 진정한 주인은 바로 그대일 터."

란슬롯을 연신 채근하며 검을 들 것을 종용하는 프로인 왕국의 국왕. 언뜻 보기엔 영웅을 위해 왕국의 최고 보물조차 넘겨주는 통 큰 국왕의 그것과도 같은 모습이었다. 하지만 그 이면에 실린 진실은 너무나 추악했으니.

'영광의 검', 현존하는 가장 강한 자만이 들 수 있다고 알려진 검. 그리고 지금까지 그 누구도 혼자선 들지 못한 '애물단지'이기도 했다. 그런데 그런 검을 들어보라고? 누구보다 영광의 검에 대해 잘 아는 시드로선 절로 욕설이 튀어나왔다.

검이 지닌 무게로 인해 저 단상에 옮기기까지 수십 명이 동원되었을 것이다. 그것도 신기에 대한 예우를 깨끗이 무시한 채 쇠사슬로 묶은 뒤 질질 끌며 옮겼으리라, 결코 그런 식으로 취급받을 물건이 아님에도!!

하지만 그런 건 이후 벌어질 일에 비하면 아무것도 아니었다. 왕의 영웅에 대한 질시로 인해 벌어질 일에 비하면 말이다.

저 사람 좋게 웃고 있는 왕의 속셈은 너무나 뻔했다. 누구도 들지 못할 검을 들도록 종용한 뒤, 결국 그것을 들지 못한 영웅을 한껏 조롱한다. 그럼으로써 '기사왕국의 제1기사'라는 호칭에 어울리지 않는 자신의 무능력을 감추고, 누구도 해

내지 못한 업적을 이룬 자에 대한 질투 어린 감정을 해소하려는 속셈.

검의 주인인 나도 검을 들 수 없지만, 영웅인 너도 그것을 들 수 없구나. 그러니 너와 내가 무엇이 다르냐?

세상 모든 이들이 인정한 영웅을 깎아내리고, 그것을 통해 자기 만족을 느끼려는 프로인 왕국의 국왕. 왕국의 든든한 기둥이었던 시드를 질투심에 사지로 몰아넣은 자가 할 만한 생각이 아닌가?

하지만 그런 야비한 생각을 전혀 눈치 채지 못한 란슬롯은 방금 전 자신이 느낀 불길함을 단순한 기분 탓으로 돌리며 천천히 검을 향해 걸어나갔다. 그도 검을 쓰는 기사로서, 아니, 한 명의 유저로서 어찌 이벤트 급 아이템이 탐나지 않겠는가? 때문에 그는 검을 드는 일에 과감히 도전했다.

"그럼, 한번 해보겠습니다."

검이 놓인 단상 앞에서 왕에게 고개를 한 번 숙인 뒤 천천히 검의 손잡이 부분을 쥐는 란슬롯. 그런 그의 모습에 왕과 주위 귀족의 얼굴엔 슬쩍 비웃음이 스쳐 지나갔다.

이자 역시 다를 게 없구나. 결국 너 역시 창피와 수모를 당한 뒤 이곳에서 쫓겨날 것이다.

란슬롯을 어떤 식으로 모욕할지 궁리하며 옆 사람들과 숙덕이기 시작하는 프로인 왕국의 귀족들. 그리고 일말의 기대를 품은 채 란슬롯을 바라보는 로빈을 위시한 토벌대 사람들. 저마다 앞으로 벌어질 일을 기대하며 단상에 놓인 검과 그 검을 쥔 란슬롯을 주목했다.

하지만 그렇게 무수한 상념이 요동치는 거대 홀 한가운데에선 누구도 눈치 채지 못한 격렬한 싸움이 벌어지고 있었으니… 시간과 공간을 무시한, 오직 초월자만이 느낄 수 있는 거력 간의 충돌. 수한은 자신의 의지와는 무관하게 그 싸움의 주역이 되었다.

'어라? 이게 뭐야?'

주위 시간이 정지한 듯 모든 사물이 느려진 채 홀로 정상적으로 움직이는 공간. 마치 그가 이형환위를 펼칠 때의 주위 경관과 같았다. 하지만 현재 수한은 주위의 긴장된 분위기에 잠식되어 이형환위는커녕 손가락 하나 까딱하지 않은 상태. 즉, 지금의 현상은 그의 의지와는 별개란 의미다. 그리고 이런 현상의 원인은 놀랍게도…

'검 주제에 어떻게 이런 막강한 기운을……!'

장내에 미친 듯이 요동치는, 심지어 두 눈에 뚜렷이 보이기까지 하는 마나의 유동. 그 중심엔 방금 전 프로인 왕이 선보인 큼직한 검이 있었다.

그렇다. 놀랍게도 그 검은 일개 아이템 주제에 수한을 능가하는 기세를 내뿜고 있었던 것이다. 그것도 수한의 시공간을 장악하면서. 마치 수한을 자신의 적수로 인정한다는 듯, 결투(?)를 신청하는 '영광의 검'. 하지만 수한의 입장에선 너무나 자존심이 상하는 일이다.

상대가 제아무리 신기라 할지라도 마왕씩이나 되는 자신이 밀리는 모습을 보이다니.

'오냐, 누가 이기나 해보자.'

최근 들어 연전연패를 당해 가뜩이나 자존심에 심각한 타격을 입은 수한. 불끈 솟구치는 호승심을 누르지 못하고 검이 내뿜는 기세에 조금씩 대항하기 시작했다.

…물론 주위 상황을 고려, 마력을 사용하지 않고 순수한 육체적 힘만으로 말이다.

우우우우웅—

'으으윽~'

자신의 영역을 급속토록 확대, 수한을 밀어내려는 검과 그 역장에 버티는 수한. 장내의 그 누구도 알아차리지 못한, 둘만의 밀고 밀리는 그 싸움은 어떤 생사혈투보다 치열했다.

하지만 그 결과는 애초에 예정된 것이나 마찬가지였으니… 비록 강대한 마왕의 힘을 지녔다곤 하나, 그중 극히 일부민을 쓰는 수한이 신외 권능을 품고 있는 신기를 제압하기엔 턱없이 부족한 게 당연하지 않은가?

'으윽, 젠장… 내가 졌다.'

몸 안에 잠재된 강대한 마력을 쓴다면 지금 당장이라도 뒤집을 수 있는 승부. 그러나 스스로의 자존심과 주위 이목을 고려, 결국 수한은 검의 기세에 그대로 굴복했다(두 눈 뒤집은 채 판을 뒤집기엔 역시 수진의 채찍질이 두려운 모양이다). 그리고 검의 거친 반항을 맨몸으로 받아낸 탓인지 간만에 기절하는 센스를 보이는데… 그나마 역시 주인공이라는 듯, 정신을 잃는 와중에도 자신의 본분(?)을 끝까지 잊지 않는다.

'젠장, 저거 팔 수만 있다면 대박인데……'

…비록 그 내용이 돈에 대한 끝없는 갈망과 집착이긴 했지만 말이다.

'응? 검이 운다?

영광의 검을 쥐는 순간 란슬롯은 화들짝 놀랐다. 자신의 의지와는 별개로 검 스스로 진동하는 게 아닌가? 혹시 이게 말로만 들었던 '검이 주인이 선택한다'는 건가?

'좋았어. 내가 반드시 너를 들어주지.'

…수한과 한창 기세 싸움을 하는 탓에 검이 스스로 진동하는 거지만, 란슬롯이 그런 사실을 알 리 없다. 그저 이벤트 급 아이템은 역시 뭔가가 다르다며 감탄할 뿐. 그리고 그런 감탄 속에 불끈 힘을 주며 마침내 검을 들어올리기 시작하는 란슬롯.

"으으으윽~"

처음부터 힘을 잔뜩 준 채 용을 쓰지만, 애초부터 '자격'이 없는 란슬롯이 검을 들 수 있을 리 없다. 그런데!

"어어~ 저거 봐!"

"이럴 수가?!"

현재 수한과의 기세 싸움으로 인해 본신에 대한 영향력이 크게 감소한 영광의 검. 그 탓인지 란슬롯의 움직임에 따라 조금씩 들썩이기 시작한다. 이런 현상은 지금까지 수많은 사람들이 도전했음에도 단 한 번도 없었던 일. 왕을 비롯한 귀족들은 경악할 수밖에 없었다.

'이런, 말도 안 되는… 아니지, 이럴 때가 아니지.'

자칫 왕국의 최고 보물을 두 눈 뻔히 뜨고 강탈—…프로인 국왕이 느끼기엔 그러했다—당할 판. 이에 프로인 국왕은 체면이고 뭐고 황급히 란슬롯을 제지하려 했다. 그런데 바로 그때!

"잠……!!"

"아~"

털썩.

"응? 마리안ㄴ 양?!"

프로인 국왕의 다급한 음성이 채 대전에 울려 퍼지기도 전에, 토벌대 한복판에서 풀썩 쓰러지는 인영. 귓가를 스친 낮

익은 신음성과 뭔가 불길한 예감에 란슬롯은 순간적으로 등 뒤를 돌아봤다. 그리고 혼절한 수한의 모습에 자신도 모르게 손에 쥔 영광의 검을 내팽개친 뒤 수한을 안아 드는데…

'설마 그런 험한 일을 당한 뒤 강행군을 해서… 내가 좀 더 신경 썼어야 했는데…….'

혼절한 수한을 부둥켜안으며 연약한 자신의 공주(?)를 챙기지 못한 스스로를 탓하는 란슬롯. 이미 그의 뇌리엔 이벤트급 아이템에 대한 미련 따윈 깨끗이 사라진 지 오래다.

그리고 그 광경에 내심 안도의 한숨을 내쉬는 프로인 국왕. 란슬롯이 혹여 다시 영광의 검에 도전할까 두려워 서둘러 알현을 마친다.

"허험~ 정말 안타깝게도 검을 드는 데 실패했구려. 아마 검의 주인은 따로 있는 모양이니 너무 아쉬워하지 마시게. 그럼, 란슬롯 경. 나중에 무도회장에서 봅시다."

자기 할 말만 마치고 도망치듯 물러나는 프로인 국왕. 일국의 국왕이 지녀야 할 위엄 따윈 까맣게 잊은 채 허둥지둥 체신머리가 없는 모습이다. 뭐, 하긴 그의 입장에선 그럴 수밖에 없겠지만.

어쨌든 그렇게 왕이 사라지자, 귀족들 역시 스스로로 황망함을 느낀 듯 분분히 홀을 벗어났다. 간만에 유흥거리가 예상치 못한 사태를 맞이해 저마다 당황해하는 귀족들. 그러나 단한 사람! 지금껏 국왕 옆에서 다소곳이 서 있던 가냘픈 인영만은 아무런 동요 없이 제자리를 지키고 있었으니… 란슬롯이 영광의 검을 드는 순간부터 그를 뜨거운 눈빛으로 바라보던 프로인 왕국의 공주—아, 이렇게까지 진부한 전개라니…—였다.

'…마음에 들어.'

수한을 부둥켜안으며 어쩔 줄 몰라 하는 란슬롯을 바라보며 입맛(?!)을 다시는 그녀. 벗겨진 후드 틈새로 보이는 수한의 얼굴에 전의를 다지는 모습에서 뭔가 심상치 않은 급전개가 예상된다.

…이것도 일단은 주인공의 특권(?)이라는 여난(女難)의 일종이려나?

"하아~ 나 설마 미움받고 있는 건가?"

수한은 눈앞에 늘어진 옷들을 바라보며 자신도 모르게 중얼거렸다. 하긴 파티장에 참석할 사람을 붙들어 파티용 드레스 대신 메이드복(!)이 잔뜩 쌓인 방에다 가둔다면 누구라도 그런 생각을 할 수밖에 없으리라.

거기다 더욱 기가 막힌 건 지금껏 입고 있던 로브 속 최상급 드레스, 그나마 파티에 무난할 것 같은 옷조차 세탁을 이유로 하녀들이 빼앗아 갔다는 점. 결국 눈앞의 메이드복 말고는 입을 만한 게 없다는 게 현재 수한의 사정이었다.

물론 란슬롯 및 토벌대 환영 파티에 참가하지 않는 차선책이 있긴 하지만… 그 경우 후환(?)이 막심한 탓에 반드시 참가해야만 하는 것이 수한의 또 다른 입장. 때문에 수한은…

"휴우~ 이거야 원… 이거라도 입어야 하나?"

노골적으로 창피를 주려는 암중인의 의도와는 달리 그저 담담히 메이드복들 중 자신의 사이즈에 맞는 것을 뒤적거리는 수한. 하긴 뭘 입든 여장인 것 자체가 마음에 안 드는 그이니, 메이드복과 화려만발 드레스가 무슨 차이가 있겠는가? 하지만! 주인공의 위기에 늘 등장하던 도우미는 이런 상황을 도저히 용납할 수 없었던 모양이다.

"짜짠~ 여기 구박받는 가녀린 소녀에게 꿈과 희망을 주는 마녀가 등장했습니다!"

"마… 녀? 이제 스스로 정체성을 깨달은 건가?"

"…넌 신데렐라도 모르냐? 이런 삭막한 녀석 같으니. 뭐, 일단 넘어가 주지."

언제나 그렇듯, 어디선가 불쑥 등장한 수진. 그녀의 난데없는 등장에 이제 수한은 놀라지도 않는다.

물론 겉으론 평온해 보일지 몰라도 그 속은 나름대로 복잡하다.

'칫, 역시 아직 멀었군. 이번에도 기척을 전혀 눈치 채지

못했어.'

　고작 1년―그것도 현실 시간이 아닌 가상현실 시간으로!― 전엔 거의 대등했던, 아니, 수한에게 일방적으로 밀리던 게 수진이다. 그런데 지금은 마왕으로 승급한 수한이 도리어 농락당하는 형세. 아무리 냉정히 생각해도 능력치와 그 외 모든 것이 수진을 월등히 앞섬에도, 수한은 그녀에게 도통 맥을 못 춘다. 단지(?) 패턴을 읽히고, 스킬 운용 능력의 차이로 인해서!!

　이에 수한으로선 늘 자극을 받을 수밖에 없었고, 자연 틈틈이 수련을 함으로써 설욕전을 꿈꾼다.

　…물론 그게 가능할지는 아무도 모르지만 말이다.

　'다음엔 반드시……'

　강함에 대한 열망으로 두 주먹을 불끈 쥐며 앞날을 기약하는 수한.

　그리고 수한이 그렇게 딴생각을 하는 사이, 지금껏 쌓아온 노하우를 바탕으로 열심히 수한을 치장시키는 데 여념이 없는 수진. 마치 지금 이 순간을 위해 준비해 왔다는 듯 그녀의 행랑창에선 가지각색의 액세서리와 화려한 파티복들이 쏟아져 나온다. 물론 간만의 작업(?) 와중에도 주위에 널려 있는 메이드복 몇 벌을 은근슬쩍 챙기는 센스 역시 선보이는 그녀.

　이럴 걸 보고 세간에선 유비유환(?)이라 부른다.

족히 수백 명을 한번에 수용할 수 있는 거대한 파티장. 화려한 의상과 보석들로 치장한 사람들은 각자의 재력을 자랑하거나 가문의 위세를 드높이는 데 신경 쓰고 있었다. 간혹 서로 눈이 맞아 스텝을 밟으며 춤을 추는 사람들도 있지만, 그 음흉한 속내는 대소동이. 서로의 약점 찾아 예리하게 눈을 빛내는 자들이 대부분이다. 그리고 그런 귀족(?)다운 삶에 적응 못한 변방 귀족들은 혼자서 술잔을 홀짝이는 것이 그나마 할 수 있는 일의 전부.

때문에 그런 변방 귀족들 사이에조차 끼어들지 못한 란슬롯과 로빈은 어느 구석진 곳에서 한숨이나 푹푹 내쉴 수밖에 없었다. 대류의 희망이라고까지 불리던 사람들답지 않은 궁색한 모습들. 하지만 여기엔 나름대로 이유가 있었으니…

"이거 참, 뭐라고 해야 할지… 설마 이들이 이렇게까지 우릴 배척할 줄 몰랐습니다."

"하아~ 설마 프로인 왕국이 이렇게까지 썩었을 줄이야. 이들은 당신을 질투하고 있는 겁니다, 그것도 아주 노골적으로!! 왕국의 미래보다 영웅에 대한 견제에만 골몰하다니… 이거, 암살자를 보내지 않는 것이 다행이라고 하나?"

"허어~ 그 정도까지……."

방금 전까지 토벌대에 대한 지원을 받기 위해 열심히 로비 활동을 벌였던 두 사람. 하지만 그런 구걸에 가까운 노력에도 불구하고 아예 씨알조차 안 먹힌다. 말 그대로 철저한 무시. 조금 전 왕을 알현했을 때의 소극적인 질시가 더욱 확장 강화된 분위기인 것이다.

자기보다 잘난 사람에 대한 질투로 똘똘 뭉쳐진 귀족들. 정녕 이들이 과거 정정당당을 제1가치로 취급하던 기사왕국의 사람들인지 의문이 들 정도다.

"휴우~ 이렇게 된 이상, 차라리 조금 멀더라도 신성 나티아 제국의 지원을 받는 건 어떻습니까?"

예상과 다른 프로인 왕국의 반응에―한마디로 더럽고 치사했다― 결국 다른 방법을 모색하는 로빈. 그러나 그런 제안에 정작 신성 나티아 제국을 대표하는 성기사 란슬롯은 설레설레 고개를 흔들었다.

"어렵습니다. 나티아에선 이미 모든 역량을 '어둠의 탑'의 마족에게로 돌린 상탭니다. 이런 말 하기엔 뭐하지만… 솔직히 저도 삼대재앙이 아닌 그쪽에 투입되었어야 했는걸 억지를 부려……."

"크흠~ 그렇군요."

'어둠의 탑' 사건으로 인해 성기사 수백 명과 정예 병사 오천을 잃은 신성제국이다. 지난 수백 년간 대륙 유일―지금은 아니지만…―의 제국이었다는 이름값과 마족이라면 학을 뗄는 신성제국의 특징상 도저히 묵과할 수 없는 일. 적어도 나티아 제국의 입장에선 자신들과 무관한 '삼대재앙' 보다 제국에 직접적인 해를 입힌 '마족' 에 대한 척살이 더 중요한 일인 것이다.

"휴우~ 정말 방법이 없군요."

계획대로 풀리지 않는 현 상황에서 그저 나오는 건 한숨뿐이라… 란슬롯과 로빈은 이제 술병으로 나발을 불며 막막한 속내를 토로한다. 그런데! 두 사람이 그렇게 한창 한숨으로 바닥을 꺼뜨리던 바로 그때, 그들에게 슬금슬금 다가서는 인물이 있었으니…

"여기 계셨군요."

"응, 당신은?"

란슬롯에게 아는 척을 하며 그와 로빈 사이에 슬쩍 끼어드는 인영. 조금 전 알현장에서 란슬롯에게 뜨거운 연모의 시선을 보냈었던—입맛을 다셨던—프로인 왕국의 공주가 아니던가? 물론 유저 랭킹 1위의 고수—한 마디로 시력이 엄청 좋다는 의미다. 하긴 능력치가 얼만데…—인 란슬롯이 국왕의 바로 옆에서 얼쩡거리는 그녀를 못 알아볼 리 없다.

"레이디께선 혹시……?"

"후훗 반가워요. 저는 프로인 왕국의 제1공주 '스칼렛' 이라 해요."

척.

"기사 란슬롯이 스칼렛 공주님을 뵙습니다."

역시 예상(?)대로인 상대의 신분에 후다닥 기사의 예를 취하는 란슬롯. 로빈 역시 옆에서 엉거주춤 비슷한 자세를 취하지만… 애초에 그는 공주의 관심 밖이다. 때문에 로빈을 싸악 무시한 채 란슬롯에게만 지대한 관심을 표하는 공주.

…문제는 그 관심의 방식이다.

"후후. 반가워요, 란슬롯 경. 왕궁에서 늘 봐온 샌님들과는 전혀 다른 용맹무쌍하신 경을 만나 제가 얼마나 기뻤는지 모르실 거예요."

"…예?"

일견 칭찬인 것 같지만, 주위의 귀족들과 란슬롯 사이에 노골적으로 싸움을 붙이는 말이다. 거기다 일부러 들으라는 듯 제법 큰 목소리. 이에 란슬롯은 뜨악해져 화등잔만 해진 눈으로 공주를 바라보는데…….

그런데 이 공주란 녀석의 하는 짓 좀 봐라? 막상 그렇게 말을 꺼낸 주제에 란슬롯에게 그저 살포시 미소를 지은 뒤 그대로 홀쩍 자리를 떠버린다. 란슬롯과 로빈으로서 그저 기가 막힌 나머지 떠나는 그녀를 잡지도 못하고 멍하니 바라만 볼 수밖에 없었다.

"…지금 이거 뭡니까?"

"글쎄요, 하지만 한 가지 분명한 사실은… 지금 상황이 썩 좋지가 않다는 겁니다."

로빈의 말에 란슬롯이 번뜩 정신을 차려보니, 그들을 향하던 질투와 시기로 똘똘 뭉쳐진 시선들이 이제 노골적인 적의로 변했다. 분명 그 시작은 저들의 공주가 했건만, 어찌 된 영문인지 란슬롯들이 화풀이 대상이 되는 분위기. 하지만 란슬롯들의 무력이 워낙 출중한 탓일까? 차마 결투 신청만은 못하고 슬금슬금 눈치만 보는 귀족들. 그러다 결국엔 결투 대신 더욱 치졸한 방법으로 란슬롯들을 모욕한다.

"큭, 대륙의 아홉 별 중 한 명으로 꼽히는 란슬롯 경께서 왜 그렇게 청승맞게 계시는 겁니까? 경이라면 함께 춤추길 원하는 레이디들이 줄을 설 텐데."

비웃음에 찬 흉소를 질질 흘리며 먼저 일타를 날리는 엑스트라 A.

"하하, 설마 성기사라는 이유로 여자를 멀리하시는 겁니까? 제가 알기엔 나티아 제국에선 그런 제약이 없는 것으로 알고 있는데… 아니면 설마… 옆에 계신 분 때문입니까?"

뭔가 남자의 입장에선 엄청 기분 나쁜―수진이 지극히 좋아할 법한―뉘앙스로 란슬롯과 로빈을 엮어버리는(?) 엑스트라 B.

호시탐탐 세기의 영웅을 모욕할 건수를 찾던 귀족들이 이 좋은 기회를 놓칠 리 없었다. 이에 장내는 란슬롯에 관한 갖은 억측과 이상야릇한 루머가 무한 생산 체제로 접어드는데…

"역시나, 어쩐지 수상쩍더라니……."

"후후, 그래도 그림이 되니깐 용서를 해줘야겠죠?"

란슬롯과 로빈을 바라보며 연신 뭔가 속닥이는 귀부인들. 저마다 얼굴을 가린 그녀들의 부채가 팔랑개비마냥 빨라지며, 뭔가 기뻐하는 기색이 역력하다.

…실로 수진의 이론—야오이를 싫어하는 여자 따윈 이 세상에 없다!—을 입증하는 광경이 아닐 수 없다.

이에 자연 당황할 대로 당황한 란슬롯과 로빈. 후다닥 서로에게서 떨어지며 진실을 밝히려 하지만 이미 대세(?)는 기운지 오래다. 어느새 란슬롯과 로빈을 둘러싼 채 조소 어린 시선을 보내는 수백여 명의 귀족들. 란슬롯 등은 시간이 지날수록 더더욱 악의적인 의혹의 바다로 침몰할 수밖에 없었다.

한편 스칼렛 공주는 그 조소의 풍랑에서 멀찍이 떨어진 곳에서 자신이 꾸민 일련의 사태에 음모의 주재자다운 음흉한 미소를 짓고 있었으니… 그녀의 곁에 서 있는 엑스트라 A, B익 모습 보니 대충 전후 사정이 일목요연하게 그려진다.

"수고했어요. 이제 내가 알아서 할 테니 물러들 가세요."

"예, 공주님."

공주의 말에 슬그머니 파티장에서 벗어나는 두 사람. 공주 직속 '그림자' 답게 은밀하기 그지없는 움직임이다. 그리고 그들이 완전히 사라진 다음에서야 천천히 란슬롯에게 다가가는 스칼렛 공주.

'호호, 이제 어떻게 요리한다?'

대륙에 손꼽히는 명성과 무력, 그리고 제법 미남 소리를 들을 것 같은 얼굴. 어디 그뿐이랴? 들리는 소문에 의하면 토벌대를 운용하는 자금을 자비로 충당한다고 했다. 즉, 나름대로 갑부란 얘기. 한마디로 이보다 더 좋을 수가 없다.

"거기다 순진하기까지 하고 말이야."

지금의 난처한 상황에 버벅거리며 제대로 대처 못하는 모습을 보건대, 그녀의 뜻대로 움직이는 건 그야말로 여반장. 결혼 후에도 권력에 대한 미련을 버리지 못할 것이 분명한 스칼렛에겐 이만한 신랑감은 대륙 어디에도 없을 것 같다. 그러니 지금 기회에 확실히 낚아채야 한다!!

'후후~ 제가 구해 드릴 테니 조금만 기다리세요, 기사님.'

남색가로 몰려 기사로서의 명예가 진창에 빠지기 직전 공주 자신이 나서서 그에게 에스코트를 부탁한다. 이어 자신의 기사가 될 것을 은근히 종용한다면?

공주의 기사가 남색가일 리 없으니 루머는 자연히 가라앉을 터. 비록 병 주고 약 주고의 전형적인 전개지만, 지금의 위기에서 벗어나기 위해선 다른 방법이 없을 것이다. 그리고 란슬롯이 그녀의 기사가 된다면?

'그 뒷일이야 식은 죽 먹기지.'

이미 경쟁자로 생각되어지는 여자까지 해결한 상태이니 란슬롯으로선 결코 자신의 손을 거부할 수 없으리라.

'후후, 완벽해.'

자신의 음모에 그렇게 자화자찬하며 스칼렛 공주는 사람들을 조심스럽게 헤치며 란슬롯에게 조금씩 다가섰다. 그리고 갖가지 악성루머를 생산하는 군웅들의 입을 단숨에 봉할 결정적 대사를 내뱉으려 하는데…….

한 순진한 성기사가 나락에 빠지기 직전인 상황. 그런데 바로 그때! 그 누구도 예상치 못한 반전!!

웅성웅성!

'응?'

스칼렛이 다가서는 정반대 방향에서 점차 커져 가는 웅성거림. 이어 귀족들이 알아서 그 누군가에게 길을 터준다. 공주인 스칼렛조차 받지 못한 대접. 대체 누가?!

"서… 설마……?"

귀족들 사이에서 '그녀'의 모습이 보이기 전까지 스칼렛은 연신 설마를 중얼거렸다. 그러나 끝내내 그녀의 희망을 무참히 짓밟으며 등장한 그녀.

일국의 공주조차, 아니, 대륙 최강국인 자이드 제국의 황녀조차 감히 입을 엄두가 나지 않는 호화찬란한 드레스와 그것에 걸맞은 어마어마한 보석과 장식구들. 그러나 그것들은 어디까지 그녀의 미모를 보조하기 위한 도구일 뿐.

"오오오~"

약간 창백하게 느껴지는 피부 위로 약간 덧칠한 화장은 청순미의 극치, 거기에 촉촉이 물기를 머금은 큰 눈동자와 그것과 조화를 이룬 앵두 같은 입술은 그야말로… 감히 대륙 최고라 칭하기에 부족함이 없는 절세미녀, 아니, 여신!

그런 여신의 등장에 남녀노소 모든 귀족들은 넋을 잃고 그녀만을 바라본다. 그리고 그들의 뜨거운 시선을 묵묵히 감내하며 좌절과 절망에 몸부림치는 란슬롯과 로빈에게 다가선 그녀는…

"후후~ 란슬롯 경, 설마 숙녀의 손을 부끄럽게 만들진 않겠죠?"

란슬롯에게 슬며시 손을 내밀며 춤을 신청하는 게 아닌가? 이에 그제야 그녀의 정체를 깨닫고 경악하는 란슬롯과 로빈.

"마, 마리안느 양?!"

"아이~ 란슬롯 경, 어서요."

푸슉!

"크윽, 크리티컬……."

한쪽 눈을 찡끗하며 재차 재촉하는 그녀, 아니, 수한!! 그 귀염틱한 동작에 사방에서 코피가 분수처럼 터져 나온다. 그렇다. 지금 이 순간, 수한의 귀여움과 미모 게이지는 구현 한계치를 돌파한 지 오래. 그 누구도 그를 거부할 수 없다. 심지어 방금 전까지 란슬롯을 존망(?)의 위기에까지 몰아넣었던 스칼렛 공주조차!

결국 수한의 재촉에 조심스럽게 그의 손을 잡고 천천히 스텝을 밟기 시작하는 란슬롯. 마왕으로서 신체 능력이 최상급인 수한은 그를 부드럽게 리드하며 음악에 몸을 맡기는데… 그 광경은 그야말로 한 폭의 그림이라.

이제 방금 전까지 장내를 뒤끓었던 악성루머 따윈 찾아볼 수가 없었다. 그저 두 사람의 춤을 구경하며 란슬롯에게 한없이 부러움에 찬 시선을 보낼 뿐. 그리고 그 광경에 천장에 은신한 수진 역시 감탄사를 연발하는데…

"음~ 내가 꾸몄지만 정말 멋지군."

신데렐라를 왕자와 엮어낸 마녀의 기분이 이러할까? 간만에 좋은 일을 했다며 연신 고개를 끄덕이는 수진.

한편 수한의 작고 부드러운 손을 잡으며 속으로 감격의 눈물을 흘리는 란슬롯. 그는 자신이 수한의 기사임을 거듭 다짐하며 더욱 사랑을 불태운다.

'내 청춘에 후회는 없다.'

…하지만 이 모든 것은 어디까지 겉모습일 뿐. 이 기적 같은 반전과 뭔가 분홍빛이 난무하는 로맨스의 중심에 있는 수한의 속마음은…

'아, 젠장~ 어서 딱 한 번만 춤추고 접어야지. 왜 수진 누나는 이런 걸 시키는지, 원… 그래도 빚을 일부 감면해 준다고 했으니까 조금만 참자.'

주위의 로맨스(?)적 기대를 깨끗이 무시한 채 빚 감면에 기뻐하는 생활고에 찌들 대로 찌든 신데렐라.

…역시 현실은 결코 달콤하지가 않았다.

Chapter 2

전설을 만나다

달빛조차 겁박당한 칠흑같이 어두운 밤. 그 거대한 어둠의 장막 위로 어떤 생물체가 하늘을 활공하고 있었다. 거침없이 암천(暗天)을 가르는 그 기세는 가히 하늘의 제왕이라… 하지만 정작 그것의 정체는 궁상맞게도(?) 수 미터에 달하는 독수리가 아니라 손바닥 크기의 아담한 박쥐였다.

휘이이익~

마침내 목적지에 도달한 탓일까? 어두운 밤하늘을 유린하는 박쥐는 어느 순간 급격히 하강, 어느 거대한 건축물의 꼭대기에 그 몸을 안착했다. 그리고 서서히 자신의 몸을 변화시키는데.

뿌두둑, 뿌득.

…약간 하드코어적 변신 씬이니 설명은 넘어가고, 어쨌든 뭔가 숨긴 게 많아 보이는 음침한 인영으로 변신한 박쥐, 아니, 의문의 남자 X. 그는 잠시 자신이 도착한 거대 축조물을 내려다보며 감탄사를 토했다.

"…부럽군."

월세 단칸방에 사는 사람의 가슴 절절한 푸념을 늘어놓는 X. 왠지 무시할 수 없는 강렬한 질투의 포스가 느껴진다. 하지만 이내 그런 질투가 부질없음을 상기하고 고개를 설레설레 흔드는 X. 하긴 그와 이 거대 건축물의 주인과의 차이를 생각한다면…

"뭐, 적어도 예전엔 궁극을 똑바로 응시하던 존재였으니……."

나름대로 수긍할 만한(?) 이유를 찾은 X. 이제 쓸데없는 잡생각을 버리고 슬슬 행동으로 착수, 건물 내부로 진입하기 시작했다. 그리고 잠시 뒤, 건물 내부의 온갖 함정과 미로를 거침없이 통과한 다음 건물의 심층부에 도달하는데…….

하지만 주인이 머무는 안방과 손님 접대용 거실은 그 경계 수준이 다르다는 걸까? 지금껏 아무런 어려움 없이 장애물을 통과한 그를 맞이한 건 온갖 형형색색의, 그 화려함만큼이나 까다로운 마법진이었다.

우우웅—

"이런, 공간 결계인가?"

단순히 통과하는 것쯤이야 X의 능력을 고려할 때 그리 어려운 일이 아니다. 다만 눈앞의 장애물을 통과한 뒤가 문제. 상대의 능력이 극대화된 것에 반해 자신의 권능이 대폭 축소된 공간에서의 싸움은 필패일 수밖에 없는 것이다. 하지만…

"뭐, 어차피 싸우러 온 것도 아니니까."

나름대로 믿는 구석이 있는 탓인지 재차 거침없이 결계를 통과하는 X. 잠시 뒤 그는 마법진이 빼곡히 들어찬 거대한 공동에 들어섰다. 그리고 그 공동에 선 한 명의 인영, 주위 풍경에 비해 극히 단출하게 느껴지는 로브 차림의 존재에게 정중히 허릴 숙이는데.

"오랜만입니다, 마법의 끝을 갈구하는 자여."

평상시 오만에 극을 달하던 X가 표하는 극상의 예. 하지만 그것은 상대의 심기를 거스르는 행동이기도 했다.

—날 비웃을 셈인가, 피의 군주(Lord Of Blood)여?

X, 아니, '피의 군주'가 건물 내 들어설 때부터 감지를 했는지 불법침입에 관해선 말이 없다. 대신 뭔가 엉뚱한 것에 트집을 잡으며 이명의 노호성을 터뜨리는 로브의 인영.

인간으로서의 마지막 양심마저 저버린 채 마법에 모든 걸

바쳤고, 그 결과 지금과 같이 추악한 형상이 된 그에게 방금 전 피의 군주의 호칭은 조롱 그 이상도 그 이하도 아닌 것이다. 이에 피의 군주는 속으로 투덜거리며—거, 되게 예민하게 노네—재차 허릴 굽혀야 했다.

"설마 그럴 리가 있겠습니까? 저는 단지……."

—그만. 이곳까지 일부러 왔다면 나름대로 용건이 있을 터. 그것만 말하고 어서 꺼져라.

피의 군주가 나름대로 처세술(?)을 발휘하려 하지만 아예 씨알도 안 먹힌다. 결국 이를 부득 갈며 바로 본론으로 들어가는 피의 군주.

"이런 궁벽한 곳에 처박힌 당신에게 약간의 정보를 제공하고자 왔습니다."

오는 말이 고와야 가는 말이 고운 법. 지금껏 나름대로 저자세를 유지하던 피의 군주의 음성이 조금 퉁명스러워졌다. 하지만 상대는 그런 것에 연연하는 인물이 아닌 탓에 그저 잠자코 최신 뉴스에 귀 기울일 뿐. 결국 피의 군주만 뭔가 손해 보는 기분—내가 대체 여길 왜 온 건지……—을 음미하며 재차 입을 열어야 했다.

"…이블린님의 첫 번째 권속, 그 후보자가 한 명 더 늘었습니다."

—흥, 그래서? 난 그런 것에 관심없으니 너희들이나 실컷

치고받고 싸우도록. 그리고 그런 시답지 않은 이야기를 할 거면 다시는 이곳에 얼씬도……

조금은 놀란 기색을 기대했건만 여전히 반응이 빡빡(?)하다. 하긴 이런 반응이야 이곳에 오기 전부터 예상했던 일. 상대는 지금 당장이라도 '죽은 자의 군주'가 될 수 있음에도 그것을 거부한 자가 아니던가?

"아아~ 아직 이야기가 끝난 게 아닙니다."

―…흥. 글쎄, 더 이상 들어봤자 나에게 하등 도움이 될 이야기는 없을 것 같은데?

피의 군주가 워낙 자신만만하게 나오자 노골적으로 귀찮아하는 기색을 일부 거두는 로브의 인영. 그때를 노려 피의 군주는 그 음흉한 속내를 드러냈다.

"하하하, 아니지요. 지금 이야긴 당신에게 큰 도움이 될 겁니다. 왜냐하면… 그 새로운 후보자가 지금 당신을 노리고 이곳을 향하고 있으니까요. 그것도 신성제국과 몇몇 왕국들의 조력을 받아 대규모 병력을 이끌고서."

―…….

이번엔 정말 의외여서일까? 장내엔 무거운 정적만이 감돈다. 하지만 그런 침묵도 잠시뿐.

―흥, 올 테면 오라지. 그들 중 누가 감히 이곳까지 오랴?

"하긴 그렇지요. 백만 대군이라 할지라도 외부의 마법진을 뚫고 이곳까지 오는 건 불가능한 일. 뭐, 조금 번거롭긴 하지만 결국 알아서 자멸할 겁니다."

자신감이 넘치다 못해 폭주, 자칫 오만하게까지 느껴지는 말. 마치 절대불변의 진리라도 된다는 듯 지극히 당연하다는 투다. 그러나 로브의 인영의 정체와 그 능력을 아는 피의 군주는 옆에서 살살 맞장구를 쳐줄 따름.

바로 이런 게 처세술이란 거다. 그리고 그런 피의 군주의 아부 아닌 아부에 약간 누그러진 반응—어디까지 나름대로—을 보이는 로브의 인영.

―…좋아, 이제 용건은 다 끝난 건가? 그럼, 어서 사라져라.

"예, 제가 이곳에 온 이유는 이로써 달성한 것 같군요. 그럼, 이만……."

냉담한 상대의 반응에도 불구하고 여전히 정중하게 고개를 숙인 뒤 서서히 사라지는 피의 군주. 이간질까지는 아니지만, 어부지리를 노린다는 그의 당초의 계획은 이로써 달성됐다.

"죽음의 기사단과 합류한 어설픈 후보자, 그리고 궁극에 거의 근접한 자라… 크크크, 이거 제법 볼 만하겠군."

*   *   *

란슬롯 일행을 환영—솔직히 지들끼리 즐기기 위한 거였지만…—하고자 열린 프로인 왕궁에서의 대연회. 왜 이 왕국이 망해가는지 그 이유를 여실히 보여주듯 사흘 밤낮 흥청망청 놀자판의 진수가 펼쳐졌다. 그리고 그 대연회 기간 동안 란슬롯과 로빈은 물자 및 전력 지원을 위해 안간힘을 쓰며 로비 활동을 벌였으니…….

초반의 냉랭한 반응과 달리 마치 활화산을 방불케 하는 뜨거운 지원이 그들에게 퍼부어졌다. 그 단적인 예가 바로 왕실 친위 기사단 불곰기사단의 토벌대 합류.

…물론 이런 어마어마한—기둥 밑뿌리까지 뽑아버린—지원의 배경엔 수한의 눈웃음 덕이 컸다. 이 일을 계기로 나르빌을 흡수병합하려는 속셈이 없지 않아 있지만, 왕국의 최강 전력을 이런 식으로 함부로 다루다니… 프로인 왕국이 왜 요즘들어 휘청거리는지 그 이유를 알 만하다.

하지만!! 썩어도 준치라는 말이 있듯 완전히 썩어버린 왕과 그를 비롯한 고위층과 달리, 과거 '기사왕국'이라 불리던 프로인답게 불곰기사단의 기사들은 전원 레벨 300대를 돌파한 최정예들. 원조 토벌대들보다 훨씬 고수들로 구성된 그들의 합류는 토벌대의 사기를 높이기에 충분하다 못해 넘치는 요소였다.

그러나… 세상만사가 다 그렇듯 모든 게 다 좋을 순 없는 노릇. 그렇게 막강한 전력을 얻어 사기 만땅이 된 토벌대는 그로 인해 한 가지 큰 문제에 직면하게 되었으니…

"마리안느 양, 이번 원정이 끝나면 저와 함께할 의향은 없으십니까? 제가 그 누구보다도 행복하게 해드리겠습니다."

…누구도 원치 않은 혹이 붙었다는 점이다.

대연회의 어느 순간부터 불쑥 튀어나와 수한에게 노골적으로 추파를 보내더니, 이젠 불곰기사단의 책임자로 토벌대에 합류, 나르빌로 향하는 내내 수한에게 끈덕지게도 달라붙는 프로인 왕국의 제1왕자—이름조차 알려지지 않은 채 어느새 등장한 또 다른 엑스트라다—자연 수한으로선 심기가 불편할 수밖에 없다.

'으으~ 생각 같아서는 당장 한주먹에……'

하루 종일 마차 옆에서 말을 몰며 수한을 유혹하는 제1왕자. 워낙 지극정성이라 얼음 심장을 지닌 여자라 할지라도 넘어갈 듯 보이지만… 애초부터 여자가 아닌 수한으로선 그저 귀찮고 짜증이 날 뿐이었다. 결국엔 참다참다, 양 주먹을 불끈 쥐며 서서히 폭주 모드로 돌입하는데.

그러나 수한이 나중에 있을 수진의 타박조차 무시한 채 막 폭발하려는 순간!! 간발의 차이로 란슬롯이 제1왕의 목숨을 구한다.

"허험~ 왕자님, 마리안느 양이 좀 피곤한 듯 보이니 이제 그만 하시지요."

"응? 아, 알겠소, 란슬롯 경."

역시 사람은 배경이 중요하다고 할까? 신성 나티아 제국을 대표하는 성기사이자 나인스타에 속한 자의 말을 그냥 무시할 수 없는지, 왕자도 떨떠름한 표정을 지으면서도 순순히 마차에서 떨어진다(솔직히 그런 점잖은 말보다 이글거리는 란슬롯의 눈빛 탓이 컸다). 그리고 그렇게 왕자가 쫓겨나듯 물러나자, 그제야 머리까지 치솟은 화기를 간신히 내리누르는 수한.

'에휴~ 다행이다. 그래도 일국의 왕자인데 쥐어 팰 수 없으니……'

아무리 눈치가 없는 수한이라 할지라도 현재 왕자가 지닌 가치(?)를 모를 리 없었다. 토벌을 원활히, 보다 쉽게 끝내려면 왕자의 지원이 절대적으로 필요한 상황. 괜히 왕자가 어설프게 꼬장을 부리며 토벌대 사람들과 마찰을 빚으면 더욱 피곤해지는 사람은 수한인 것이다. 거기다 수한은 토벌이 한시라도 빨리 끝나야 할 이유가 있지 않은가?

'언제쯤 이 짓을 그만둘 수 있을지… 역시 토벌이 완전히 마무리될 때까진 어렵겠지? 어서 삼대재앙인지 뭔지를 때려잡고 사업을 재개해야 하는데……'

삼대재앙 토벌 초기에는 그나마 삼대재앙을 수하로 거둔다는 목표라도 있었지만, 연신 띠거운 티를 드러내는―노예

문서에 묶인 그들의 반항 아닌 반항이다—죽음의 기사단의 행동이나 점차 늘어나는 여정을 볼 때 뭔가 아니다 싶다. 하긴 자이드 제국 녀석들에게 복수를 하든, 돈을 벌어 게임을 접든, 뭐든지 빨리 결과가 나오길 원하는—성질이 더럽게 급한—수한으로선 지겨운 게 당연지사. 지금으로선 그저 한시라도 빨리 이 지긋지긋한 여장 생활을 청산하고, 지극히 마왕다운 또 다른 사업(?)을 벌이고 싶은 수한이었다.

하지만! 그런 사업은 어디까지 수진의 부탁(부탁이라 쓰고 강요라고 읽자), 삼대재앙의 토벌이 끝나야 가능하다. 그리고 그 기간 동안만큼은 최대한 얌전히 지내는 것이 상책. 자칫 정체라도 드러난다면…

"으극~ 역시 끔찍하겠군."

차마 생각조차 하기 싫은 귀찮은 일들이 연이어 벌어질 게 뻔할 뻔 자.

…수한이 괜히 왕자의 주접을 참아준 게 아닌 것이다.

어쨌든 그런 이유로 인해 조신한 요조숙녀를 흉내 내며 마차 안에 얌전히 몸을 맡기는 게 현재 수한의 상태. 하지만 이런 식으로 족히 한 달을 가만히 있기엔 얼마 전까지 대륙이 좁다 하고 질타—솔직히 대륙 변방에서만 찔끔 놀았지만, 이왕이면 다홍치마라… 이런 표현이 좋지 않겠는가?—하던 마왕, 수한에겐 너무나 힘겨운 일이다.

"가만… 이러고 있을 게 아니라, 간만에 수련이라 해볼까?"

지난 며칠간 마차 안에서 시체놀이 등으로 뒹굴거리다 마침내 뭔가 할 일을 찾은 수한. 비록 마차가 조금 덜커덕거리기는 하지만 적어도 말을 직접 타는 것보다 훨씬 수련하기 좋은 환경이지 않은가. 게다가 찰거머리 왕자까지 떠난 지금이야말로 절호의 기회, 간만에 생긴 자신만의 밀폐된 공간을 최대한 활용하기로 마음먹었다.

이에 그 즉시 틈틈이 해오던 면벽수련(?), 필살기에 대한 이미지 트레이닝에 들어가는 수한. 함부로 힘을 썼다간 바로 그 강대한 마기가 드러나는 탓에 현재 할 수 있는 최고의 수련 방법이다. 그리고 이런 수련은 의외로 그 효과가 뛰어났으니.

지금껏 아무 생각 없이 행동한 것에서 탈피, 간만에 머리 굴리니 필살기에 대한 막연한 생각을 보다 구체화시킬 수 있었고, 거기다 머릿속 모의 전투를 통해 지금까지의 전투 방식에 대한 문제점까지 파악할 수 있었던 것이다.

…역시 단순히 몸으로 때우는 것에는 한계가 있었다.

어쨌든 이로써 단순히 능력치와 스킬에만 의존하던 것에서 벗어나 진정한 고수로서의 수순을 밟기 시작하는 수한 비록 '절대반지'를 통한 데스로드 승급을 포기했지만, 이렇게 새로운 돌파구를 뚫게 된 것이다. 그리고 수련을 함에 따라 조금씩 들러붙는(?) 자신감에 수진과의 설욕전뿐만이 아니라 자이드 제국의 리버스 일당에 대한 복수도 다시 한 번 꿈꾸는데…….

한편 수한이 그렇게 자기 계발에 열을 올리며 간땡이를 키우는 동안, 나르빌을 향해 질풍같이 이동하는 재앙토벌대. 한시라도 빨리 대륙의 골칫거리를 해결하기 위해, 그들은 한마음 한뜻으로 내달렸다. 그리고 간간히 왕자의 열정적인 구애에 수한이 몸서리를 치는 것을 제외하곤 별 탈 없이 이동한 끝에 정확히 두 달째 되는 날, 토벌대 일행은 마침내 나르빌에 도착할 수 있었다.

어느 날 갑자기 나타나 단 하루 만에 나르빌 공국의 수도를 초토화시킨 정체불명의 마법사. 그가 선보인 잔혹한 학살극에 공왕을 비롯한 대부분의 귀족들은 처참한 죽음을 맞이했고, 공국 내에 거주하던 모든 사람들은 극심한 공포에 휩싸인 채 공국을 등져야만 했다. 그리고 그 광법사의 정체나 학살극의 이유조차 밝혀지지 않은 채 5년의 세월이 지난 지금! 란슬롯을 위시한 토벌대의 눈앞에 펼쳐진 나르빌은…

"…이거 정말 심하군. 이 넓고 기름진 땅이 이렇게까지 황폐해질 수 있다니…….."

분명 몇 년 전까지는 황금색 물결이 넘실거렸을 밀밭, 그러나 지금은 그저 흙먼지가 휘날리는 황무지일 따름이었다. 그리고 인적이 완전히 끊긴 채 유령 마을이 되어버린 수십 개의 마을들. 그것은 말 그대로 '고요한 폐허'였다.

"이거야 원… 어찌 된 게 살아 있는 생물체 하나 안 보이는군. 그 억센 마물들조차 이곳에선 살아갈 수 없다는 건가?"

이래서야 보급은커녕 상대에 대한 정보 수집조차 어렵다. 아니, 단순히 그런 게 문제가 아니다. 나르빌 전체에 깔린 비정상적인 분위기에 토벌대의 용병들, 심지어 저 강건한 불곰 기사단의 기사들조차 동요하는 모습이 역력했다.

'어떻게 이 넓은 땅에 사람 하나 없는 거지?'

'뭔가 불길해. 그리고 왠지 몸이 무거운 게…….'

서로의 불안함에 동조하며 더욱 불안감을 키우는 토벌대 사람들. 이대로 가다간 광법사를 만나기도 전에 사기가 떨어질 판이었다. 그러나 그들을 통제해야 할 란슬롯과 로빈 역시 눈앞의 정경에 평정심을 유지할 수 없었으니… 그것은 뭐라 설명할 수 없는 기묘한 느낌이었다.

대체 무엇이 대륙의 정중앙에 위치한 이 거대한 땅덩어리를 외면하게 만들었을까? 하다못해 저 북해의 오지에서조차 생존해 가는 마물들이 왜 이곳에선 찾아볼 수 없단 말인가? 단순히 광법사에 대한 공포만으론 설명할 수 없는 기괴함. 가랑비에 옷이 젖듯, 사람들은 그렇게 미지에 대한 두려움에 잠식되기 시작했다.

하지만 란슬롯을 비롯한 토벌대 사람들이 그렇게 흔들리고 있을 때 유독 한 사람만은 아무런 두려움 없이 사태를 관조하고 있었으니, 그는 바로 수한이라.

뭐, 이제라도 주인공으로서 제대로 이름값을 하려는 모양.

'공기가 무거워. 아니, 단순히 무거운 정도가 아니라 뭔가에 빨려 들어가는 듯한……'

그 터무니없는 능력치를 바탕으로 약간의 수련을 '찔끔'한 주제에 단숨에 급성장한 수한. 이전보다 훨씬 예민한 기감으로 주위의 마나의 비정상적인 유동을 감지할 수 있었다. 그리고 그런 마나의 강제적인 움직임 탓에 토벌대가 지금처럼 동요하고 있음을 간파했다.

극히 적은 양이긴 하지만 체내의 마나가 지속적으로 빠져나간다면 본능적으로 이곳을 거부하는 게 당연지사. 마물들이 보이지 않는 것이나 토벌대의 반응은 어쩌면 지극히 자연스러운 것이리라. 하지만 정작 문제는 그런 게 아니었으니…

'어떻게 이렇게 광범위한 지역에서 지속적으로 마나를 빨아들일 수 있는 거지?'

비록 공국이라 부르지만 그 영토는 하나의 왕국에 버금가는 크기다. 그런데 그 영토 전체를 장악한, 미세한 마나의 유동을 조절하는 상대의 능력은 수한조차 전율할 지경. 거기다 결정적으로…

'저곳인가, 이 엄청난 마나가 모여드는 곳이?'

오직 먼치킨 능력치빨인 수한만이 볼 수 있는, 제법 먼 거리에 위치한 그것. 넓은 평야 위에 홀로 우뚝 솟아올라 주위 경관의 조화미를 해치는 그 무언가. 산치곤 그 폭이나 크기가 너무 작고, 그렇다고 건물로 보기엔 터무니없이 높고 크다.

'저게 대체 뭐야? 어디……'

호기심에 수한이 안력을 집중할수록 보다 확연히 드러나는 그것. 그 터무니없는 존재를 확인하는 순간 수한은 자신도 모르게 침음성을 흘려야 했다.

'…이거, 왠지 또 잘못 걸린 것 같은데.'

저주 캐릭의 업보(?)답게 수한은 이번 역시 뭔가가 불안해졌다.

그것은 장엄이라는 말조차 부족한 거대한 건축물. 드워프들의 수장인 '로드 타이거'가 과거 수한에게 선물한, 자칭 대륙 최고의 건축물이라던 '어둠의 탑' 조차 능가하는 규모였다. 마치 하나의 거대 도시를 바라보는 듯한 느낌. 한마디로 인간의 힘으론, 아니, 장인 중의 장인 드워프조차도 버거워 보이는 엄청난 크기였다. 그런데 그 건축물의 형태는 유저들에게 어느 정도 친숙한(?) 것이었으니…

"…피라미드네요."

"그렇군. 피라미드야."

"그렇죠? 피라미드였어요."

가까이 다가갈수록 혹시나 했지만 그래도 마지막까지 설마 했었다. 그런데 그 기대를 저버리고 기어코 그 모습을 드러낸 피라미드. 설마 서양 중세풍 판타지 세상에서 이런 터무니없는 걸 보게 될 줄이야… 유저들은 가상현실에서 접한 현실(?)의 양식에 입을 쩍 벌렸고, NPC들은 그 어마어마한 크기에 자지러지는 분위기다.

"…역시 들어가야겠죠?"

상식 밖의 존재에 경악한 탓에 그저 멍하니 눈앞의 피라미드만 바라보던 토벌대 사람들. 그러나 마냥 입만 쩍 벌리고 있을 순 없는지, 그들 사이의 어색한 침묵들 깨고 누군가 조심스럽게 입을 연다. 그리고 그 말에 그제야 사람들은 제정신을 차리고 부산을 떨기 시작하는데…

"야야~ 알아서 연장(?), 아니, 무기들 챙기고 이 악물어!"

전직이 심히 의심스러운 누군가의 외침에 저마다 눈빛을 빛내며 덩치빨을 자랑하는 탱커 동맹.

"각 조를 책임지신 사제님들은 일단 여기에 모여주세요~ 던전 진입 전에 가벼운 작전 타임을 갖습니다."

흥분으로 들썩이는 장내 분위기에 전혀 어울리지 않는 사근사근한 목소리로 사람들을 모으는 회복, 버프를 책임진 사제 동아리.

"이번 기회에 유저의 힘을 확실히 보여주는 거다!!"

"우오오오!"

상대가 대마도사인 탓인지 탱커 진영보다 더 열이 올라 광분하는 마법사―특히 유저들―연합.

"우린 기사 중의 기사, 불곰기사단! 기사단 전원은 그 명예를 더럽히지 말도록!"

"합!!"

왠지 분위기를 잡으며 전의를 다지는 포로인 왕국의 불곰기사단. 그리고 마지막으로 그런 토벌대를 흡족한 표정으로 바라보는 란슬롯과 로빈.

"다행이군요. 생각보다 동요가 그리 크지 않은 것 같습니다."

"뭐, 정체를 알 수 없는 미지의 적보단 이렇게 정신이 번쩍 드는 상대가 나은 거겠죠. 그나저나 이 정도 규모라면 일반적인 방법으론 건축하기가 불가능할 것 같은데……?"

생각보다 높은 토벌대의 전의에 만족하면서도 상대의 기겁할 만한 능력에 조금 불안함을 드러내는 란슬롯. 그러자 로빈 역시 은연중 그 불안함에 합류한다.

"그렇군요. 제가 건축에 관해선 아는 바가 없지만, 이건 왠지 뭔가가 위태위태해 보이는 것이… 아무래도 마법을 통한 강제적인……."

뭔가 대충(?) 쌓아 올린 듯한 외관과 그 터무니없는 크기를 보건대 눈앞의 피라미드는 결코 정상적인 공법으로 이루어진 것이 아님이 분명하다. 거기에 상대가 대마도사 급 인물이라는 사실을 더한다면… 결국 눈앞의 건축물은 마법을 통해 강제적으로 그 형태가 유지된다는 건데… 거기까지 생각이 미치는 순간, 로빈과 란슬롯의 등 뒤로 식은땀이 주룩 흐른다.

"…대마도사 급이 아니라 최.소.한. 대마도사라는 거군요."

"최악의 경우엔… 아, 아닙니다. 이미 상대를 드래곤이라 여기고 준비를 했으니, 이번엔 저번과 다를 겁니다. 그러니 너무 걱정하지 마십시오."

주위의 후끈 달아오른 분위기와는 달리 점차 싸늘해지는 가슴. 그러나 로빈은 냉철한 이성으로 그 불길한 예감을 날려버리고 서둘러 란슬롯을 진정시킨다. 일행의 간판이자 중심이 되는 인물이 동요를 하면 어쩌란 말인가?

"아, 죄송합니다. 제가 잠시……."

로빈의 노력에 힘입어 축 처진 어깨를 억지로 펴는 란슬롯. 하긴 로빈의 말대로 이번엔 정말 철저히 준비하지 않았던가?

수한에게 흐물흐물 녹아버린 프로인 왕국의 국왕과 귀족

들을 최대한 벗겨먹어, 이미 막대한 돈과 전력을 지원받은 재앙토벌대. 덕분에 토벌대 전원에게 안티 매직 계열의 아티팩트와 항마력 옵션이 붙은 최고급 갑옷들을 분배할 수 있었다. 거기다 대마도사를 상대하기 위한 특제 로빈표 훈련까지 이동 틈틈이 시행했으니… 상대가 제아무리 대마도사라 할지라도 이 정도라면 충분할 터.

"크흠~ 그럼, 이제 들어가 볼까요?"

로빈의 장담과 주위의 높은 사기에 힘입어 보무도 당당히 피라미드 내부로 들어서는 란슬롯. 그리고 그런 간판 메인 몸빵과 탱커 진영을 앞세운 채 조심스럽게 뒤따르는 토벌대 사람들. 수만 명을 학살한 미친 대마도사의 소굴에 들어선다는 긴장감 탓인지 저마다 마른침을 삼키긴 했지만, 그만큼 전의를 불태우는 모습들이었다.

…하지만 현실은 잔혹한 법. 넘치는 전의를 제대로 불사르기도 전에 토벌대원들은 발걸음을 멈춰 세워야 했다.

처음에야 아무런 문제 없이 기세 좋게 진입할 수 있었다. 비록 천연 동굴마냥 통로가 울퉁불퉁하긴 했지만 원체 넓은 탓에 진입에 큰 무리가 없었고, 그렇다고 마물들이나 트랩의 방해도 없었다. 너무나 평온한, 그래서 더욱 불안한 상황이라고 할까?

때문에 로빈은 기껏 앞장서던 탱커들 대신 토벌대 내 모든 트랩 마스터들을 전면에 배치, 혹시나 있을지 모를 불의의 사태에 대비했다. 그런데 그런 시도가 채 빛을 발하기도 전에…

"이… 이건?!"

"허어~ 아주 처음부터 작정을 했군."

피라미드에 들어선 지 고작 5분 남짓. 피라미드의 거대한 크기와 토벌대의 조심스런 이동 속도를 고려할 때 고작 출입구에 지나지 않는 위치다. 그런데 그곳에서조차 로빈의 예상을 뛰어넘는 의외의 장애물이 토벌대를 가로막아 섰으니…

"…마법진인가?"

통로의 바닥에서 시작해 좌우 벽, 심지어 천장에까지 빼곡히 들어찬 마법진. 척 보기에도 뭔가 심상치 않아 보인다.

한마디로 그곳을 그냥 대책없이 통과하기엔 간담이 서늘하다고 할까?

"젠장, 차라리 트랩이나 마물들의 습격이 낫지, 이게 뭐 하는 짓인지…….."

함정 해제와 기습 방지를 위해 앞장서던 트랩 마스터들은 연신 투덜거리며 뒤로 물러서야 했다. 대신 그 자리를 차지한 건 한껏 긴장한 채 공격 스펠을 외우고 있던 마법사들. 하지만 그들 역시 난감한 건 마찬가지였다.

이 자리 있는 마법사 전원이 공격 마법에 특화된 전투법사들. 때문에 마법에 대한 폭넓은 지식이 없어, 마법진 하면 단순히 바닥에 그리는 것이 전부인 줄 아는 사람들이었다. 자연 이런 종류의 복합 마법진에 관해선 속수무책일 수밖에 없었다.

"디스펠 스크롤을 쓸까요?"

"글쎄… 디스펠을 한다고 해도 잠시 유동하는 마나의 법칙이 아니라 주위 마나의 고착을 토대로 한 마법진의 경우엔 그리 먹히지 않을 것 같은데……."

"그냥 파괴시키는 건……."

"그러다 연쇄 폭발이나 마나 간섭으로 인한 위력 증폭이 일어나면 어쩌려고?!"

"그럼, 역시 마법진의 구동 원리를 일일이 해석하는 것 말고는……."

"에효~ 할 수 없지."

결국 강행 돌파 대신 옹기종이 모여 앉아 마법진 해석에 골몰하는 마법사들. 덕분에 마법진 앞 통로는 마탑의 학술 연구회 분위기가 물씬 풍기기 시작한다. 상대의 의견에 고개를 흔들거나 끄덕이며, 혹은 말다툼을 하며 토론의 장을 벌이는 마법사들. 결국 마법의 '마' 자도 모르는 무식한 칼잡이들은 멀찍이 떨어진 채 손가락만 쪽쪽 빨 수밖에.

하지만 세상일이 다 그렇듯 이런 분위기에 적응 못하고 파탄을 내는 녀석이 꼭 한 명씩 있는 법이었다.

"흥, 고작 이런 것 때문에……."

그 본인이 원체 성질이 급한 탓인지, 아니면 옆에 있는 수한에게 잘 보일 요량인지 마법진을 향해 성큼 발을 내딛는 인영. 역시 엑스트라의 한계를 벗어날 수 없다는 건지, 몸소 마법진의 위력을 시험해 보이려는 프로인 왕국의 왕자였다. 거기다 가려면 혼자 갈 것이지, 불곰기사단까지 끌고 간다.

"뭐 하나? 어서 본 왕자를 뒤따르도록!"

"옛!!"

불곰기사단 전원이 마법진 안에는 절대 들어서고 싶지 않다는 포스를 폴폴 풍기지만 그놈의 계급이 뭔지… 결국 속으로 피눈물을 흘리며 왕자를 뒤따르는 그들. 그 광경을 옆에서 지켜보는 란슬롯과 로빈으로선 기가 막힐 노릇이었다. 저놈은 꼭 먹어봐야 똥인지 된장인지 안다는 건가?

생각 같아서야 그 폭주 아닌 폭주를 말리고 싶은 마음이 굴뚝같다. 하지만 불곰기사단의 지휘권은 어디까지 왕자가 지닌 권한. 자칫 잘못 끼어들었다간 일이 더 복잡해지는 탓에 그저 침묵을 지킬 수밖에 없었다. 그리고 은연중 설마 하는 마음도 있었으니…

'아무리 대단한 마법진이라도 저 정도 기사단 전력이라면 약간의 피해를 입을지언정 알아서 처리해 주지 않을까?'

그냥 쉽게 마법진을 통과한다면 란슬롯들 입장에선 반가

운 일일 터. 때문에 란슬롯들은 왕자와 불곰기사단이 마법진 안에 들어서는 것을 끝끝내 제지하지 않았다. 그리고 토벌대 모든 사람들이 기대 어린 시선을 보내는 가운데, 마침내 마법 진 안으로 완전히 들어선 왕자 일행. 그런데 그들이 마법진에 들어섰음에도 정작 마법진은 아무런 변화가 없었다.

"에계~ 이게 뭐야? 아무 일도 없잖아? 쯧, 고작 이런 것에 겁을 먹고는……."

그 스스로 생각하기에도 예상 밖의 상황인지, 마법진이 깔린 통로 위에서 폴짝폴짝 뛰며 촐싹거리는 왕자. 토벌대 일행의 겁 많음을 비웃으며 잘난 척을 시도한다. 불곰기사단 역시 은근히 그런 왕자에 동조하며 노골적으로 안심하는데…….

하지만!! 역시 방심은 금물이랄까?

우웅―

"어라?"

혼자 제자리뛰기를 하던 왕자가 뭔가를 잘못 건드린 탓일까? 갑자기 기음을 토하며 작동을 시작하는 마법진. 어어, 하는 사이 뭔가 심상치 않는 분위기가 장내를 장악했다. 그리고 예상(?)대로 벌어지는 파탄.

푸슉―

"에?"

뭔가 섬뜩한 음향 효과(?)와 하반신에서 느껴지는 기묘한 감각에 어리둥절해진 왕자. 주위를 둘러보니 전부 다 뜨악한 표정으로 그를 바라보고 있다.

"왜 갑자기 그런 얼굴로 날⋯⋯."

모든 이들에게 주목(?)받고 있다는 기쁨에 뭐라 말하려는 왕자. 그러나 그가 채 말을 잇기도 전에 사방에 살점과 피가 비산한다.

파슈슉―

"뭐야?! 대체 무슨 일이 벌어진 거야?"

워낙 갑작스럽게 벌어진 일이라 장내의 누구도 상황을 제대로 파악할 수 없었다. 그저 왕자의 하반신과 상반신이 따로 놀고(?) 있다는 사실에 경악할 뿐. 그나마 일행 중 로빈만이 마법진 내 불곰기사단에게 경고한다.

"어서 나와!! 마법진이 발동했다!!"

"이런, 제길!"

기사 체면에 절로 쌍욕이 튀어나오는 상황. 뭐가 어떻게 돌아가는지는 알 수 없지만 일단 마법진에서 벗어나는 게 건강상 아주 유익한 판단일 것 같았다. 이에 불곰기사단의 단장을 비롯한 기사 전원은 황급히 몸을 날리는데⋯⋯.

하지만 글 전개상 늘 그렇듯, 이미 때는 늦었다.

파슉. 퍼석. 푸슉―

살점이 튀고 뼈가 으스러지며 피가 난무하는, 너무나 끔찍한 모습이라 차마 표현할 수 없는, 19금(禁) 마크가 날아다니는 광경. 불곰기사단의 육신은 그렇게 해체되어 서서히 회색으로 물들기 시작했다. 이에 멍하니, 혹은 오바이트를 하며 눈앞의 참변을 응시하는 토벌대 사람들. 그나마 이런 광경에 익숙(?)한 수한만이 제정신을 유지하며 중얼거린다.

"아무리 엑스트라지만… 정말 너무하는군."

토벌대의 가장 강한 전력이자 프로인 왕국의 자랑인 불곰기사단은 그렇게 엑스트라답게 산화했다.

"마법진을 시작 지점에서부터 차근차근 조금씩 와해, 혹은 파괴하는 방법은 어떤가?"

"어렵습니다. 마법진의 운용 방식을 제대로 해석한다면 모를까, 자칫 잘못하면 어떤 결과가 나올지 모릅니다. 최악의 경우엔 마법진이 확대, 강화되거나 통로가 완전히 붕괴될 가능성이……."

왕자와 불곰기사단 전원을 아예 다져 버린 마법진의 위력을 생각할 때 절대 피하고 싶은 결과다.

"끄응~ 그럼, 마법진의 해석은 어디까지……?"

"그것이… 이제 겨우 2% 정도… 워낙 고서클의 복합 마법진인 탓에……."

일순간에 한 개 기사단, 그것도 일국의 최정예를 녹여 버린

무지막지한 마법진. 아무리 재앙토벌대라 하더라도 그 앞에 선 전전긍긍할 수밖에 없다.

물론 생각 같아서야 마법진을 통째로 날려 버리고 싶지만… 통로 전체를 장악한, 그 길이만도 무려 30m에 달하는 마법진을 파괴시킨다는 건 유일한 진입 수단인 통로를 완전히 포기한다는 것과 동일한 의미. 결국 토벌대의 유일한 해결책은…

"에휴~ 마법사들이 마법진 해석을 끝낼 때까지 기다리는 수밖에……."

마법진 앞에서 마법사들이 머릴 쥐어뜯으며 수식을 계산하든, 전사들이 그 옆에서 고스톱 패를 쥔 채 타짜를 부르짖든, 사제들이 옹기종기 모여 앉아 다과회를 가지든 시간은 누구에게나 동일한 법. 언제까지고 하늘의 중심을 굳건히 지킬 것 같던 태양은 어둠에게 그 권좌를 넘기며 서쪽 저끝으로 물러났다. 그리고 마법진 해석에 뚜렷한 성과를 거두지 못한 토벌대 일행은 마법진이 있는 통로에서 물러나 피라미드 밖 입구 부근에서 야영 준비를 시작했다.

뭐, 솔직히 밤이슬을 맞으며 야영하는 것보다 피라미드 내부에서 밤을 보내는 게 지극히 정상적인 반응이겠지만 기사단 전력을 통째로 비벼 먹은(?) 마법진이 있는 건물에서 하룻

밤을 보낼 만큼 간담이 큰 사람은 토벌대 내 아무도 없었다. 하긴 적의 소굴에서 뭐가 튀어나올지 모르는 마당에 어느 누가 그곳에서 편히 잠을 자겠는가?

결국 그런 이유로 인해 수한이 취침 모드를 취하는 마차를 중심으로 저마다 자릴 까는 토벌대 사람들. 이어 불침번을 정한다, 저녁 준비를 한다 부산을 떤 뒤 야영지의 소요는 점차 잦아들었다. 그리고 시간이 얼마나 지났을까? 오직 불침번의 하품 소리만이 어둠을 가로지르는 가운데 야영지 중심에서 들리는 작은 소음.

삐걱.

'흐흠~ 이제 됐겠지?'

조심스럽게 마차 문을 삐죽 연 다음 좌우를 둘러보는 수한. 어느샌가 시드와 토일을 역소환한 뒤 불침번의 눈을 피해 땅바닥에 찰싹 붙어 포복 전진을 한다. 그리고 거리가 좀 벌어진다 싶자 냅다 이형환위를 펼쳐 불침번을 눈뜬장님으로 만드는데… 이어 수풀 안에서 걸치고 있던 드레스를 벗고, 그 안의 전용 전투 복장인 로브 자락을 드러낸다.

"클클클~ 이렇게 마냥 기다리기엔 내가 성질이 급해서 말이지."

실컷 준비를 한 주제에 고작 입구에서 버벅거리는 토벌대를 더 이상 믿을 수 없어서일까? 마냥 기다리기엔 자신의 복장이 뒤집어질 것 같자 수한은 아예 자신이 직접 나서서 광법사를 처리하기로 마음먹은 것이다.

…물론 토벌대 몰래 말이다. 때문에 야밤에 슬그머니 피라미드에 스며드는 수한. 그리고 마침내 토벌대의 발을 묶은 마법진 앞에 우뚝 서는데…

"흐음~ 그나저나 이놈은 어떻게 통과한다?"

그냥 쉽게 생각하면 호신강기를 극성으로 운용한 뒤 이형환위를 전개하면 별문제가 없을 것 같다. 하지만… 지금까지처럼 단순히 몸으로 때우기엔 낮에 봤던 인체해부학적 연구에 지나치게 충실했던 광경이 마음에 걸린다. 아무리 그가 마왕이라곤 하지만, 그런 무시무시한 곳을 맨몸으로 통과하기엔 왠지 좀 꺼림칙하다고 할까? 거기다 그런 종류의 마법에 관해선 거의 아는 바가 없으니…

"토일, 시드!"

─예, 부르셨습니까, 마스터.

─로드를 뵙습니다.

…결국 자신의 권속에게 도움을 청하는 수한. 뭐, 하긴 모르는 건 어쩔 수 없으니까.

─흐흠~ 인력과 척력, 공간 왜곡을 연쇄 중첩시켰고, 중간부터는 생명력 강제 흡수를 비롯한…….

간만에 터진 토일의 설명 퍼레이드. 어둠의 성소에서 습득한 각종 마법 지식을 바탕으로 단순한 전투 마법사와 확실히 다른 면모를 보인다(그런 지식이 마법 실력으로 이어진다면 더없이 좋을 텐데…). 그리고 토일의 마법을 통한 인체해부학적 한 측면에 관한 심도있는 설명이 이어질수록 식은땀으로 촉촉이 젖어드는 수한의 등. 만약 그런 곳을 무식하게 그냥 맨 몸으로 들어갔다면…

"…무슨 좋은 방법이 없습니까?"

―뭐, 시간만 주어진다면 제가 일일이 해석해서 중추에 해당하는 룬을 제거하면 됩니다. 하지만 토벌대의 이목과 마스터의 사정을 고려할 때 그건 좀 무리가 있으니… 마법진 전체를 일순간에 파괴하는 것 외에는 방법이…….

수한의 눈치를 살살 살피며 문제를 원점으로 되돌리는 토일. 왠지 설명을 들으나마나한 것 같다. 하지만 정작 수한에겐 그것은 어둠 속 한줄기 서광이기도 했으니…

"호오~ 마법진 전체를 일순간에?"

―에? 설마, 마스터……? 하지만 괜히 어설프게 건들면 오히려… 거기다 그런 충격량을 통로 자체가 감당할 리 없지 않습니까?

뭔가 심상치 않은 포스를 풍기는 수한의 모습에 토일은 다급히 뜯어말린다. 하지만 이미 수한은 마음을 굳힌 상태.

"아아~ 걱정하지 마세요, 제가 알아서 할 테니. 이번 기회에 제 수련의 성과도 시험해 보고 말입니다."

이렇게까지 말하는데 권속된 입장에서 더 이상 무슨 말을 하랴. 토일은 그저 한 걸음 물러나 조마조마한 심정으로 수한을 바라볼 뿐이었다. 그리고 그와 시드의 불안 만땅 시선을 뒤로한 채 양손에 제각기 경력을 모으기 시작하는 수한.

우우우웅―

"일단 시작은 둘의 균형을 잡아서……."

토벌대 야영지와 제법 거리가 있긴 하지만, 괜히 어설프게 큰 마력을 드러낼 순 없는 법. 처음부터 양손에 왕창 마력을 모으기보다 점차적으로 조금씩 그 양을 늘리는 수한이다. 그리고 이런 그의 행동은 조금 뒤 펼칠 새로운 필살기를 위해서도 반드시 선행되어야 할 일.

"똑같이… 똑같이……."

마치 주문이라도 외듯 중얼거리며 아주 조심스럽게 두 마력덩어리의 강약을 조절하는 수한. 수련 이후 훨씬 예민해진 기감 덕에 양손의 마력 크기를 똑같이 맞추는, 쉬울 것 같으면서 극히 어려운 일을 차분히 성공시킨다. 하지만 그 양은 평상시 장환 생성 때와 비교해 너무나 미약한 수준.

"…하지만 이 정도가 딱 적당하지. 이 이상은 감당할 수 없거든."

뭔가 혼자만의 세계에 빠져 중얼거리는 수한. 그러나 등 뒤

관객들(?)의 따가운 시선 의식, 재차 집중한다.

"자, 이제 1단계, 합일(合一)!"

우우우웅―

평상시보다 엄청 박력있는 기합과 함께 양손에 모여든 장환 생성 직전의 마력덩어리를 하나로 뭉치기 시작하는 수한. 퍼엉, 하고 터지면 대책없는 상황이기에 엄청 긴장하며, 심지어 이마에 식은땀을 주룩 흘리며 집중한다. 그리고 평상시 이미지 트레이닝의 성과인지, 아니면 이번 한 번만 운빨이 제대로 터진 건지 아무런 무리 없이 성공하는데(순간, 뒤에서 구경 중이던 토일과 시드는 안도의 한숨을 내쉬었다)…….

하지만! 여기서 끝난 것이 아니다.

"좋았어. 2단계, 압축(壓縮)!"

하나로 모여들어 작은 구체를 형성한 마력덩어리에 재차 압력을 가해 강제적으로 그 크기를 줄이는 수한. 그 무지막지하게 무식한 마력 운용 방식에 마법사 토일은 다시 한 번 경악한다(기사, 시드는 그냥 멍하니 구경했다). 하지만 토일이 경악하든 말든 자기 할 일에 여념이 없는 수한의 집중력에 결국 큼직한 사과였던 마력덩어리는 점차 그 크기가 줄어 작은 콩알만 한 크기로 변했다.

―마스터, 그건 대체…….

"쉿, 조용! 아직이야. 3단계, 회전(回傳)!"

…독자들에게 지나치게 친절한 수한. 토일의 방해는 무시한 채 자신의 행동을 예고한다. 그리고 자신의 선언대로 마력 구체를 급속도로 회전시키기 시작하는데…

위이이이잉—

—이런, 말도 안 되는……!

시작부터 살 떨리는 속도로 회전을 시작했건만 시간이 지날수록 구체의 회전은 더더욱 빨라진다. 그리고 그 지나치게 빠른 속도로 인한 압력은 결국 구체의 외형조차 변형시켰다. 이에 점차 회전축을 중심으로 한 원통 모양의 그 무언가로 화하는 구체.

그 광경에 토일과 시드는 반쯤 패닉 상태가 되어 언데드 주제에 사지를 떨어댄다. 하긴 지금까지 통용되는 모든 물리 마법적 법칙이 깡그리 무시되고 있으니 그 모습을 있는 그대로 받아들이기엔 약간 무리가 따르는 게 정상이다.

하지만 세상의 법칙이나 두 권속의 정신 건강 따윈 알 바 아니라는 듯 여전히 마력 구체를 회전시키는 수한. 이제 충분히 관객들을 놀라게 했음에도 아직도 뭔가가 부족한지 끝까지 안간힘을 쓴다.

"으으~ 아직이야. 좀 더, 좀 더!!"

극소—물론 수한의 기준으로—의 마력덩어리를 지금의 형태로 가공하기 위해 이미 수한의 그 먼치킨 마나량이 거의 반

토막이 난 상태. 어찌 보면 배보다 배꼽이 크다고도 볼 수 있는 상황이다. 그러나 그런 무모하기까지 한 마나 소모 덕에 시간이 갈수록 원통은 길고 가늘어져 갔고, 마침내…

"좋아, 됐다!"

밀가루 반죽을 길게 늘이듯, 콩알 크기의 마력덩어리는 이제 10㎝ 길이의 이쑤시개(?)로 화했다. 그리고 '맹렬'이라는 단어를 적어도 백 개 정도 써야 제대로 표현될 정도로 고속 회전하는 그것을 마법진이 깔린 통로를 향해 겨냥하는 수한.

"모두 충격에 대비해!"

우우우웅―

―예에?

―시드 경, 엎드리게!

수한의 외침에 반문하는 시드, 그리고 그런 그를 다급히 땅바닥으로 잡아끄는 토일. 그들이 그렇게 알아서 대비하는 순간, 이쑤시개는 수한의 손에서 벗어나 자신의 힘을 드러냈다. 그리고 그 타이밍에 맞춰 순간적으로 전력을 다해 호신강기를 확대 운용, 주변을 감싸는 수한.

"뭐, 일단은 바깥에 있는 녀석들에게 들키면 곤란하니… 충격음을 최소화해야겠지?"

뭐, 제딴에 나름대로 머릴 굴린 일이긴 하지만… 수한은 이 순간 한 가지 중요한 사실을 간과하고 있었다. 방금 전 날린

이쑤시개 하나에 자신의 사기틱한 마나량의 절반이나 투자했다는 사실을. 때문에 수한은 이내 자신의 안이한 생각이 얼마나 터무니없는지 절실히 깨달아야 했다.

"에에에?"

이쑤시개에 대한 제어를 푸는 순간, 초고속 회전에 의해 순식간에 주위를 잠식하는 진공파. 이어 급속도로 확장, 증폭되는 충격 에너지. 비록 그 대부분의 에너지가 한 점에 집중되었다곤 하지만, 주위에서 퍼지는 여파는 결코 무시할 수준이 아니었다. 결국 수한의 무모한 행동의 끝은 화려하면서도 장대한 대폭발.

우우우우웅— 콰아아아앙—

콰아—

"으이그~ 네가 하는 게 다 그렇지."

수한의 24시간을 늘 스토커질 한다고 자부하는 수진. 통로의 천장에 달라붙은 채 수한이 벌인 일에 연신 혀를 찬다. 하지만 지금은 마냥 혀만 차기엔 상황이 그리 좋지 않았으니… 이대로 있다간 충격파가 수진이 있는 곳을 지나 피라미드 외부에까지 전해질 판. 그녀가 계획한 일을 위해서라도 지금의 사태를 좋게 수습할 필요가 있었다.

찌직—

"마법 발동!"

4운영팀 에이전트 전용 특급 스크롤. 마법 구현 범위 내 사일런스 마법 자동 발동과 더불어 각종 물리, 마법 충격을 모두 무효화시키는 사기 마법 스크롤이다. 물론 그 제작에 들어가는 돈이 워낙 천문학적인 액수인 탓에 '로드타이거' 다음으로 꼽히는 갑부(?), 수진조차 고작 한 장밖에 없다는 초레어급 물건이기도 했다. 하지만 지금 이 순간, 이보다 더 유용한 물건이 어디 있으랴?

파아악—

수진이 스크롤을 찢음과 동시에 장내를 뒤덮는 황금빛 광휘의 난무. 그와 함께 피라미드 전체를 뒤흔들고, 토벌대 사람들의 밤잠을 날려 버렸을 '뻔' 한 폭발음과 충격파는 일순간에 잦아들었다. 이에 자신의 눈부신 대처 속도에 그 스스로 감탄을 금치 못하는 수진.

"다행히 아주 늦진 않았네? 역시 난 잘났다니깐. 이히히히!"

…웃음소리가 조금 걸리긴 했지만, 어쨌든 모든 일이 그렇게 좋게 해결된 것 같았다.

"호오~ 또 다른 조력자가 있었던가? …덕분에 심심하진 않겠군."

수진의 등 뒤에서 서서히 일어서는 그림자. 하지만 수진은 '그것'의 존재를 전혀 눈치 채지 못했다.

"크크크, 역시 내 생각대로군. 공격력의 중첩 집중! 약간 아슬아슬하긴 했지만… 뭐, 결과가 좋으니까."

폭발의 여파와 소요가 잦아들고, 잠시 토벌대가 오나 안 오나 죽은 척하고 기다린 지 십 분. 아무리 기다려도 뭔가 낌새가 안 보이자, 그제야 통로 바닥에서 몸을 일으켜 세우는 수한이다. 그리고 이쑤시개가 행한 놀라운 파괴 현장을 확인하는데……

통로에 깔린 마법진이 통째로 뭉개진 것은 지극히 당연(?)한 일. 조금 전 굉음과 충격파가 거짓말이라는 듯 아주 깔끔하게 통로의 크기를 두 배로 늘려놨다.

…그러고도 통로가 무너지지 않은 건 그야말로 천운, 아마 수한의 평생분 운을 지금 이 순간 다 쓴 게 아닐까? 어쨌든 아무 대책도 없이 이런 짓을 하다니, 수한의 무개념성이 다시 한 번 증명되는 순간이다.

그러나… 통로의 안정적 확보라는 당초의 목적을 무시했을망정, 지금의 행동으로 인해 신(新)필살기의 위력을 여과없이 확인할 수 있었다. 이번에 새로 확장 증축된 통로 길이는 무려 100여 미터. 일정 범위 내 집중된 공격력만 따진다면 범위 공격 스킬 중 최강이라는 십방장환 트피플조차 능가하는 위력이었다. 만약 수진의 마법 스크롤이 없었더라면 그 위력의 최종 결과물은 한층 더 가공했을 터.

하지만!! 이 놀라운 위력조차 수한이 꿈꾸던 '궁극'의 경지가 아니었다. 즉, 아직은 미완성인 것이다.

"좋아, 조금만 더 손을 보면 진정한 필살기가……."

상황이 상황인 만큼 내심 전력을 다하지 못한 수한. 거기다 이미지트레이닝이 아닌 실전에선 처음으로 써보는 탓에 미숙한 부분도 많았다.

탄환(?)으로 썼던 마력덩어리의 양을 좀 더 늘리고, 압축과 회전 부분에 보다 효율성을 높인 뒤, 컨트롤 부분에 신경을 써서 사정거리까지 늘린다면?

"크크크크, 내가 꿈꾸는 중장거리 절대 필살 궁극기가… 크크크크."

더 이상 몸으로 때우는 것이 지겨웠기에 이제 안전하게 멀찍이 떨어진 곳에서 저격(?)이나 하겠다는 게 수한의 생각. 그러기 위해 지금까지 지녔던 스킬들과는 구분되는, 원거리 위력 집중 강화 공격 스킬을 구상한 게 지금의 결과물인 것이다!! 그리고 지금의 예상을 뛰어넘는 결과물에 감동의 눈물까지 흘리는 수한.

…하지만 언제까지고 감동의 물결에 몸을 맡길 수 없는 노

룻. 현재 수한은 아침이 되기 전까지 광법사를 때려잡아야 하는 퀘스트(?)를 수행 중이다. 결국 보다 못한 토일은 지나친 감동 탓에 정신이 혼미해진 수한을 일깨운다.

―저… 마스터, 슬슬 들어가시는 게…….

"아, 예. 그래야죠. 어라? 그러고 보니 토벌대 녀석들 단체로 수면제라도 먹었나? 이 정도 소란을 벌였는데도 아무도 안 오네? 뭐, 나로선 좋긴 하지만……."

수진의 숨은 노력 따윈 전혀 알지 못하는 수한. 이번에야말로 자신이 저주 캐릭의 운명에서 벗어났다 여기며 거기서 생각을 접는다.

…이렇게까지 단순하다는 것도 하나의 행운이리라.

어쨌든 좋은 게 좋은 거라는 기본 방침에 따라 토벌대에 관해선 깨끗이 잊고, 자신이 해야 할 일에 집중하는 수한. 세계 평화가 아닌 자신의 사리사욕을 위해 광법사 처단에 나선다. 그리고 그 뒤를 연신 비틀거리며 쫓아가는 토일과 시드.

―…시드 경, 살아남아야 하네.

―…토일님도 힘내십시오.

개념없는 상관 밑에선 역시 아랫사람이 힘든 법. 시드와 토일은 오늘도 그렇게 힘겹게 달렸다.

콰콰쾅―

"으샤~ 사람이 지나가면 그것이 바로 길인 법!"

뭔가 크게 어긋난 듯한 헛소리를 하며 아래층 천장을 뚫고 나와 위층으로의 진입을 시도하는 인영. 그렇게 건물주의 허락도 없이 무단으로 지름길을 개척한 그의 이름은 바로 수한이라.

마법진 통로를 통과한 뒤, 앞길을 줄기차게 막는 마법진들의 향연에 결국 나름대로 돌파구를 마련한 것이다.

"자자~ 조금만 더 가면 되니까 힘내자구~"

—예, 마스터.

—알겠습니다, 로드.

점차 가까이 느껴지는 거대한 마력. 기감을 통해 피라미드를 처음 봤을 때부터 감지했던 그것에 의지, 수한은 자신의 무지막지한 힘을 적극 활용해 차근차근 길을 만들어갔다. 그리고 마침내!

콰콰쾅—

"됐다!! 도착했다!!"

—…이런, 초대하지 않은 손님인가? 아니지, 지금 같은 경우엔 강도라고 해야겠군.

늘 상투적인 전개이긴 차지만, 수한이 들어선 곳은 말 그대로 거대한 공동. 피라미드의 엄청난 크기에 걸맞은, 그리고 보스 전용 격전장으로 어울리는 살벌한 분위기를 풍기는 수상쩍은 장소였다. 그나마 PRG 공식에 따라 제일 위층이 아닌 게 조금 특이하다고 할까?

어쨌든 각설하고, 공동의 중앙엔 높다란 단상 위에 떡 버티고 선 채 수한을 내려다보는 한 명의 인영이 있었으니… 수한과 비슷한 거무칙칙하면서 낡아빠진 로브를 걸치고 후드까지 푸욱 눌러쓴 채 미친 마법사다운 음산한 포스를 풍기고 있다. 척 보기에도 이 피라미드의 주인이자 삼대재앙 중 하나로 꼽히는 '나르빌의 이름없는 군주' 임이 분명하다.

"크크크, 이거 너무 쉽게 찾으니까 맥이 다 풀리는군. 뭐, 오늘 밤에 해결하는 게 목표였으니… 그럼, 이제 시작해 볼까?"

자잘한 하급 마물이나 중간 보스도 거치지 않고 바로 보스전을 선언하는 수한. 괜히 시간 끌 필요가 없다는 생각인지 곧바로 이형환위를 전개, 광법사에게 몸을 날린다.

"잡았다!!"

―클~ 성질이 급한 녀석이군. 뭐, 나로선 환영하는 바지만.

하지만 보스가 괜히 보스가 아닌 법. 수한의 주특기인 '목 틀어잡아 꺾기' 가 성공하려는 찰나, 그 신형이 어느 틈에 뒤로 홀쩍 물러서는 광법사. 신체 허약 지수가 극상이라는 마법사답지 않게 눈부신 몸놀림이다. 이어 도저히 믿을 수 없는 초고속 마법 구현.

─일단은 날뛰는 망아지 녀석에게 밧줄을 좀 걸어볼까?

피피피피피피핑─

"큭, 이건……?"

대체 그 작은 로브 자락에서 어떻게 그 많은 밧줄이 나올 수 있는 건지… 족히 수천 개가 넘어 보이는 밧줄이 튀어나와 수한의 몸을 속박한다. 덕분에 거대 번데기 모양새가 되어 땅바닥을 나뒹굴게 된 수한. 워낙 많은 수의 밧줄이 여러 겹으로 묶인 탓에 수한의 근력으로도 잠시 동안 벗어나기 힘들어 보였다.

─헉, 마스터?!

─로드, 조심하십시오!!

일순간에 제압당한 수한의 모습에 경악하는 토일과 시드. 하지만 상대의 그런 터무니없는 능력에도 불구하고 그들은 자신의 주인을 구하고자 황급히 몸을 날렸다. 하지만 그들이 채 수한에게 다가서기도 전에 광법사의 손바람(?)이 그들을 엉뚱한 방향으로 날려 버리는데…

─쯧, 귀찮게시리.

─으이악ㆍ(*2)

가볍게 로브 자락을 흔든 것만으로 최근 업그레이드된 토일과 시드를 반 스턴 상태로 만들어 버린 광법사. 그 광경에 번데기 상태가 된 수한은 절로 기가 막힌다. 아무리 레벨 50대라곤 하지만, 뭐 이렇게 약해빠진…

'아니지, 내가 이러고 있을 때가 아니지.'

지금같이 강적을 상대하는 위급한 상황에 한가하게 권속의 허약 지수를 체크할 때가 아니다. 일단 뭐라도 대응을 해야…

"으윽, 일단 이 밧줄부터……."

우우웅―

무식하게 힘만으로 밧줄을 끊기보다 예리한 강기의 힘을 활용하는 수한. 그 예리한 절삭력의 힘을 빌려 어찌어찌 번데기 신세를 면한다. 하지만 그 순간을 기다렸다는 듯 사방에서 날아드는 마법 공격.

퍼퍼퍼펑― 콰콰쾅―

"크아아악~ 조금만 좀 여유를 주면 어디 덧나냐?! 세상 그렇게 사는 거 아니야!"

전신을 난타하는 각양각색의 마법 공격에 수한의 입에서 절로 튀어나오는 헛소리(?). 하지만 상대는 그에 아랑곳 않고, 그야말로 인정사정없이 무지막지한 공세를 쉴 새 없이 쏟아부었다, 그 맷집 좋고 힘 좋은 수한이 어떻게 대응할 방법이 없을 정도로.

하지만 주인공으로서의 자존심이 있지, 언제까지고 이렇

게 당할 수만은 없는 노릇!

"십방장환 트리플!!"

콰콰콰콰쾅—

간만에 터진 수한의 필살기. 장소가 밀폐된 공간인 탓에 가뜩이나 큰 폭발음은 한층 더 증폭되어 귀청을 얼얼하게 만든다. 그리고 그 가공할 파괴력에 광법사 역시 잠시나마 마법 공세를 멈출 수밖에 없었다.

하지만 그렇다고 수한의 반격에 크게 영향을 받은 모습도 아닌 광법사. 어느새 구현해 낸 다섯 겹의 포스 실드 안에서 그저 귀찮아하는 기색을 보일 뿐이었다.

—쯧~ 쓸데없이 반항을.

"허걱, 뭐 이렇게 터프한 녀석이 다 있냐?"

필살기를 작렬했건만 여전히 여유만만인 상대에게 순간적으로 질려 버린 수한. 왠지 불길한 예감이 물밀 듯이 밀려온다. 하지만 여기까지 와서 도망친다면 주인공 체면에 그 무슨 창피인가?

그나마 위안으로 삼을 수 있는 건, 지금껏 눌러쓴 광법사의 후드 자락이 방금 전 폭발의 여파로 홀러덩 벗겨졌다는 사실. 적어도 그 얼굴 면상만이라도 제대로 확인할 수 있게 되었다. 그런데 광법사의 얼굴이 드러나는 순간, 토일과 시드의 반응이 지나치게 격렬(?)하다?

―아니, 설마?!

―말도 안 돼!!

"에? 대체 누구기에?"

아주 기겁을 하다못해 졸도 직전의 모습을 보이는 토일과 시드. 원체 대단한 반응들이기에 광법사를 노려보며 공격 타이밍을 노리던 수한이 뒤를 돌아볼 정도였다. 그리고 그런 그의 기대(?)를 저버리지 않은 채 광법사의 정체를 부르짖는 두 권속들.

―항마전쟁 당시 데스로드에 대항하던 인간 최후의 희망⋯⋯.

―마법의 궁극을 이뤘다는 최강의 대마도사⋯⋯.

"⋯나인스타의 그 '디스롭'?"

극적 반전을 노린 거창한 프로필의 나열. 토일과 시드의 그런 합창 아닌 합창에 수한은 순간적으로 상대의 정체를 깨달았다.

⋯터무니없을 정도로 유명한, 그리고 지금은 실종되었다 알려진 인간계 최강이란 단어가 붙은 존재. 이번 스테이지의 보스몹의 정체는 바로 그런 괴물인 것이다.

대마도사, 디스롭. 비록 나인스타 중 한 명으로 꼽히긴 하지만, 그는 다른 나인스타들과 급이 다른 인물이었다. 인간 역사상 최초로 8서클을 마스터한 대마도사로서, 그리고 50여

년 전 항마전쟁 당시 인간을 대표해 데스로드에게 항전했던 대영웅으로서, 그의 명성은 그야말로 영원불멸!

어느 역사서에서도 '반드시'라고 할 만큼 그에 관한 언급이 있었고, 상점에선 그의 초상화와 친필―물론 복사본이다―사인을 최고의 인기 품목으로 꼽으며, 마법사를 꿈꾸는 순진한 애들의 코 묻은 돈을 갈취해 왔다. 즉, 그의 얼굴을 모르는 사람은 적어도 이 팔라스 연합에선 전무할 정도로 그가 유명인이라는 소리!!

때문에 시드와 토일은 지금처럼 단번에 디스롭을 알아볼 수 있었다. 비록 그 얼굴 일부가 썩어문드러져 크게 훼손되었더라도… 아니, 단순히 얼굴이 훼손된 게 아니라 더 이상 '인간'이라 칭할 수 없더라도 말이다.

―당신이 어째서……?

도저히 믿을 수 없는 사실에 말을 채 잇지 못하는 토일. 비록 상대가 흑마법사들에게 최대 난적으로 꼽히는 존재이긴 했지만, 같은 마법사로서 일말의 존경의 염을 가지고 있던 인물이었다. 그런데 그런 그가…

―리치……? 아니야, 아직까지 인간 형상을 일부 간직하고 있다면… 설마?!

역시 같은 처지(?)인 주제에 상대가 언데드 마물이 됐다는 사실에 경악하는 시드. 하긴 죽은 자들의 군주, 데스로드에 대항했던 대영웅이 지금은 한낱 언데드가 되어 인간들을 학살했었다니, 이보다 더 아이러니한 일이 어디 있으랴? 거기다 해골 사이에 드문드문 보이는 살색 피부로 판단하건대 디스롭은 그냥 평범한(?) 리치가 아니라, 무려 데미 리치씩이나 되어 보였다!

데미 리치(Demi Lich).

언데드와 인간의 중간자적, 즉 그 사이의 구분을 초월한 존재를 뜻한다. 그리고 이곳 팔라스 연합의 설정에 의하면 레벨 400대의 리치가 진화, 각성하여 초월자가 되었을 때 부여되는 이름이기도 했으니… 디스롭은 인간이 아닌 언데드로서 한계 레벨 500을 돌파해 청제국 팔선과도 비견되는 괴물이 되었다는 의미인 것이다!!

"헐~ 내가 하는 일이 다 그렇지 뭐."

토일과 시드의 지나칠 정도의 흥분 상태와 그 분위기를 통해 상대가 지닌, 당초 예상을 훌쩍 뛰어넘는 강함을 감지한 수한. 이젠 아예 모든 것을 받아들인다는 해탈(?)적 미소를 짓는다. 하긴 지금까지의 악운 인생을 비추어볼 때 이 정도 전개는 허용 범위랄까? 어쨌든 이로써 상대가 결코 만만치 않음을 깨달은 수한은 전략을 바꾸기로 마음먹는데…

"확실히 내가 좀 밀리는 감이 없지 않아 있으니… 크크크크, 그렇다면!"

지난날의 무수한 패배를 통해 크게 각성한 수한. 일 대 일 승부에 집착할 필요가 없음을 인지, 드디어 악당의 전형적인 공식이자 비겁으로써 첫걸음을 내딛는다. 즉, 쪽수로 밀어붙이기로 결심했다.

"크크크크, 소환!! 계약에 따라 나의 적을 멸하라, 죽음의 기사단이여!!"

우우웅―

틈틈이 연습한, 그렇지만 별 필요도 없는 대사를 장황하게 늘어놓으며 죽음의 기사단을 소환하는 수한. 그의 외침에 백 기에 달하는 데스 나이트들이 그 모습을 드러낸다.

…물론 정상적인 계약이 아닌 만큼 그들의 반응 역시 정상(?)적일 리 없었다.

―쳇, 귀찮게시리.

수한에게 종속된 주제에 띠꺼운 기색을 명명백백, 노골적으로 드러내며 궁시렁거리는 데스 나이트들. 그러나 수한의 손에 팔랑거리는 '노예 계약서'의 모습에 결국 어쩔 수 없다는 듯 디스롭에게 검을 겨눈다. 그리고 그 광경에 제아무리 데미 리치라 할지라도 당황스러운지 조금 주춤하는 디스롭. 하지만 그 낭황이란 감정은 이디끼지 지난날의 추억에서 기인한 것이다.

―이런… 설마 죽음의 기사단을 다시 보게 될 줄이야…….

과거 항마전쟁 당시의 라이벌(?)을 50년 만에 다시 만난 탓일까? 디스롭은 찰나지간 뭐라 설명할 길 없는 아련한 감정을 느꼈다. 하지만 대마도사씩이나 되는 녀석이 언제까지고 감정에 허우적거릴 리 만무. 일순간에 상황을 파악, 탐색전이고 뭐고 바로 전력을 기울이는데…

—크크크크. 좋아, 간만에 유흥이군. 내게 이런 감정을 느끼게 해주다니… 아주 쓸 만해. 그 보답으로 나 역시 전력으로 상대해 주마.

"…전력으로 하지 말고 대충 해도 되는데."

뭔가 심상치 않은 포스를 풍기는 디스롭의 모습에 데스 나이트들을 전면에 내세우고도 수한은 조금씩 불안해진다. 그리고 그런 불안을 실제화시키듯, 재차 무지막지하게 퍼부어지는 디스롭의 마법 공세.

콰콰콰쾅—

"으윽, 무슨 놈의 마법을 이렇게 쉴 새 없이……."

방금 전처럼, 아니, 훨씬 거세고 다양한 마법 공격이 수한과 데스 나이트들을 사정없이 난타한다. 운용 속도가 생명인 청제국의 무공 스킬조차 능가하는 초고속 마법 캐스팅. 만약 모든 마법사가 이런 속도로 마법을 구현한다면 세상은 이미 마법사들이 지배했으리라.

콰콰콰쾅—

"으다다다~ 이봐!! 뭐라도 좀 해봐!"

—크윽, 하필 상대가 저놈이라니… 저 녀석 특기가 무한 연속 속사 마법인데… 이러다간 뭐 하나 반항조차 못하고 당하겠군.

워낙 위력적인 마법들인지라 수한의 항마력조차 무색하게 만드는 데미지. 결국 수한은 이리저리 튕겨지거나 굴러다니다 못해, 데스 나이트들에게 울부짖는다.

하지만 이제야 상대가 누구인지 알아차린 데스 나이트들역시 난감하긴 마찬가지였다. 과거에도 그 무지막지한 마법 공세에 치를 떨었는데, 하물며 그때보다 훨씬 강해진 상황에서야… 결국 수한을 고양이 쥐 잡듯 몰아붙이던 얼마 전 그 멋들어진 모습과는 달리 지금은 그저 이리저리 우왕좌왕만하는 데스 나이트들이다.

하지만!! 그런 압도적인 우세에도 불구하고 정작 디스룹은성에 안 차는 모양.

—자자, 워밍업은 이 정도만 하고… 잠시만 기다려 주겠나?

디스룹의 의미심장한 말과 함께 어느새 멈춘 마법 공세. 덕분에 수한도 간신히 숨 고를 여유가 생겼다. 그러나 그와 동시에 가슴속에서 꿈틀거리는 불안감은 한층 더 커져만 갔으니… 이번엔 또 뭘 하려고?

화르르르륵—

"커억?!"

아예 반격의 여지를 없애려는 듯, 어느새 허공 저 높은 곳에 둥둥 떠 있는 디스롭. 이어 수백 개의 거대한 화염구를 생성, 공동 전체를 뒤덮어 버린다. 방금 전 마법 공격 따윈 정말 가벼운 준비운동이라는 듯, 마왕인 수한이 소름이 돋을 정도의 강렬한 화기(火氣). 하지만 그것조차 공격보다는 견제의 의미가 짙었다.

우우우웅—

"어어어어……? 이건 또 뭐야?"

화염구, 아니, 헬파이어가 사방을 도배하는 가운데 재차 수상쩍은 대규모 마력의 이동. 9서클 대인 공격 마법 중 최강이라는 헬파이어를, 그것도 무려 수백 개씩 한꺼번에 운용하는 것으로도 부족한지 또 뭔가를 준비하는 게 분명하다.

"젠장, 이건 사기, 아니, 버그가 분명해!"

아무리 대마도사이고 데미 리치라지만, 이건 해도 해도 정말 너무하지 않은가? 이런 건 드래곤이라도 불가능한 일이란 말이다! 무슨 놈의 마법을 이다지도… 원래 마법이란 그 딜레이가 길어야 제 맛(?)인데, 지금의 마법 운용 속도는 정말 사기 중에 사기다!

…이런 일이 지금의 공간, 마나가 비정상적으로 유동되는

피라미드 내부에서만 가능하다는 걸 모르는 수한으로선 지극히 당연한 반응. 그 스스로가 버그에 사기 캐릭인 주제에 디스룹을 욕하기에 바쁘다. 그리고 그렇게 수한이 광분하는 가운데 더욱 고조되는 마나의 유동.

우우우웅—

사방에서 느껴지는 막대한 마나의 재배치와 정렬. 마냥 손만 빨고 있기엔 차후 정말 무시무시한 일이 벌어질 게 뻔했다. 그러니 수한과 데스 나이트들이 바보가 아닌 이상 그것을 주도하는 디스룹을 공격해야 정상. 하지만 그것도 어디까지 방해가 없을 때야 가능한 일이다.

화르르르륵—

—큭큭~ 조금만 참아라. 이제 곧 끝나니까.

바로 지척에서 이글거리는 화염구, 헬파이어의 위용에 수한은 반격은커녕 손 하나 까딱할 수도 없었다. 그저 머리 위에서 비웃음을 짓는 디스룹의 조롱에 이를 갈 뿐. 물론 그가 전력을 다한다면야 어찌어찌 될 것도 같지만 그랬다간 근처에 있는 토일과 시드의 안위가 걱정이다.

'에휴~ 나만큼 부하 직원(?)을 생각하는 악당은 어디에도 없을 기야 ….'

속으로 한숨을 내쉬며, 저기 멀리 형편없이 나뒹굴고 있는 토일과 시드의 사체—…일단은 언데드니깐—를 바라보는 수한. 주인공으로서의 숙명(?)을 차마 거역 못한 채 손톱만 씹어 댄다. 그리고 토일들 탓에 손발이 묶인 수한과 만사에 의욕이 상실된 데스 나이트들이 멀뚱히 서 있는 사이, 마침내 발동되는 마법.

위이이이이잉―

"크아아아악~"

―크윽, 이건?

귀청을 찢는 듯한 이명과 함께 격렬히 요동치는 마나, 그리고 그 끝은 온몸을 무겁게 짓누르는 대기. 수한의 비명성과 데스 나이트들의 신음성이 공동에 가득 울려 퍼지는 가운데 그들이 위치한 공동의 일각은 거대한 회색빛 반구형체 막으로 뒤덮였다.

"이, 이게 뭐야?"

온통 회색으로 보이는 이공간에 갇힌 채 허우적거리기 시작하는 수한. 왠지 몸이 무겁고 관절도 삐걱거리는 것이 간만에 신경통이 도진 듯한… 크험~ 어쨌든 그의 육감이 맹렬히 경고음을 울렸다. 어서 이곳을 빠져나가지 않으면 절대 좋은 꼴을 못 본다!

"뭔지는 모르겠지만, 어서 빠져나가!!"

―크윽, 알겠다.

불길한 예감에 서둘러 몸을 날리는 수한과 그에 동조해 그 뒤를 따르는 데스 나이트들. 하지만 그들을 가로막는 '그것' 은 마법을 통해 궁극의 일부를 엿본 존재가 제법 공을 들인 마력장(Evil Force Field). 결국 수한들은 힘차게 달려들다, 저 마다 호된 꼴을 맛보며 뒤로 튕겨져 나간다. 그리고 그런 그 들을 마력장 밖에서 한껏 비웃는 디스롭.

　─자자, 아까의 그 기세는 어디 간 거지? 어서 더 날뛰어보 지 그러나?

　날뛴 거라고 해봤자 고작 이리저리 굴러다닌 것밖에 없는 수한으론 절로 열불 터지는 소리. 거기다 '잡은 물고기에 겐 먹이를 주지 않는다' ─…왜 이 상황에서 이런 말이 나온 걸 까?─는 말처럼 더 이상 공격을 퍼붓지 않고, 그물에 갇힌 고 기를 대하듯 여유만만인 모습은 그야말로…….

　뿌직─

　"크릉~ 고작 가두는 게 목적인 모양이데… 이따위 마법, 내가 당장 부숴주마!"

　이마의 힘줄을 불끈 세우고 두 눈을 불태우는 수한. 상대의 패가 뭔지 몰랐을 때야 대응 방법이 없지만, 일단 드러난 이 상 깨부수면 그만이다.

　…라는 착각에 빠져 양손에 경력을 모은다. 그리고 주금 전 간신히 요령을 깨달은 자신만의 필살기를 발동하는데…

　우우우웅─

―응? 호오~ 재미있군. 한번 기대해 보지.

자신의 마력장을 내심 믿는 탓인지 수한의 수작을 잠자코 방관하는 디스롭. 그 덕에 수한은 아무런 방해 없이 스킬, 중장거리 저격용 일격필살기를 터뜨릴 수 있었다. 그리고…

우우우우웅― 콰콰콰콰콰쾅―

"크에에에엑~~"

―으아아아아~

십방장환과는 달리 광범위 스킬이 아닌, 일점 집중식 공격 스킬임에도 요란 법석한 여파. 스킬을 발동한 수한은 뒤로 튕겨져 나갔고, 괜히 옆에서 구경하던 데스 나이트들 역시 사방으로 나가떨어졌다.

…왠지 불쌍하다는 느낌까지.

그러나 정작 디스롭은 그 필살기의 위력에 비웃음을 거두고 안색을 굳혔다.

'뚫렸다?'

바늘구멍 정도의 작은 크기이긴 하지만 방금 전 공격에 의해 그의 역작인 마력장에 구멍이 생겼다. 물론 금세 복구가 되긴 했지만 상대의 능력을 크게 감소시키는 마력장의 특징상 그것은 그야말로 경악할 만한 일.

'역시… 제1권속의 후보자란 건가? 방심은 금물이군.'

원래대로라면 마력장에 가둔 채 천천히 세뇌시켜 가디언

으로 만들 생각이었지만… 방금 전 결과를 보니 마냥 쉽게만 생각할 일이 아니다. 그렇다면 역시…

―클~ 설마 이것까지 쓰게 될 줄이야…….

괜히 사서 하는 고생 같지만, 최대한 외물에 의지하지 않고 자신의 손만으로 해결하려고 했었다. 하지만 상대는 데스로드의 후보자로 선택된 인물. 괜한 방심과 값싼 자존심에 일이 귀찮아질 수도 있다.

―크크크, 좋아. 이렇게까지 된 이상 나 스스로 부정한 권위일망정 이번 기회에 한번 써봐야겠군.

"끄응~ 쟤가 또 무슨 짓을 하려는 거지?"

디스롭의 불길한 음성이 공동에 울려 퍼지자, 멀쩡한 마력장의 모습에 실망하기도 전에 재차 불안에 떠는 수한. 그리고 마지막 순간, 그런 불안감을 최절정으로 이끄는 디스롭.

―전대 데스로드의 '후계자'로서 명하니… '죽음의 기사단'은 내게 복종하라!

"커어억?! 그것은?!"

지금껏 로브 소매에 가려졌던 반쯤 뼈가 보이는 앙상한 손. 거기엔 놀랍게도 수한이 얼마 전까지 절실히 원했던 물건이 자리 잡고 있었다.

검붉은 해골의 형상을 지닌, 보는 것만으로도 전율할 정도의 막대한 마기를 내뿜는 반지. 비록 단 한 번도 직접적으로 본 적은 없지만—솔직히 청제국 시절 수진의 손가락에 낀 것을 봤었다. 단지 기억을 못할 뿐—어찌 그 이름을 모를 수 있으랴? 저것은 바로…

"죽음의 세례?"

죽음의 세례(Baptism Of Death), 전대 데스로드의 신물이자 데스로드의 진명(眞名)을 상징하는 물건. 그것을 쟁취하는 자, 이블린의 첫 번째 권속인 '죽은 자들의 군주'가 되리라.

…때문에 수한은 얼마 전까지 데스로드, 즉 진정한 대마왕이 되고자 두 눈에 불을 켜며 그것을 찾아다녔다. 하지만 그 절대반지(?)는 대마왕조차 길거리 똥개 취급을 한다는 '흑염의 군주', 발록이 지키는 대미궁 보물 창고에 있는 상태. 결국 발록에게 처참하게 깨진 수한은 눈물을 머금고 그것을 포기해야만 했다.

그런데! 그런데… 왜 그 절대반지가 저 녀석 손가락에 끼워져 있는 거야?!

"너… 너……."

눈앞의 믿을 수 없는 상황에 제대로 말조차 잇지 못하는 수한. 자신이 사냥한 몹의 아이템을 바로 눈앞에서 스틸당한 유저의 심정이다. 그러나 그런 분노와 원통도 이후 벌어질 일에 비하면 아무것도 아니었으니…

우우우웅—

—크아아아!

디스롭이 반지를 드러냄과 동시에 다시 한 번 요동을 치는 마력장의 마나. 이어 뭔가 수상쩍은 검은 기류가 데스 나이트들을 감싸기 시작한다. 그리고 그 광경에 수한이 안절부절못하는 가운데 일변하는 장내 상황.

처척—

—로드를 뵙습니다.

"커억? 너희들?!"

난데없이 질서정연하게 대열을 맞추더니, 마력장 밖 디스롭에게 부복하는 데스 나이트들. 그 광경에 수한은 진한 배반감을 느끼며 부들부들 몸을 떨었다.

아무리 상대가 전대 데스로드의 신물을 가지고 있다곤 하지만 이렇게 쉽게 넘어가다니… 자신이 그 고생(?)을 하며 노예 계약서를 작성한 보람이 없지 않은가? 하지만 이 또한 나름대로 이유가 있었으니…

—크크크, 설마 네가 있는 공간이 단순히 가두는 게 목적이라 여기는 건 아니겠지?

"커억~ 그럼, 설마……?"

가뜩이나 열불이 터지는 수한에 나름대로 힌트를 던지며 약을 올리는 디스롭. 이에 위기 순간에서만 발동된다는 수한의 예리한 눈치가 뭔가를 감지한다.

조금 전부터 이상할 정도로 무겁고 부자연스러운 몸, 처음에 비해 왠지 약하게 느껴지는 필살기의 위력. 그리고 보다 강하게 행사되는 상대의 영향력. 이미 수한은 이와 비슷한 경우를 당하지 않았던가?

"…데스 나이트들의 '마역'과 비슷한 거냐?"

―클~ 그저 자신의 능력만 상승시키는 그런 허접한 것보다 훨씬 상위 마법이다.

상대의 능력을 감소시키고, 아군의 능력치를 대폭 상승시키는 게 공간 결계의 특징. 그런데 이미 그런 공간 결계가 펼쳐진 공동에 재차 디스롭의 '특제' 마력장이 중첩 운용된 게 현 상황이다. 거기에 '죽음의 세례'의 권위까지 활용하니, 데스 나이트들의 심령을 일순간에 장악한 건 어찌 보면 당연한 일. 심지어 그 위력은 타인의 권속조차 빼앗을 정도였으니…….

―나에게 종속된 자들에게 명한다. 나의 적을 멸하라.

―예스, 마이 로드.

디스롭의 명령에 수한에게 일제히 검을 겨누는 데스 나이트들. 그런데 그 선두에 왠지 낯이 아주 많이 익은 존재가 있다.

"…시드?"

설마 시드가 공간 결계에 갇혔을 줄이야……. 그나마 토일이 간발의 차이로 공간 결계의 범위 밖으로 벗어난 게 불행 중 다행이라고 해야 하나?

어쨌든! 믿었던 사람에게 배반당한 것만큼 기분 더러운 게 세상에 어디 있으랴? 아무리 상대의 마법에 어쩔 수 없이 넘어갔다곤 하지만, 시드의 배반(?)은 수한에게 큰 충격을 주었다.

"설마 다… 당신이……."

수한을 향해 적대감이 넘실거리는 붉은 안광을 번뜩이며 검을 겨누는 시드, 그리고 옵션으로 붙은 백 기의 데스 나이트들. 애초에 노예 계약서니 뭐니 강제로 복속시킨 '죽음의 기사단'은 그렇다 치자. 늘 절대적인 충성심을 보이던 시드가 이럴 줄은 몰랐다. 말 그대로, '시드 너마저…'다.

─크크크크, 그 안은 나의 권능이 절대적인 공간. 안됐지만 너의 권속들은 이제부터 나의 소유다.

가뜩이나 심난한데 옆에서 부채질까지 해대는 디스롭. 본래 냉정하기 이를 데 없는 캐릭이건만, 수한의 난감해하는 모습에 재미를 붙였으니 연신 흥소를 감추지 못한다. 그리고 이에 더욱 열불이 터져 눈에 핏발까지 서는 수한.

"으득~ 조금만 기다려라. 내가 이놈들을 정리하고 네놈을 박살 내주마."

지금껏 별의별 녀석들에게 다 당해왔지만, 이렇게까지 화가 나긴 자이드의 리버스 이후 처음이다. 하는 말마다 어떻게 이렇게까지 속을 뒤집을 수 있는지… 하지만 그런 분노를 분출시키기엔 상황이 좋지 않다.

온몸이 절로 노곤해지는 마력장 내부에서, 능력치가 대폭 상승된 백 기의 데스 나이트가 살기 넘치는 포스를 풍기며 둘러싼 상황. 하물며 시드 탓에 마음 편히 전력을 다할 수도 없다.

'으이그~ 내가 정말 못살아. 무슨 놈의 부하가 이렇게까지 발목을 잡냐?'

죽음의 기사단 녀석들이야 도통 말을 안 듣는 녀석들이니 없어도 그리 아깝지가 않다. 하지만 시드는 그 효용성과는 별개로 지금껏 쌓아온 정(?)이 만만치 않은 존재. 악당 주제에 잔정이 많은 수한으론선 차마 공격할 수가 없었다. 자연 그가 지닌 가장 위력적인 스킬인 십방장환은 절대 사용 금지!

결국 이런저런 이유로 인해, 가뜩이나 막강한 백 기의 데스 나이트를 몇 개의 페널티까지 지닌 채 상대하게 된 수한이다.

—크크크. 좋아, 기대하지.

끝까지 수한을 비웃으며 더 이상 신경 쓸 필요도 없다는 듯 등을 보이는 디스롭. 그리고 그에 맞춰 데스 블레이드를 구현한 채 수한을 압박하는 백 기의 데스 나이트.

수한은 언제나 늘 그렇듯, 또다시 위기를 맞이했다.

Chapter 3

토일, 타오르다

쿵콰쾅!

─로드의 적을 멸한다!

"으에에엑~"

혼몽 속에 아련히 들려오는 굉음과 기괴한 비명성. 그 광란에 가까운 소음 속에서 스턴 상태에 빠졌던 토일은 언뜻 제정신을 차릴 수 있었다. 그리고 그가 눈을 뜨자마자 직면한 것은 거대한 회색의 마나믹.

─커억, 이게 뭐야? 결계? 실드? 아니, 그것보다 무슨 놈의 마나가⋯⋯.

전신이 따갑게 느껴질 정도의 어마어마한 마나의 결집. 이제 간신히 몸을 일으켜 세우던 토일은 그 어마어마한 마나의 물결에 그대로 엉덩방아를 찧고 말았다. 그리고 회색 마나막 내부에서 벌어지는 광경에 그나마 간신히 다잡은 마음은 다시 한 번 동요의 끝자락에 매달렸으니…….

─마스터? 시드 경?

수한을 공격하는 데스 나이트들, 그리고 그 선두에서 그들을 진두지휘하는 시드. 토일로선 도저히 이해할 수도, 믿을 수도 없는 광경이다.

─아니, 대체 무슨 일이…….

설마 무보수 무제한 노가다에 대한 쟁의, 파업?

…워낙 당황한 나머지 말도 안 되는 상상까지 하며 현실 도피를 꾀하는 토일. 하지만 역시 정신력이 강한 마법사답게 금세 자신을 추스르고 사태 파악 및 수습에 나서려 했다.

그러나! 그가 막 마나막 내부에 들어서기 직전, 그의 행동을 멈추게 만드는 음산한 음성.

─이런, 한 녀석이 빠진 건가?

─누구……?

이미 짐작하고 있는 사실이지만, 그래도 혹시나 하는 마음. 그러나 등 뒤를 돌아보자 그의 어설픈 희망은 산산이 부서진다.

—…디스롭.

언데드 마물 중 감히 최강이라 불리는 데미 리치, 그리고 그 이전엔 역사상 가장 강력한 마법사로 군림하던 자. 이제 겨우 템빨의 힘으로 마법사 흉내를 내는 토일로선 감히 대항할 엄두가 안 나는 존재다. 하지만 그렇다고 마스터의 적에게 순순히 굴복할 순 없는 노릇.

—아이스 피어…….

—쯧, 디스펠(Dispel)! 감히 내 앞에서 마법을 쓰다니… 귀찮으니깐 어서 꺼져라.

토일이 기껏 마법을 구현했건만, 상대와의 능력 차이는 너무나 컸다. 마법이 채 발동되기도 전에 사방으로 흩어지는 마법 술식. 너무나 압도적인 전력 차이에 토일은 할 말을 잃었고, 디스롭은 아예 그를 무시함으로써 재차 토일을 좌절케 했다. 하긴 차이가 나도 너무 나니 디스롭의 입장에선 상대할 마음조차 생기지 않으리라.

결국 토일이 지금 상황에서 할 수 있는 일은 오직 하나뿐이었다.

'어쩔 수 없다. 시간이라도 끄는 수밖에…….'

이유야 알 수 없지만, 이니 죽음의 기사단과 시드를 상대하고 있는 마스터다. 거기에 디스롭까지 가세한다면 정말 일말의 가능성조차 없을 터. 때문에 토일은 어떻게든 디스롭을 붙

잡아두기로 결심했다.

이에 무심히 등을 돌리는 디스롭에게 아무 소용도 없는 마법 공격 대신 말로써 회심의 일격을 가하는 토일.

—왜 당신 같은 사람이 리치가 된 겁니까?

우뚝.

만약 토일이 마법을 난사했다면 디스롭은 그대로 무시했을 것이다. 그러나 방금 전 토일의 질문은 그의 심부를 찌르는 가히 크리티컬 공격이었으니… 토일의 말이 채 끝나기 무섭게 분노의 광망을 띠우며 거칠게 고개를 돌린 디스롭. 하지만 그런 말을 꺼낸 상대 역시 자신과 같은 리치라는 사실에 뭔가 맥이 빠진다.

—클, 웃기는군. 그러는 넌 어째서 리치가 된 거냐?

'됐다! 통했다!'

대륙 역사상 유례가 없을 정도로 경의와 찬사의 대상이었던 인물이 한낱 언데드 마물이 되었다. 거기엔 그럴 만한 남모를 사정이 있을 터. 제아무리 궁극에 도달한 마법사라 할지라도 그런 직접적인 질문엔 동요하는 게 당연지사다. 그리고 토일에게 주어진 과제는 그 동요를 더욱 크게 만드는 것.

—마스터를 도와 암흑제국을 건국하기 위해!

—…흑마법사였나? 설마 흑마법사가 아직도 남았을 줄이야…….

인간이기를 포기했음에도 한 점 후회가 내비치지 않는 토일의 당당한 음성. 이에 디스롭은 잠시 말문을 잇지 못하고 뭔가 복잡미묘한 시선으로 토일을 응시했다. 그리고 잠시 뒤 디스롭은 아련히 과거의 어떤 추억을 반추하듯 천천히 신세 한탄(?)을 늘어놓기 시작했으니……

역시 은둔형 외톨이(?) 공략의 제1단계는 상대와의 차분한 대화라는 건가?

─…나는 마법이 좋았다. 그리고 그 끝을 보길 갈망했지. 단지 그뿐이었는데… 어느새 정신을 차려보니 데스로드에 대항하는 선봉장 역할을 하고 있더군. 솔직히 대륙의 위기라는 건 내겐 하등 상관없는 문제였건만.

─뭐, 왕과 귀족들이 워낙 수단이 좋으니까요.

마법만 줄곧 파온 순진한 마법사를 전장에 몰아넣는 건 온갖 권모술수를 다루는 그들로선 식은 죽 먹기나 다름없었을 것이다. 그렇다면 디스롭은 그런 왕과 귀족들에게 배반을 당해 그 복수심을 억누르지 못하고 지금과 같은… 워낙 진부(?)한 스토리 전개인 만큼 그리 예상 밖의 일은 아니다.

─크크크, 하지만 그렇다고 내게 아주 나쁜 일만은 아니었어. 그 전쟁에서 활약한 넉에 평생 쓰지도 못할 돈을 얻었으니까. 덕분에 몇십 년간 돈을 펑펑 써가며 마법 실험을 했으니, 그들 틈바구니에서 몇 년 정도 허비한 건 그리 손해가 아

니라 볼 수 있지.

─엥?

잘 가다가 삼천포로 빠진 기분이다. 그럼 왜 한창 잘나가던 마법사가 리치가 되었단 말인가?

─문제는 그 주체 못할 돈에 있었지. 평상시 감히 접해보지 못한 돈에 약.간. 위험한 실험을 한 결과… 험험~ 어쨌든 그 결과 난 선택을 할 수밖에 없었다. 그대로 세상에 환원되느냐? 아니면 언데드가 될망정 마법을 계속 탐구하느냐.

─…그래서 리치가 된 겁니까?

─그렇다.

생각보다 너무나 평범한(?) 이유에 잠시 할 말을 잃은 토일. 설마 '영웅'이라 불리는 작자가 그냥 죽기 싫어서 인간이길 포기할 줄은 정말 몰랐다. 뭐, 하긴 영웅이라도 죽기 싫기는 매한가지니 이해가 안 되는 건 아니지만. 그러나 그렇게 나름대로 이해(?)를 하자 또 다른 의문이 솟구친다.

─그럼 왜 나르빌을 초토화시킨 겁니까? 전 무슨 복수라던가 그 외 무슨 특별한 이유를 가지고 그런 일을 하신 줄 알았습니다.

─클~ 역시 리치가 된 지 얼마 되지 않은 모양이군.

─예?

뜬금없는 동문서답에 토일은 순간 어리둥절해졌다. 설마

그런 사소한(?) 이유조차 모르는 미숙함을 조롱하는 건가? 설령 상대가 자신에 비해 많이 부족하다곤 해도 이런 식으로 농락할 줄은…

…어디까지 토일의 피해망상이다.

─리치가 된다는 게 어떤 의미인지 아는가? 마법사로서 지닌 그 철벽과도 같은 이성을 그대로 유지한 채 감정을 잃는다는 뜻이야. 그 결과 시간이 지날수록… 크크크, 아니, 이 경우엔 굳이 설명할 필요가 없는 건가? 어쨌든 나의 경우엔 '갈망'을 잃었지.

토일이 디스롭에 대한 실망감을 드러내기 직전, 리치가 지닌 고질적 병폐에 대해 이야기함으로써 화제를 전환하는 디스롭. 이에 내심 정신적 화끈거림(?)을 느끼며 토일은 황급히 반문했다.

─갈망?

─그래, 갈망. 바로 마법에 대한 지적 욕구! 지금껏 나를 지탱하던 그 단 한 가지 요소 말이야.

─…그래서요?

더욱 알 수 없는 소릴 해대는 디스롭의 모습에 토일은 정체를 알 수 없는 위화감을 느끼기 시작했다. 그리고 그의 예상대로 디스롭의 입에서 흘러나오는 극단적인 전개.

─크크크, 그것은 한마디로 지옥이었다. 내가 이 세상에 존

재하는 유일한 이유가 사라지는 듯한 느낌. 그리고 갈망을 잃었음에도 차가운 이성의 조합에 의해, 아니, 단순한 의무감으로 마법에 매진하는 그 시간은 내게 더 이상 존재 가치가 없음을 증명하는 과정이었지. 그래서 난 다시 한 번 선택을 해야만 했다. 단순한 리치가 아닌 그 상위의 존재가 된다면… 그러면 내게 다시 갈망이 돌아오지 않을까? 그런 생각을 하게 된 것이지. 그래서 난 단순한 리치가 아닌 데미 리치가 되고자 '인간'이길 완전히 포기하기로 했다.

─설마……?

그 스스로 인간이길 포기한 대마도사의 고뇌. 토일은 그 격렬하지만 차가운 이성의 극단적인 결단에 공감하는 한편, 점차 밝혀지는 비사에 두려움을 느끼기 시작했다. 인간을 구원했던 대영웅이 설마 그런 이유로…….

─크크크, 그렇다. 그 설마가 맞다. 깨달음이 아닌 반강제적으로 데미 리치가 되려면 드래곤 하트 수십 개에 해당하는 마나가 필요했고, 그런 막대한 마나를 모으기 위해선 대륙의 정중앙에 위치한 이곳 나르빌이 필요했다. 그래서 난 5년 전 나르빌 공국을 멸망시켰던 것이다.

─그럴 수가…….

드디어 밝혀지는 진실. 왠지 이해가 되는 듯하면서도 이해가 안 되는 내용이다. 뭐, 하긴 독립 자금 조성을 위해 게임

내에서 사업(?)을 벌인답시고 무차별 살육을 벌이는 녀석도 있으니.

―그럼, 이제 데미 리치가 되셨으니 원하시는 바를 이루신 겁니까?

상상을 초월하는 비사에 잠시 말문이 막혔지만 그놈의 호기심이란 녀석은 재차 토일의 입을 열게 만들었다. 하긴 수만 명을 학살하고 일 개 공국을 멸망시켰으며, 지금의 이 말도 안 되는 건축물을 동원하면서까지 추진했던 일이니 그 결과가 궁금한 것이 당연지사. 그런데 그 대답을 해줘야 할 디스룹은 그 질문에 오직 침묵만을 고수한다. 그렇다면 설마?!

―설마 그런 일을 벌이고도 갈망을 되찾지 못한 겁니까?

도무지 끝날 줄 모르는 침묵에 마침내 다시 한 번 확인하는 토일. 하지만 이미 대답을 들은 것이나 진배없었다. 그저 어처구니가 없어 자신도 모르게 그런 말이 튀어나온 것일 뿐.

하지만 그 별 뜻 없는 물음은 디스룹의 가슴에 1m짜리 미스릴 대못을 박는 것과 동일한 위력을 발휘했다.

―크윽~ 그래, 결국 실패했다. 깨달음을 통해 얻은 경지가 아니기에, 어디까지나 막대한 마나의 희생을 통해 반강제적으로 얻은 것이기에……. 그래서 난 여전히 갈망이 없은 채 마법 탐구에 사역되는 노예 신세를 면치 못하고 있다! 그토록 많은 피를 흘렸음에도!!

―…….

좌절과 죄책감이 버무려진 격한 외침에 이번엔 토일이 무거운 침묵의 늪에 빠져들었다. 그리고 그 처절한 절규의 주인공을 그저 연민의 시선으로 바라볼 수밖에 없었다. 그러자 디스롭, 이미 데미 리치까지 된 과거의 영웅은 그 시선에 괜히 자존심이 상하는 모양.

―크크크, 내가 불쌍한가? 하지만 난 그 과정이 어떻든 초월자의 반열에 오른 자. 원하는 바는 얻지 못했으나 그것에 버금가는 '물건'을 습득했지.

―물건?

죽을상을 짓던 녀석이 갑자기 키득거리자 토일로선 이놈이 왜 이러나 싶다. 그러나 그런 의아함도 디스롭의 손을 보는 순간 질식할 것 같은 경악으로 변했다.

―그… 그건…….

디스롭의 손가락에 끼어 있는 해골반지. 수한이 한눈에 알아본 것을 토일이 못 알아볼 리 없다. 그렇다. 그것은 바로 데스로드를 상징하는 죽음의 세례!

―크크큭. 1년 전 내 뼈에서 다시 살이 돋아났을 때 '그녀'가 나타나더군. 날 데스로드 후보자로 선택했다나? 크크크, 정말 황당했지. 데스로드에 맞서던 인간 진영의 최선봉장을 데스로드 후보로? 크크크, 카카카카!

50년 전 데스로드에 맞서 인류를 구원한 대영웅. 그러나 지금은 대륙의 삼대재앙 중 하나로 꼽히며 데스로드의 차기 후보자로 거론되고 있다. 마치 어디 소설에서나 나올 뻔한 이야기(비록 그 과정은 여타의 파란만장한 캐릭들보다 평범했지만).

그렇게 디스롭의 광소가 공동을 울리는 가운데 토일은 그저 멍하니 그를 바라만 볼 수밖에 없었다. 연민하기엔 상대의 행위가 너무 지나쳤고, 마냥 비판하기엔 뭔가 안타까운 심정. 그러다 어느 순간 번뜩 떠오르는 생각에 토일은 재차 기겁한다.

─그렇다면… 당신은 이미 데스로드가 된 겁니까?

어딘가 부족한 점이 있다곤 하지만 디스롭은 분명 데미 리치다. 즉, 자신의 마스터인 수한과 동급이거나 그 이상의 존재. 거기다 데스로드의 신물인 '죽음의 세례' 까지 지니고 있다면 이미 끝난 게임이나 진배없었다. 그렇다면 마스터는, 자신의 꿈은?!

─크크크크, 크하하하하하! 기가 막히는군. 내가 데스로드가 된다고? 크크크, 네가 어떻게 생각할지는 모르겠지만, 난 마신의 권능 대행자가 될 생각이 전혀 없다. 괜히 그랬다간 언제까지고 손에 피나 묻히며 결국엔 진짜 노에 신세로 전락하게 되겠지. 나로선 그리 마음 동하는 일이 아니니 그런 걱정보다 네 주인의 안위나 걱정해라.

'휴우~ 다행… 아니, 그렇지도 않군.'

꼴에 자존심은 있는지 데스로드의 지위를 거부했음을 자랑(?)하는 디스롭. 하긴 마법에 대한 '갈망' 외엔 아예 관심조차 가지지 않는 그로선 그게 당연한 반응이리라. 이에 토일은 내심 안도의 한숨을 내쉬는 한편 그것이 현 상황에 그리 큰 변화를 주지 못한다는 사실에 다시 한 번 절망했다.

가뜩이나 강한 디스롭이 데스로드의 신물까지 지니고 있다. 현재 시드들에게조차 고전하는 수한이 그런 디스롭을 상대해 승리한다는 것은 거의 불가능한 일. 혹여 디스롭이 지금이라도 손을 쓴다면 그야말로 순식간에 파탄이다.

때문에 수한의 권속인 토일로선 뭔가 일발역전의 기묘한 수를 생각해야만 했다.

'무슨 좋은 수가 없나?'

일단 그의 능력으론 디스롭의 털끝 하나 건드리기 힘들다. 결국 할 수 있는 일이라곤 수한을 도와줄 조력자를 어디선가 데려오는 것뿐. 그리고 그런 일을 할 만한 전력은 피라미드 밖의 토벌대 사람들밖에 없었다. 다행히 디스롭은 토일에 대해 일말의 호의—물론 그 스스로는 인식 못하는 듯하지만—를 품고 있긴 하지만 무관심을 표방하고 있으니 이 틈을 이용해서…….

…물론 그 와중에 여러 가지 대답하기 난감한 설명—수한

이 왜 이곳에 있냐는 것부터 난데없이 붕괴되어진 마법진까지—들이 필요하겠지만, 어쨌든 토일의 선택은 정해진 것이나 다름없었다.

그런데 토일이 막 디스롭의 눈치를 살살 살피며 발걸음을 옮기려는 찰나!!

'아뿔싸! 마스터, 그러시면 안……'

…역시나 수한이 문제였다.

할버드와 검이 난무하고 석궁의 쿼럴이 전면을 뒤덮는다. 사방에서 흘러나오는 살기는 이미 과포화 상태가 되어 아지랑이처럼 일렁거리는 상태. 그리고 그 살기와 혼란의 무저갱의 중심에서 식은땀을 줄줄 흘리며 이리저리 몸을 날리고 있는 인영이 있었으니… 그 인영의 정체는 바로 수한이다.

'잘못 생각했다!'

예전에 한번 고전했을지언정 이젠 충분히 상대할 수 있다고 여겼다. 솔직히 그때는 처음 접하는 병진에 당황, 제 실력을 십분 발휘하지도 못했으니까. 하물며 지금은 수련을 통해 '찔끔' 강해진 상태가 아니던가?

하지만 그것은 죽음의 기사단 역시 마찬가지. '단톨'에서의 일전은 어디까지 수한을 자체 마력 충전원으로 쓰기 위해 생포하는 것이 목적이었다. 때문에 손속에 일 푼 정도 사정을 봐준 것이 사실.

그러나 지금은 자신들의 '진정한 군주'(비록 마법에 의한 굴절된 생각이긴 했지만…)가 수한의 멸절을 선언한 상태. 목적이 생포가 아닌 말살인 만큼, 자연 그 공세의 강도는 예전과는 천양지차일 수밖에 없었다.

결국 병진의 중심에서 벗어나면 알아서 파탄날 줄 알았던 파상공세는 수한의 예상과는 달리 시간이 지날수록 강해져 갔고 포위망은 더욱 견고해졌다. 심지어 이형환위를 연달아 썼음에도 수한의 신형을 끝까지 쫓는 데스 블레이드의 물결. 그 긴박한 시각, 수한이 더 이상 여유를 부리지 않고, 모종의 결단을 내린 건 어쩔 수 없는 선택이었다.

"…역시 그 수밖에 없겠군. 될 수 있는 한 쓰고 싶지 않았는데……."

호승지심 반, 자존심 반에 끝까지 사용하길 꺼렸던 비책. 그러나 생각대로 풀리지 않는 지금 상황에선 그것은 사치요, 낭비에 지나지 않다. 때문에 수한은 사방에서 날아드는 치명적인 공격들을 피함과 동시에 공방전이 시작된 이후 처음으로 반격에 나섰다.

파팟!

이형환위를 통해 어느새 데스 나이트들 중 하나의 멱살을 틀어잡는 수한. 이어 자신의 무지막지한 마력을 데스 나이트에게 강제로 주입했다. 그러자 노예 계약서를 작성했을 때처럼 쥐약 먹은 쥐마냥 바르르 떨며 거품을 무는 데스 나이트들.

—크아아악!

"크크크크, 끝났다."

이미 그 효능(?)이 입증된, 내공을 강제적으로 주입함으로써 타격을 주는, 오직 수한같이 마나탱크빨 캐릭만이 가능한 공격. 집단전 최강의 스킬, 영혼을 공유해 전체가 하나가 되는 '스피릿 유니온'을 역으로 이용한 그것은 데스 나이트들에게 극약 중에 극약이었다. 결국 방금 전까지 기세등등하던 백 기의 데스 나이트는 저마다 고통에 몸부림치며 쓰러져 가는데…….

그러나 수한의 게임 인생에 쉬운 일이란 용납할 수 없다는 걸까?

스걱, 데구루루.

"억? 시드, 무슨 짓을?!!"

수한이 잠시 기고만장해하는 틈을 타 한창 마력을 주입하던 데스 나이트의 목을 날려 버린 시드. 덕분에 다른 데스 나이트들은 고통에서 해방, 새차 수힌에게 데스 블레이드를 겨눈다. 그리고 방금 전 시드에게 당한 데스 나이트는 검은 연기로 화해 수한과 멀찍이 떨어진 곳에서 재형성되는데… 수한으로선 그야말로 미치고 팔짝 뛸 노릇.

"으으~ 시드, 네가……."

평상시 그렇게 잘 대해주었건만, 이렇게까지 날 방해하다니. 하지만 수한은 그런 원망의 말을 꺼낼 틈도 없이 사방에서 날아드는 데스 블레이드들의 물결에 재차 황급히 몸을 날려야 했다.

슈슈슉―

이미 진영을 확고히 구축한 데스 나이트들의 파상공세. 비록 청제국의 검진보단 그 예리함이 덜하지만 그 견고함은 마왕인 수한조차 파해가 불가능하다. 이대로 가다간 정신없이 방어 혹은 회피만 하다 예전처럼 '용의 족쇄'라는 거대 쇠사슬에 재차 겁박될 게 뻔할 뻔 자.

"으아아! 그럴 순 없어!"

파팍, 스걱!

뻔히 보이는 미래에 결코 승복할 수 없는 수한. 그는 자신을 난자해 오는 수십 개의 데스 블레이드를 호신강기로 튕겨내며 도리어 병진의 중앙에 뛰어들었다. 그리고 그 예상치 못한 대응에 당황하는 데스 나이트들 중 두 기를 제각각 양손으로 낚아챘다.

"이번엔 반드시!!"

단 한 기만 살아남아도 전원 부활할 수 있는 죽음의 기사단. 때문에 수한이 할 수 있는 최상의 공격은 그들 전부에게 타격을 입히는 범위 스킬이나, 마력 강제 주입밖에 없다. 그나마 십방장환은 시드―미우나 고우나 차마 공격할 수 없는 수한이었다―탓에 포기했으니, 남은 건 마력 강제 주입뿐. 일부러 맞아가며 상대의 병진에 깊숙이 들어간 게 그냥 심심해서가 아닌 것이다. 그런데…

퍼걱, 스걱.

"커억? 이런, 독한 놈들!"

수한이 막 마력을 주입하려는 찰나, 그의 양손에 잡힌 데스 나이트들이 그 스스로 머리를 베거나 심장을 찔러 자살해 버린다. 필시 시드의 행동에서 힌트를 얻은 듯. 덕분에 수한은 자신의 손에서 허망하게 사라지는 검은 연기를 멍하니 바라만 봐야 했다. 그리고 그런 수한의 빈틈을 노려 재차 쇄도하는 데스 나이트들.

"크윽, 이것들이… 좋아, 그래. 누가 이기나 해보자!"

간만에 떠올린 좋은 생각이 시드의 기지에 의해 허망하게 분쇄되자 이젠 남은 건 정면승부뿐. 수한은 이제 더 이상 좋게(?) 끝낼 생각을 버리고 전의를 불태웠다.

그러나… 공간 결계로 인한 능력의 일부가 감소된 공간에서, 거의 불사신이나 다름없는 레벨 350짜리 백 기의 데스 나이트를 상대로, 그것도 말썽 많은 부하 탓에 전력을 다할 수조차 없는 현 상황은 그리 낙관적이질 않다. 막말로 수한의 사망 및 캐릭 삭제가 시간문제인 것처럼 느껴졌다.

하지만! 그렇다고 그냥 포기하기엔 지금까지의 모진 고난과 역경의 시간들이 너무 아깝지 않은가(…어째 생존의 이유가 다른 주인공들과는 많은 차이를 드러낸다).

'뭔가 방법이 있어야 하는데…….'

수한도 아주 바보─어이, 어이∼─는 아니기에 지금 상황에서 무작정 불타는 전의─한마디로 폭주─를 드러내진 않았다. 대신 데스 나이트들의 공세를 요리조리 피하며 이 위기를 넘기기 위한 묘책 구상을 위해 머릴 굴리기 시작하는데…

물론 그런다고 멀쩡한 돌이 부드러운 두부(?)로 변할 리 없다. 머릴 쥐어뜯으며 궁리한다고 좋은 아이디어가 퐁퐁 솟구친다면 세상에 어려운 일이 어디 있겠는가?

그러나 역시 주인공!! 수한은 괜히 주인공이 아니라는 듯 어느 순간 한 가지 중요한 사실을 번뜩 깨달았다.

'어라, 가만있어 봐라…….'

솔직히 별것도 아닌 너무나 당연한 사실, 그러나 지금의 절망적인─과거에 있었던 온갖 고난들에 비하면 그리 난이도(?)가 높은 것도 아니건만…─상황에 취해, 혹은 지레 겁을 집어먹고 잠시 잊고 있었다.

전력을 다할 수 없다곤 하지만, 그것은 어디까지 십방장환

같은 범위 스킬을 쓰지 못한다는 것뿐, 지금 상황에서 그 외 다른 제한은 전혀 없다!!

"크크크, 이거 기가 막히는군. 왠지 내가 바보 같잖아."

바로 코앞에서 시퍼런 데스 블레이드가 지나가건만 연신 키득거리기에 바쁜 수한. 스스로 생각해도 너무 황당한 탓이다.

나는 강하다, 감히 '먼치킨'이라 표현할 수 있을 정도로. 레벨 350의 데스 나이트? 마음만 먹는다면 단 1초 만에 끝장 낼 수 있다. 그런데 나는 대체…

'이것도 일종의 고정관념인 건가? 하긴 십방장환으로 꽈꽝, 하고 죄다 쓸어버리는 데 익숙해져 버렸으니……'

모든 걸 그저 편하게만 하려는 마음이 문제였다. 일종의 귀차니즘? 아니, 그보단 너무나 강하기에 제대로 활용을 못했다는 표현이 적절하리라. 십방장환같이 편한(?) 스킬에 의지했고, 그것에 익숙해져 버렸다. 그래서 이 위기를 넘기기 위해선 오직 십방장환만이 유일한 해결책이라고 '착각'했다. 이래서야 다른 강력한 스킬들이 돼지 목의 진주 목걸이지 않은가. 장환, 아니, 강기만 구현해도 고수 흉내(?) 내는 데 아무 문제가 없건만.

만약 '천무'가 자신과 같은 능력을 지닌 채 지금과 같은 상황에 빠졌다면 이렇게 고전을 했을까? 아마 단 10분 내에 이

공간 결계인지 뭔지를 박살 내고 디스롭의 머리통 역시 깨부수고 있으리라.

그에 비해 자신은 확실히 어설펐다. 이미 한 번 겪어본 상대에게 또다시 당황만 하고 대응조차 못하고 있다니……. 한 달간 수련으로 크게 발전했다고 여겼건만, 이래서야 전혀 나아진 게 없지 않은가? 하지만…

"그걸 깨달은 이상 게임은 끝난 거지."

삼십 년간 도를 닦고 이제 막 하산하는 사람의 미소를 지으며 뭔가 의미심장한 대사를 중얼거리는 수한. 그리고 그런 입가의 미소와 함께 수한의 양손에 무서운 속도로 모여드는 가공할 경력. 그것은 십방장환을 최소 서너 번을 구현할 수준의 엄청난 마나량이었다.

우우우웅—

"크크크, 이런 건 너 혼자만 할 수 있는 게 아니거든."

힐끔 디스롭을 곁눈질한 뒤 자신의 강력한 힘을 음미하는 수한.

바로 이것이다. 넘치는 마나로 아무 제한 없이 구현되는 최상급 공격 스킬의 난무. 디스롭이 하던 걸 따라 하는 것 같아 자존심이 상하긴 했지만, 이 역시 자신의 능력이었으니… 어쨌든 단순방어가 아닌 적극 공세로 전환하기로 마음먹은 이상 이제는 지체할 필요가 없다! 하물며 이미 상황은 급박해질

대로 급박해진 상태.

수한이 그렇게 딴생각에 빠진 사이 사방팔방에서 조여오는 데스 나이트들의 공세는 이미 그 마지막을 달리고 있었다. 이제 용의 족쇄에 꽁꽁 묶인 채 제압되기 일보 직전. 때문에 수한은 이제 더 이상 자신의 분노와 전의를 감추지 않고 마음껏 터뜨렸다.

우우우우웅―

수한의 의지에 따라 일순간 회색의 마력장 내부 전체를 뒤덮는 수백 개의 장환. 이어 수한이 힘차게 양손을 떨치자 그 파괴의 정화는 시드를 제외한 모든 데스 나이트들에게 날아들었다.

파삭! 서걱! 으직―

―크아악!

운 좋은 일부는 데스 블레이드로 장환을 막아내는 데 성공했다. 하지만 그보다 훨씬 많은 수가 장환에 난자되어 검은 연기로 화했다.

역시 수련의 성과가 아주 없진 않은 모양.

그러나 단지 그것이 전부였다. 검은 연기로 화하기 무섭게 재생성되는 데스 나이트들. 수한이 아무리 힘을 써봤자 저들을 한 번에 전부 회색으로 물들이지 않는 한 데스 나이트들은 불사신이나 다름없는 것이다. 하지만…

"크크크크, 물량 공세 앞에선 장사가 없는 법이지."

파괴된 데스 나이트들이 완전히 재생성되기 전에 다시 한 번 장환을 무더기로 생성, 사방팔방으로 뿌리는 수한. 이에 데스 나이트들의 수는 재차 급감했고, 그와 거의 동시에 허공을 뒤덮는 장환 무리.

디스롭이 구현한 마력장의 크기가 수한의 장환 사정거리 내에 있는 한, 그리고 죽음의 기사단 전원이 그 결계 내에 있는 이상 죽음의 기사단이 전멸하는 것은 거의 기정사실로 보였다. 말 그대로 대역전!

"크크크, 어처구니가 없군. 이렇게 간단한 것을… 그나저나 이것들을 어떻게 한다?"

자신의 힘에 반쯤 도취되어 연신 광소를 흘리는 수한. 잠시 죽음의 기사단을 어찌할까 고민한다. 하지만 이미 그 답은 정해진 것이나 다름없었으니.

죽음의 기사단이 비록 쓸 만한 무력이라곤 하지만 이런 식으로 통제에서 벗어난다면 쓸모는커녕 도리어 위협이 될 터. 하물며 지금까지 당한 게 있는데 어찌 그냥 넘어가랴. 때문에 수한은 이번에 정말 마음을 독하게 먹었다.

콰콰콰콰쾅!

조금 전 디스롭의 마법 공격처럼, 마치 어디선가 폭격기라도 공수해서 폭탄을 무한정 투하하듯 쉴 새 없이 내리꽂히는 장환 다발. 컨트롤 능력만은 수한이 디스롭보다 한 수인지 조금 전 마법 공세에서조차 분전하던 데스 나이트들이 사정없이 난타당한다. 그 결과 백 기에 달하던 데스 나이트들이 지금은 고작 십여 기, 그것도 너덜너덜한 갑옷 쪼가리가 되었다. 그나마 결계 내 유일하게 멀쩡했던 존재는…

휘이익―

"시드 경, 그러면 쓰나? 잠시만 기절하시게."

퍼억!

수한이 나름대로 신경 쓴 탓에 무차별 장환 투하 속에서도 털끝 하나 다치지 않은 시드. 그는 검 한 번 휘두른 뒤 수한의 가벼운 손날 공격에 기절해야 했다. 그리고 그것으로 결계 내 수한을 위협할 존재는 전무.

수한은 이제 마음 편히 최후의 일격, 아예 작정을 하고 지금까지보다 족히 두 배 이상의 장환을 한꺼번에 생성했다. 그리고 그가 손가락 하나만 까딱이면 죽음의 기사단은 완전히 전멸할 상황. 하지만 수한이 그렇게 막 파괴자로서의 유희를 만끽하기 직전!

―쯧~ 정말 귀찮게 하는군.

우웅―

"커억!"

그것은 수한의 입장에서 보면 명백히 반칙(?)이었다. 그러나 상대방 입장에선 어디까지 방심한 놈이 잘못이다. 결계 안만 신경 쓴 탓에 정작 결계 밖의 진짜 적을 잊은 수한. 그 대가는 너무나 컸다.

디스롭의 심통 맞은 음성과 함께 수한을 덮치는 가중력 백배의 마법. 수한은 수레 밑에 깔린 사마귀마냥 짓눌려졌다. 그와 함께 허무하게 사그라지는 강기의 무리. 그 틈을 타 데스 나이트들은 서둘러 몸을 복구, 수한을 후다닥 용의 족쇄로 제압한다.

수한이 기껏 주인공답게 활약했건만 그 보람이 없어지는 순간. 아니, 보람이 있고 없고의 문제가 아니라, 절체절명의 위기 상황이었다.

─크르륵… 죽여주마.

방금 전 수한에게 거의 순식간에 몰살당할 뻔한 사실에 분노할 걸까? 아니면 노예 계약서에 묶여 지금껏 혹사(?)당한 탓일까? 수한을 향해 정말 제대로 된 살기를 선보이며 데스 블레이드를 겨누는 데스 나이트들. 디스롭의 승낙이 떨어지면, 곧바로 수한을 토막 낼 기세다.

하지만 데스 나이트들의 그런 살기등등한 모습과 달리 정작 디스롭은 수한을 이대로 죽일 생각이 없었다.

─…제법이었어.

자신이 직접 손 쓸 필요도 없이 결계 내부에서 알아서 처리

될 줄 알았다. 제아무리 마왕 급 존재라 하더라도 공간 결계와 마력장이 중첩 운용된 상황에선 그리 큰 힘을 발휘하지 못할 터. 하물며 항마전쟁 당시 큰 활약을 펼쳤던 죽음의 기사단이 자신의 권속이 된 마당에서야…

하지만 디스롭의 그런 예상과는 달리 정작 결과는 정반대. 수한의 능력은 그의 예상을 훨씬 상회했다. 심지어 어떻게 그런 능력이 지닌 채 이런 식으로 당할 수 있는지 의아할 정도로.

─좋아, 재미있군. 어쩌면 내겐 새로운 자극을 될지도… 일단 제압만 해서 데려오도록!

─예스, 마이 로드.

디스롭의 의외의 지시에 약간 불만이 있긴 하지만, 로드의 명령은 절대적. 데스 나이트들은 어느 틈엔가 거둬진 마력장 범위 밖으로 비몽사몽인 수한을 끌고 나왔다. 그리고 용의 족쇄에 제압당한 수한은 완전히 힘을 잃은 채 디스롭의 뭔가 위험스런 실험의 주재료가 될 위기에 빠졌으니…

결국 수한이 이 위기 상황에서 믿을 수 있는 건 그의 영원한 스토커, 수진밖에 없다. 하지만…….

*   *   *

"아, 씨발~ 너 누구야? 왜 남의 앞길을 계속 막고 지랄이야?!"

평상시 그 특유의 므흣함(?)만으로 상대를 자폭시키던 수진. 그러나 지금은 그 냉정했던 모습과는 달리 욕설이 난무한다. 하긴 서포터 대상이 있는 곳에서 연신 쿵쾅거리는 것이 영 불안한데, 벌써 한 시간째 앞길이 막혔으니…

"글쎄요? 언제까지일까요? 저 안에서 벌어지는 일이 전부 끝날 때쯤? 아니면… 당신이 이 어둠에 완전히 사로잡힐 때까지?"

"이게 보자 보자 하니까!"

왠지 비웃는 듯한 상대의 말에 더욱 화가 치미는 수진. 그러나 그 떨리는 음성에 숨겨진 진짜 감정은 분노가 아닌 명백히 '공포'였다.

조금 전부터 그녀의 앞을 가로막은 그 무언가. 검은 연기 같기도 하고, 그림자 같기도 한 그것은 사람의 원초적 공포를 자극하는 이형의 괴물. 수진이 아무리 담대하다곤 하지만, 그 정체불명의 존재에게 일말의 공포를 느끼지 않을 수 없었다. 거기다 몇 시간째 암흑 속에서 벌이는 신경전은 더욱 그녀의 정신을 갉아먹고 있었으니…

"이 새끼가!!"

좌좌좍—

상대의 도발 아닌 도발에 냉정을 상실한 수진. 분노로 포장한 공포의 반작용을 빌려 무작정 공세를 펼친다. 하지만 상대의 검은 신형은 이미 그녀의 공격권에서 벗어나 통로의 벽에 스며들어 간 상태. '닌자' 라는 사기 직업을 지닌 수진조차 흉내 낼 수 없는 묘기였고, 그 뒤 이어지는 건 그녀의 예측 범위를 넘어선 반격이었다.

슈슈슉─

"크윽?!"

그림자를 삼킨 벽면 반대쪽에서 일어나 불시에 수진의 몸을 난자하는 수십여 개의 어둠의 창. 마치 현실상의─비록 게임 속 세상이긴 하지만…─상식 따윈 깡그리 무시한, 뭔가 비현실적인 공격이다. 거기다 그 기괴함은 둘째 치고, 그 데미지 역시 만만치 않았으니… 하지만 그조차도 수진이 그 검은 창들을 막아선 다음을 위한 포석일 따름.

휘리리릭─

"큭~ 당했다."

수진의 몸을 난자한 데 이어 순식간에 그녀의 몸을 감아버리는 검은 창 무리. 그것들은 어느 틈에 거대하면서도 칠흑같이 검은 아나콘다로 화해 수신을 칭칭 감아버렸다.

쉬리릭─

─이런 방식은 별로 취향이 아니지만… 뭐, 편식은 나쁜 거

니까.

헛바닥을 날름거리며 수진을 향해 입맛을 다시는 아나콘다. 흑안을 연신 번들거리는 모양새나 분위기를 보건대 수진을 한입에 꿀꺽할 태세다. 그러자 사방에서 조이는 압력에 비명이 내지르면서도 수진은 자신도 모르게 발끈했다.

"이 자식… 뱀대가리 주제에 감히 모든 여성의 희망이자 보배인 나를 탐해?! 으아아아! 같이 죽자!"

―웅? 무슨 짓을……?

뭔가 심상치 않은 포스를 풍기는 수진의 급변한 분위기에 순간 당황하는 아나콘다. 수진의 불타는 눈은 바로 자살특공대의 그것이었다.

"헬파이어!! 체인 라이트닝!!"

―크아아아아!

콰콰콰쾅!

불식간에 터진 화염과 전격의 공격에 비명을 내지르는 아나콘다. 워낙 근거리에서 당한 만큼 그 타격은 제법 치명적이었다. 이에 연신 독한 놈이라 중얼거리며, 재차 바닥으로 스며드는 검은 그림자. 하지만 수진은 수한과 같은 먼치킨 몸빵 캐릭이 아닌지라 스스로의 마법 공격의 여파로 회색으로 물들기 일보 직전이었다.

"에휴~ 간신히 쫓아내긴 했다만… 이래서야 도움은커녕

도움을 받아야 할 처지니……."

포옹. 꿀꺽꿀꺽.

품 안에 있는 힐링포션을 연달아 마시며 어떻게든 몸을 움직이려는 수진. 하지만 제아무리 최상급 힐링포션이라 할지라도 바로 체력과 HP를 회복시켜 주기엔 무리가 있었다. 지금의 부상은 적어도 10분은 있어야 제대로 운신이 가능할 정도의 중상. 결국 수진은 땅바닥에 축 늘어진 채 이렇게 희망할 수밖에 없었다.

"수한아, 10분이다. 딱 10분만 괜히 헛짓하지 말고 참고 있어라."

…바로 그 시각, 수한은 산 채로 해부되기 직전의 상황이었다.

"칫~ 아무리 본신 능력의 30%를 채 담지 못한 분신이라곤 하지만 이렇게 당하다니… 단순히 순간의 유흥이라 여겼던 게 실수인가?"

거의 소멸 직전까지 몰린 분신을 흡수하며 어둠 속의 '그'는 중얼거렸다. 솔직히 그가 직접 나섰다면 지금과 같은 자잘한 피해를 아예 없있겠지만…

"뭐, 어차피 '균형'을 맞추는 게 목적이었으니… 솔직히 이렇게 일방적으로 진행될 줄 알았으면 아예 나서지도 않았을 테고……."

　누구도 찾지 못할 어느 비밀스런 공간, 그 중심에서 그는 조용히 때를 기다리고 있었다.

＊　　　＊　　　＊

　─호오～ 이런 막대한 마나량이라니… 이거, 웬만한 성룡급 이상이 아닌가? 거기다 투마(鬪魔) 일족과도 비견되는 근육 응축도라…….

　용의 족쇄에 결박당한 채, 축 늘어진 수한을 요리저리 뜯어보며 연신 감탄사를 토하는 디스롭. 하긴 수한이 어디 보통 사기 캐릭이던가? 청제국에서 온갖 영약을 주워 먹어 먼치킨 초급을 이루었고, 팔라스 연합에 넘어와선 승급을 통해 상태창의 모든 스탯을 두 배로 뻥튀긴, 먼치킨 중급을 이룬 주인공 캐릭이 아니던가?

　─크크, 이거 간만에 손맛이 장난이 아니겠군.

　마법에 욕구가 없다는 주제에 연신 손을 비비며 켈켈거리는 디스롭. 간만에 얻은 희귀한 재료(?)에 기꺼워하는 기색이 역력하다. 그리고 그 서늘한 손놀림과 괴상망측한 웃음소리 덕분에 수한은 절로 후덜덜 사지가 떨린다.

　'이런, 젠장… 차라리 죽는 게 낫지.'

지금껏 온갖 일을 다 겪었지만 결코 죽음만은 거부했었다. 아무리 고통스러워도, 아무리 정체절명의 위기 상황에서도… 왜냐하면 죽음은 곧 캐릭 삭제이니까. 그러나 지금 이 순간만은 차라리 죽고 싶었다. 변태에게 희롱당하는 꽃띠 처녀도 아니고 이게 대체 무슨 꼴인지…

그러나, 그러나 막상 자살을 하기엔 자신의 마지막 패가 너무 아깝다. 바로 수진, 그녀라면 무슨 수를 내주리라. 비록 그녀가 자신의 인생 최대 불행이라 할지라도 이 위기에서 구해줄 능력과 의지가 있을 터.

…하지만 이번엔 왠지 발동(?) 시간이 늦다.

'으으~ 누나, 제발 빨리 좀 와줘.'

물론 피라미드 어디 구석진 곳에 널브러져 있는 수진이 그를 구해줄 리 만무. 수한의 속만 바싹바싹 타 들어갈 뿐이었다. 그런데 바로 그때!

─멈춰!!

디스롭의 뼈다귀 손이 수한의 몸을 더듬기 직전 어디선가 뛰쳐나온 인영. 수한조차 잠시 잊었던 충직한 권속 토일이다. 그러나 정작 그의 등장에 기꺼워야 할 수한은 그리 반가워하는 기색이 아니었으니.

'에휴~ 무슨 힘이 있다고 나서는 건지……'

하긴 이제 겨우 레벨 50이 넘어선, 그것도 할 줄 아는 건 저주 마법밖에 없는 마법사에게 무슨 큰 기대를 할 수 있겠는가? 하물며 상대는 백 기의 데스 나이트를 이끄는 데미 리치임에야…….

―클, 아직도 떠나지 않은 건가? 좋은 말 할 때 꺼지는 게 신상에…….

―헛소리! 마스터는 내가 지킨다!!

같잖다는 듯 손을 흔드는 디스롭과 수한의 노골적인 실망에도 불구하고 당당히 앞으로 나서는 토일. 대체 무슨 배짱인지는 모르겠지만, 그 기세만은 레벨 400대 대마도사의 그것과도 비견됐다.

물론 그 속내는 주위의 예상(?)처럼 시커멓게 타 들어간 지 오래.

'으으~ 마스터가 디스롭을 의식해서 조금 더 시간을 끌어주었다면 좋았을 텐데… 그랬다면 밖에 있는 토벌대와 합류를… 아니, 애초에 디스롭이 손이 쓸 의향이 없다는 걸 간파하고 내가 일찍 움직였어야 했는데…….'

후회는 후회를 부르고 더욱 상황을 악화시킬 패착을 부른다더니 지금 경우가 딱 그렇다. 디스롭이 수한의 몸을 더듬는(?) 순간 발끈해서 나서긴 했지만 제까짓 게 그래 봤자 무슨 소용이 있으랴? 차라리 냉정히 수한을 외면하고 토벌대에게 구원을 요청하는 게 백 번 낫을 뻔했다. 머리 좋기로 유명한 직업군, 마법사가 한동안 수한 옆에서 지내더니 결국 이런 실수를… 그러나 낙장불입이라.

　―클~ 충성심 하나는 대단하군. 좋아, 그 정성을 봐서 내가 상대해 주지.

　토일을 단숨에 토막 내려는 데스 나이트들을 제지하고, 직접 앞으로 나서는 디스롭. 그 모습에 수한과 토일은 더욱 기가 막힌다. 제딴엔 나름대로 대우를 해주기 위해 그러는 모양인데… 수한과 토일의 입장에선 갈수록 태산, 점입가경이 아니고 무엇이랴?

　그러나 이미 호랑이 등에 탄 마당에 잠자코 죽을 순 없는 노릇. 토일은 디스롭이 잠시 틈을 보이는 것을 노려 템빨용 공격 마법을 발동했다. 이른바 선수필승!!

　―아이스…….

　―쯧, 디스펠. 마법은 쓰지 말라니까.

　…역시나 요행이나 기적 따윈 존재하지 않았다. 마법의 서클은 절대 부동의 차이. 토일이 채 마법을 발동시키기도 전에 마나의 유동은 정지한다. 그러나 끝끝내 포기를 모르는 토일!! 자신이 할 줄 아는 마법들, 변비, 복통, 안면경련 등을 비롯한 생활 저주 마법을 계속 난사함으로써 새로운 돌파구를 열고자 했다. 역시 오십 년간 도망자 생활을 한 흑마법사다운 근성!

하지만 상대는 마법의 극을 이뤘다는 대마도사, 그것도 생자가 아닌 언데드인 존재. 그런 무의미한 저항—비록 반쪽짜리긴 하지만, 언데드에게 변비나 복통이 웬 말인가?—에 반응할 리가 없다. 결국 시간이 지날수록 디스롭은 슬슬 지루함마저 느끼기 시작하는데…

—할 줄 아는 건 다 했나? 같은 리치로서의 아량은 이제 끝이다. 그럼…….

결국 지루하다 못해 짜증이 난 디스롭은 이제 슬슬 토일을 처리하려고 마음먹었다. 솔직히 이렇게나마 상대해 준 것조차 토일의 입장에선 감지덕지한 일. 어디까지 같은 리치이기에 일말의 동정심을 발휘한 결과인 것이다.

그런데 이럴 수가!? 알고 보니 이 모든 것은 토일의 노림수였다!!

—아직입니다!!

—응?

어느 틈엔가 디스롭의 바로 코앞까지 접근한 토일. 지금껏 마법을 난사하며 알게 모르게 디스롭에게 다가가고 있었던 것이다. 마법에만 신경 쓰던 디스롭이나 데스 나이트들로선 미처 생각지 못한 일. 덕분에 토일은 마법사 주제에 디스롭과 육박전을 벌이는 데 성공했다.

퍼퍽. 퍽퍽!

―으으~ 고작 이따위 녀석에게 내가…….

스스로의 능력을 잘 아는 토일로선 마지막 도박을 하는 심정으로 벌인 일. 토일은 손에 든 마법 지팡이를 몽둥이로 활용, 그야말로 신나게 디스롭을 후려갈긴다. 그 예상치 못한 공격에 미처 대응조차 못한 채 두들겨 맞기에 바쁜 디스롭. 옆에서 안절부절못하며 바라만 보는 데스 나이트들이 안쓰러울 정도로 샌드백 신세를 면치 못한다.

…그러나 그것은 어디까지 요행에 요행이 겹쳤기에 가능했던 일. 그런 요행이 언제까지고 계속될 리 없었다. 역시 현실은 냉혹한 법!

―으득~ 실드!

깡!

―크윽~

마법사 근력에 몽둥이를 휘둘러봤자 무슨 위력이 있겠는가? 결국 간단히 실드 마법에 막혀 토일의 몽둥이, 아니, 지팡이는 멀찍이 튕겨져 나갔다. 이어 토일의 귓가에 들려오는 디스롭의 살기충천한 음성.

―…곱게는 죽이지 않으마.

딱. 화르르륵―

―크아아아아~

시동어조차 필요없다는 듯 손가락을 가볍게 튕기는 순간

화염에 휩싸이는 토일. 그렇게 발동된 헬파이어의 화염은 일순간에 토일의 몸을 잠식해 들어갔다.

그것은 말 그대로 지옥의 불길, 수진이 가끔 템빨을 이용해 구현하던 그것과는 천양지차였다. 그리고 그 불길은 토일의 육신이 완전히 재로 변할 때까지 절대 꺼지지 않을 터. 맨 정신으로 전신이 불타는 고통을 감내하는 탓에 토일의 입에선 절로 비명성이 터져 나왔다. 그런데…

ㅡ응?

화르르르륵ㅡ

ㅡ크아아아아~

붉은 기운을 넘어선 극염의 파란 불길 속에서도 끝끝내 자신의 형체를 유지하는 토일. 지금까지 보인 토일의 능력을 고려하건대 도저히 이해할 수 없는 광경이었다. 헬파이어에 직격당한 이상 레벨 400의 로얄 나이트조차 금세 잿더미로 변하는 것이 정상이건만…

ㅡ오호~ 항마력이 장난이 아니군. 분명 수준이 낮은 하급 마법사인데 어째서…….

금마철갑피(金魔鐵甲皮). 수련하면 할수록 내공 대신 근골 수치를 무한정 상승, 몸빵 캐릭으로 진화시키는 무공. 수한의 적성(?) 우선주의 원칙에 따라 토일이 익힌 스킬이다. 즉, 토일은 몸빵에 한해서만큼은 이미 예비 먼치킨 수준!!

─쯧~ 이거 실수했군. 아무짝에도 쓸모없는 마법사라면 마왕씩이나 되는 녀석이 데리고 다닐 이유가 없었을 텐데……

어느새 수한에게서 토일로 관심을 돌린 디스롭. 연신 혀를 차며 진귀한 실험 재료를 놓친 것에 후회한다. 그리고 일말의 아쉬움이 남는지 불길 속에서 여전히 꿈틀거리는 토일을 열심히 관찰하는데… 그런데 바로 그때!!

"이얏호~ 분홍빛 망상과 미소년들의 수호자, 수진 지금 등장!"

"…이제라도 오긴 왔네?"

어느 틈에 10분이 지난 모양. 수한의 왠지 맥 빠진 혼잣말과 함께 요란법석하게 등장해 일순간 좌중의 시선을 집중시키는 인영, 그녀의 이름은 바로 수진이라. 토일의 분전 아닌 분전이 의외의 성과를 거둔 것이다.

─클~ 처리해!

─예스, 마이 로드.

아직 수진에 대해 아는 바 없는 디스롭으로선 그저 웬 천둥벌거숭이냐는 반응. 하긴 그것이 정상적인 반응이다. 자신은 넘어간다고 치고, 일견 백 기의 데스 나이트가 도열한 곳에 단신으로 뛰어들었으니.

때문에 디스롭은 수진을 죽음의 기사단에게 맡겨 버린 채 재차 토일에 대한 관찰일기(?)를 작성한다. 하지만 그것은 대마도사답지 않은 너무나 치명적인 실수!!

"이히히히히~"

─이런, 막아라!!

방금 전처럼 그녀를 난처하게 만든 반물질계 괴물이라면 모를까, 엄연히 물리 법칙이 적용되는 데스 나이트들은 결코 수진을 저지할 수 없었다. 갑작스런 등장과 함께 열다섯 개의 분신 틈새에 본신을 감춘 채 죽음의 기사단을 유린하는 수진. 그리고 그렇게 데스 나이트들의 혼을 쏙 빼놓은 뒤 어느새 디스롭의 면전까지 접근하는데…….

"이히히, 어라, 아깝네? 제법 미형(美形)의 골격인데…….”

─응, 이 녀석은?! 커억?!

쫘아악~

디스롭에게조차 그 마각(?)을 드러낸 뒤 채찍으로 밧줄 포박의 극의를 펼친 수진. 한창 토일을 관찰하는 데 정신이 팔린 디스롭은 너무나 어이없이 제압당했다.

역시 마법사는 근접전에 약하다는 게 만고불변의 진리란 건가? 아니, 그보다 방심은 그 무엇보다 가장 큰 적임을 증명한 광경이 아닐 수 없었다.

어쨌든 찰나의 순간에 벌어진 대반전, 아니, 사기극(?)에 일순 고요해진 장내. 수한은 기가 막힌 나머지, 데스 나이트들과 시드는 자신의 주인이 제압당했다는 사실에 경악해 그저 침묵만을 고수한다.

"…이거 정말 너무하잖아? 어떻게 그렇게 쉽게……."

시종일관 자신을 가지고 놀던 디스롭을 너무나 쉽게 처리한 수진의 모습에 다시 한 번 그녀의 무서움을 실감한 수한. 아마 죽을 때까지 반항할 엄두조차 못 낼 기색이다. 그러나 그녀 역시 조금 전 누군가에게 거의 일방적으로 당했다는 사실을 안다면 계속 그런 생각을 가질 수 있을까? 하물며 디스롭은 아직 완전히 제압당한 것이 아니었으니…

—으득~ 감히……!

"어어어?!"

콰콰콰쾅!

대마도사가 괜히 대마도사가 아니라는 듯, 어느 틈에 블링크로 밧줄 플레이에서 벗어난 디스롭. 이어 자신의 주특기인 마법 난사를 수진에게 아낌없이 펼친다. 덕분에 주위에 있던 데스 나이트들과 수한이 괜히 그 여파에 휩싸여 땅바닥에 나뒹구는데…

"으아악~ 이 잡것들아! 좀 떨어져서 싸워!!"

콰콰쾅—

…수한의 아우성이 괜히 분위기를 흐리는 가운데 넓은 공동에서 벌어지는 격렬한 싸움. 디스롭의 마법이 화려만발에

강력한 위력을 자랑한다면, 수진의 분신술과 '쉐도우 하이드'의 조합은 음유하면서 치명적이다. 그야말로 용호상박에 막상막하의 국면!!

그러나 역시 서로가 지닌 기본적인 역량의 차이는 너무나 컸다.

콰콰콰쾅!

"까아아악~"

강렬한 범위 마법의 여파가 사방에 몰아치는 가운데, 간만에 여자다운 비명을 내지르며 싸움의 중심에서 튕겨져 나간 수진.

분명 그녀는 강하다. 수한조차 농락하는 그녀가 약하다면 그건 말도 안 되는 일일 터. 하지만 그것은 어디까지 템빨의 힘과 직업을 통해 얻은 변칙 사기 스킬의 힘. 결국 차근차근 정석대로 강해진 전통파(?) 고수의 힘을 능가하기엔 2%가 부족했던 것이다.

─큭~ 여자치곤 제법이었다. 하지만 이제 끝이군.

우우웅─

은근히 남존여비 사상을 드러냄으로써 그 스스로를 비호감 캐릭으로 만든 디스롭. 방금 전 충돌로 기절한 수진을 일격에 회색으로 물들일 요량인지 나름대로 결정타를 준비한다. 그리고 수한은 멀찍이 떨어진 곳에서 널브러진 채 그 광경을 그저 착잡한 시선으로 바라볼 수밖에 없었으니…

'으이그~ 잘난 척하지 말고 나 먼저 구한 뒤 합공할 것이지……'

그와 수진이 함께 디스롭을 상대했다면 일말의 가능성이라도 있었을 터. 하다못해 이 자리를 피하기라도 했을 것이다. 그러면 밖에 있는 토벌대와 합류, 어떻게든 했을 텐데… 그러나 지금에 와서 그런 생각을 해봤자 무슨 소용인가?

우우우우웅─

─크크크크~

"에효~ 이제 정말 끝이군."

아주 작정을 했는지 직경 10m짜리 불덩어리를 구현한 채 수진을 향해 정조준하는 디스롭. 그녀가 얼마나 디스롭을 짜증나게 만들었는지 알게 해주는 대목이었다. 그리고 그 광경에 모든 걸 포기하고 실험 재료가 되기 전에 어떤 식으로 자살할지 고민하는 수한.

그런데 바로 그때!! 반전이야말로 소설의 진정한 묘미라는 듯, 누구도 예상치 못한 일이 장내에 펼쳐졌다.

─마스터를 위해!! 암흑제국의 건국을 위해!!

덥석! 화르르륵─

─큭, 이놈이?!!

지금까지 수진의 등장으로 인해 잠시 잊혀졌던 토일. 역시 먼치킨 후보군(?)답게 헬파이어의 불길 속에서 여전히 그 형체를 유지하고 있었다. 어디 그뿐이랴? 수한에 대한 충성심과 꿈에 대한 집념으로 재차 디스롭을 공격하는데… 그 공격 수단은 바로 화염에 휩싸인 자신의 몸!

—크아아아~ 떨어져!

디스롭의 몸을 힘껏 끌어안은 채 자신의 몸을 불살라 특공 정신(?)을 발휘하는 토일. 이에 디스롭 역시 지옥의 불길에 함께 휩싸이게 된다. 잠시 수진에게 정신 팔려 있던 그로선 다시 한 번 방심의 대가를 혹독하게 치르는 셈. 그러나 디스롭은 누가 뭐라 해도 대마도사, 그것도 데미 리치다!

—크윽, 이놈!!!

휘우우우웅—

디스롭의 악쓰는 소리와 함께 공동에 몰아치는 뼛골까지 시린 냉기. 비록 캐스팅이나 시동어가 없어 그 정체는 알 수 없지만 적어도 헬파이어를 능가하는 아이스 계열의 마법임이 분명하다. 왜냐하면 절대 꺼지지 않는다는 지옥의 불길이 '피식' 꺼져 버렸으니까.

그러나 이미 극염(極炎)에 아무런 방비 없이 노출된 이상, 제아무리 데미 리치라 할지라도 제법 큰 타격을 감수할 수밖에 없었다.

피시시시식~ 털썩.

―크으으으~ 이놈들…….

이미 능력 이상으로 분전한 토일은 완전히 탈진해 그대로 졸도, 디스롭은 연신 비틀거리며 자신이 체력 약한 마법사 캐릭임을 증명해 보인다.

역시 모든 게 만능인 건 오직 주인공만의 특권인 것이다. 그러나 격렬히 불타는 분노의 힘은 극심한 부상으로 인한 통증조차 잊게 하는 법!

―모두 죽어버려!!

콰콰콰쾅!

"아아아악~ 왜 가만있는 내게……?!"

디스롭의 노호성과 고래 싸움에 끼인 새우, 수한의 처량 맞은 비명성이 울려 퍼지는 가운데 공동 전체에 휘몰아치는 거대한 마나의 폭풍. 공동에 있던 전원이 볼링핀마냥 사방으로 나뒹군다. 하지만 그런 디스롭의 분풀이는 그 본인에게조차 악재로 작용했으니…….

"응? 여긴 어디? 난 누구? 아앗~ 이 자식!!"

방금 전 충격으로 도리어 정신이 번쩍 든 수진. 이내 그 폭급한 성질을 누르지 못하고 이를 갈며 디스롭에게 달려든다. 이에 디스롭 역시 화풀이 상내를 맞이해 픵분하는데…

―크악! 이놈!!

콰콰콰쾅―

"흥, 이 정도쯤이야."

극염에 의한 피해로 인해 정밀한 마법 공세을 펼칠 수 없어 재차 강제적인 마나의 폭풍을 불러일으킨 디스롭. 그러나 이미 수한을 통해 수차례 그런 패턴의 공격에 익숙해진 수진이다. 하물며 이미 디스롭과 한차례 격돌, 그 대강의 힘을 가늠한 상태(…의외로 전투 센스가 있는 수진이었다). 그녀의 열다섯 개 분신이 디스롭의 시야를 이중삼중으로 현혹시키는 동안 어느 틈에 디스롭의 등 뒤를 점한다.

"아싸~ 체크메이트!!"

─크윽, 아직이다!

수진의 채찍이 재차 밧줄 플레이를 펼치기 직전 본능적으로 블링크를 시전하는 디스롭. 역시 대마도사의 이름값이 아깝지 않은 반응 속도다. 하지만…

─응? 이것은?!

"앗싸!! 잡았다!!"

좌아악─

오직 디스롭만이 느낄 수 있는, 찰나의 순간에 일어난 마나 간섭! 보이지 않는 거대한 그물이 그의 육신을 얽매어 온 것이다. 만약 그가 정상적인 몸 상태였다면 큰 문제가 되지 않았겠지만 지금은 이미 큰 타격을 입은 상태.

결국 디스롭이 구현한 블링크는 어이없이 캔슬되고, 그의 육신은 수진의 채찍에 휘감겼다. 이어 간만에 터진 수진의 연속기(?).

"월영난무! 체인 라이트닝! 일섬탈혼!!"

ㅡ크아아아아~

채찍으로 휘감은 상태에서 재차 채찍의 화려한 난무로 인한 이중 데미지, 그 뒤를 이어 강렬한 전격 공격, 그리고 결정타는 크리티컬 확률 90%의 암살자 전용 필살기!

"…끝난 건가?"

파사사사~

수진의 신형이 디스룹을 스쳐 지나간 뒤 흘러나오는 그녀의 독백. 그리고 그 순간, 모래가 되어 사방으로 흩어지는 디스룹의 반해골 육신. 그 광경에 수한은 자신도 모르게 푸념을 늘어놓을 수밖에 없었다.

"칫, 내가 주인공인데……."

우우우우우웅ㅡ

ㅡ크아아아~

피라미드 내부의 어느 비밀스런 공간. 있는 힘껏 비명을 내지르면서, 동시에 마나에 내재된 힘을 깅제적으로 어압하며 대기에 흩어진 몸을 재구축하는 존재가 있었다.

토일과 같이 속성(速成)으로 생성된 변칙 존재가 아닌, 스스로의 힘으로 자신의 라이프베슬을 생성, 그것이 깨지지 않는 한 결코 죽지 않는 진정한 불사(不死)의 존재. 바로 데미 리치, 디스롭이었다.

─죽인다. 죽인다. 죽인다, 이놈들!!!

난생처음 겪은 처참한 패배와 그로 인한 굴욕감. 비록 마물의 육신으로 달성한 경지라 하나, 9서클을 달성한 대천재로서 도저히 받아들일 수 없는 감정이었다. 그리고 그것은 지금껏 굳건한 이성으로 억누르고 있던 언데드로서의 마성(魔性)을 일깨우고 말았다.

─크으윽~ 전부 죽여주마!

우우우우우웅─

생자에 대한 강렬한 증오와 분노, 디스롭의 그런 왜곡된 감정과 의지에 따라 요동치기 시작하는 피라미드. 어느 평범한(?) 리치를 데미 리치로까지 승급시킨 그 엄청난 마나가 대폭발의 카운트다운에 들어가는 순간이었다. 만약 그것이 일순간에 해방된다면 대륙의 일부분이 통째로 날아갈 터. 그러나…

"거기까지."

─누구냐?!!

디스롭이 악당답게 최후의 자폭 플레이를 펼치기 직전 등 뒤에서 그를 제지하는 음성. 전혀 예상치 못한 침입자의 등장

에 디스롭은 화들짝 놀라 뒤를 돌아봤다. 그리고 그런 그의 눈앞에 있는 것은 바로 '피의 군주.'

"쯧쯧~ 정말 추하군요. 분노에 미쳐 이성을 잃고 한낱 마물임을 자처하다니… 거기다 설마 당신이 싸움에 져 이곳으로 도주할 줄이야… 정말 실망입니다."

─네놈은… 그렇군. 방금 전 그 마나 간섭은 네놈이……!

드디어 자신을 이토록 곤욕스럽게 만든 진짜 원흉을 찾은 디스롭. 가뜩이나 넘치는 분노에 재차 더해진 그것은 도리어 그의 이성을 되찾게 만들었다. 그리고 그 순간 모든 걸 이해했다, 자신의 자만이 불러일으킨 결과를.

─…라이프베슬은 이미 네 손에 있는 건가?

"그렇습니다. 당신과 그 멍청한 후보가 싸우는 동안 나름대로 힘을 좀 썼지요. 뭐, 워낙 겹겹이 결계를 만드셔서 제법 힘들긴 했지만……."

─…어떻게?

제아무리 뱀파이어 로드라 할지라도 '초월자'는 아니다. 때문에 이미 초월자 수준을 훌쩍 넘어선 디스롭의 이목을 속이고, 그것도 공간 결계가 이중삼중으로 쳐진 이곳에 침입한다는 것은 불가능한 일. 그렇디면…

─설마……?

"크크크크, 설마! 당신에게만 '그분'의 은총이 내려졌다고 생각하신 겁니까?"

파아악!

'피의 군주'의 웃음소리가 장내를 뒤덮음과 동시에 그의 몸 어디에선가 터져 나오는 강렬한 힘. 그것은 결코 디스롭이 지닌 죽음의 세례에 뒤지지 않는, 아니, 그 이상의 힘이었다. 놀랍게도 그 힘의 정체는 바로…

―너… 너… 어떻게 그걸……

"큭~ 그럼, 이만 푸욱 쉬십시오. '죽음의 세례'는 저한테 맡기시고."

우직!

―크아아아아아아아아아아아아아아!

어느 틈엔가 피의 군주의 손에 들려진 원통형 용기. 그것이 파괴되는 순간, 디스롭은 단말마의 비명성과 함께 서서히 회색으로 물들어갔다. 그리고 그의 손가락에서 굴러 떨어진 '그것'.

땡그랑!

"죽음의… 세례!"

마침내… 마침내 이것을 손에 넣었다. 이로써 자신은 '그분'의 진정한 권속, 그것도 첫 번째 권속이 된다. 이제 드디어!

조금 전까지의 여유 따윈 저 멀리 안드로메다 성단으로 날려 버린 뒤 격동에 찬 모습으로 반지, 죽음의 세례를 집어 드는 피의 군주. 그리고 조심스럽게─마약중독자의 금단 증세를 온 전신으로 표출하며─그것을 오른손 약지에 꼈다. 그러자…

우우우우우웅─

심장에 있는 '그것'과 공명을 이루며 점차 증폭되는 가공할 힘. 그것은 피의 군주의 몸을 감싼 뒤 서서히 스며들기 시작했다. 그리고 잠시 뒤, 이전보다 수배 이상의 막강한 마력과 그것을 능동적으로 쓸 수 있는 강인한 육체가 형성되었다(쉽게 말해 환골탈태). 마침내 '초월자(레벨 500)'가 된 것이다. 하지만…

"어째서?!

이전보다 수배나 강해졌음에도 뭐가 불만인지 피의 군주의 입에서 터져 나오는 처절한 절규. 심지어 그의 두 눈엔 분노를 넘어선 절망이 내비친다. 정작 그가 간절히 원하는 '만남과 증표'가 없었기 때문이다.

고작 이런 걸 원한 게 아니다. 어디까지 그분의 권속이 되길 원했을 뿐. 그런데 대체 왜?

"왜? 어째서? 전 자격이 없다는 겁니까?"

'그것'을 심장으로 삼고, 거기다 권속의 증표인 죽음의 세례까지 차지했다. 그런데… 그러고도 데스로드가 되기엔 부족하단 건가? 그렇다면…

"크크크크, 좋습니다, '이블린' 이시여. 후보가 저 혼자만 남는다면 당신께서도 어쩔 수 없으시겠지요. 그 멍청한 마지막 경쟁자를 제 손으로 갈가리 찢어 죽이고, 오직 저만이 당신의 첫 번째 권속이 될 수 있음을 증명하겠습니다."

피라미드 내 어느 비밀스런 공간, 수한에게 새로운 악몽이 움트고 있었다.

Chapter 4

불안이 엄습하다

―칫, 놓쳤다.

"······."

다스는 혀를 차며 손에 든 바늘, 아니, 레이더를 노려봤다. 추적자의 사정을 도통 봐주지 않는 그것은 시도 때도 없이 방향을 달리했고, 결국 지금에 와선…

―젠장, 이번엔 정말 잡을 수 있었는데…….

한동안 잠자코 있었기에 방심한 게 실수였다. 하지만 설마 목표물이 갑자기 그렇게 초장거리 이동을 할 줄 누가 알았겠는가?

"다시 원점으로 돌아왔군."

몇 달 동안 워낙 힘든 추격전을 벌인 탓일까? 한 달에 한 번 정도 입을 열며 '은따' 제일주의를 표방하던 디엘이 은연중 실망하는 기색을 드러낸다. 하긴, 제대로 쉬지도 않고 먹지도 못한 채 추적에만 집중했으니 설령 철인이라 할지라도……

―큭~ 재미있군.

방금 전까지 지친 기색이 역력하던 다스가 별안간 붉은 안광을 더욱 붉게 물들였다. 도저히 불가능해 보이는 추적, 그런 사실이 도리어 그를 자극한 탓이다.

지금껏 오직 '단 한 번' 패배를 인정했던 다스. 그리고 그 단 한 번의 패배조차 지금 만회하려는 그가 '고작' 이 정도 일에 우는소릴 할 수 있겠는가.

―크크크. 좋아, 누가 이기나 해볼까?

디스롭이 모래가 되어 사라진 뒤, 그제야 제정신을 차린 시드와 데스 나이트들. 시드는 자신의 배신 사실에 광분하며 자살을 시도, 수한과 토일은 그런 그를 말리고자 진땀을 빼야 했고, 데스 나이트들은 그저 눈치만 살살 살피며 구석진 곳에 옹기종이 모여 앉아 명상의 시간(?)을 가져야 했다. 그리고 그렇게 잠시 서로 간에 반성과 용서의 시간을 가진 다음! 드디어 마각(?)을 드러내는 수한.

"크카카카! 뭔가 있어 보이는 건 깡그리 다 주워 모아!!"

'먹자'의 제왕이자 독립을 꿈꾸는 빚쟁이 인생 1년차 수한. 비록 '죽음의 세례'가 드랍되지 않아 아쉬웠지만, 레벨 500대(그것도 최소한!!) 보스몹의 숨겨놓은 비상금(?)을 찾고자 광분했다. 하긴 불과 5년 전 공국 하나를 멸망시켰으며(일국의 예산이란 게 결코 만만한 게 아니다!), 지금의 거창한 건축물(피라미드)에서 주거 생활을 만끽하던 디스롭이 땡전 한 푼 없는 거지일 리 만무. 수한은 지금 이 순간 로또에 당첨되어 인생역전을 부르짖는 행운아인 것이다!!

'크크크, 드디어 저주 캐릭의 그림에서 벗어나는 건가?'

속으로 연신 광소를 터뜨리는 수한의 독촉에 속속들이 드러나는 각종 마법서와 뭔가 비싸 보이는 마법 실험 도구들. 수한은 자신의 행랑창 용량을 고려, 토일로 하여금 그중 가장 비싼 것만 찾아 공동에 늘어놓도록 종용했다. 그리고 마침내 수북이 쌓인 아이템들을 행랑창에 옮기기 시작하는데… 그런데 바로 그때!!

우르르르르르— 콰콰콰쾅!

"어어어? 이게 뭐야? 왜 흔들려?"

이제 막 득템 겸 수확(?)의 기쁨을 만끽하려는 참나 흔들흔들 요동을 치는 공동. 이어 바닥이 갈라지고 기둥이 쓰러졌으며 천장에서 뭔가 큼직한 것들이 후드득 떨어진다. 한마디로 피라미드 전체가 무너지는 전조였고, 이제 막 아이템들을 수납하려던 수한으로선 그야말로 날벼락!! 잠시 어어 하는 사이, 푸욱 꺼져 버린 바닥과 함께 그 위에 쌓여 있던 아이템들 역시 함몰되어 버린다.

"어어어~ 안 돼!!!"

―마스터, 어서 이곳을 벗어나셔야 합니다!!

그 진부한(?) 전개에 절로 비명이 터져 나오는 수한. 하지만 아무리 마왕인 그라 할지라도 지금같이 위급 천만한 상황에선 어쩔 수 없다. 결국 토일과 시드의 만류에 눈물을 머금고, 무너지는 피라미드에서의 탈출을 소재로 한 영화 한 장면을 찍어야 했으니.

…이 모든 건 세상이 아직 그의 빚 청산 및 독립을 바라지 않는 탓이다.

우르르르르르르―

"헉? 이게 무슨?!"

난데없이 흔들리는 지면과 귀청을 멍하게 만드는 굉음. 한참 단잠에 취해 있던 토벌대 사람들은 저마다 자신이 취할 수 있는 가장 전위적인 포즈로 자리를 박차고 일어났다. 그리고 두 눈을 뜨자마자 자신들을 향해 물밀 듯이 밀려오는 거대한 먼지바람과 돌덩어리들에 재차 기겁해야 했다.

"설마?!"

냉정함, 결단력, 눈치, 도합 100단에서 딱 1단이 모자란 로빈. 당황한 나머지 온갖 난리굿을 펼치는 주위 사람들과는 달리, 오직 그만이 일행이 직면한 이 난데없고 황당한 사태 속에서 제정신을 유지하고 있었다. 그리고 그 덕분에 지금 상황의 원인을 일부나마 짐작하는, 조연(?)답지 않은 모습을 연출하는데……

"…무너진 건가?"

마법에 의지한 채 위태롭게 서 있던 초거대 피라미드. 일반적인 건축 양식과 다른 개성 만점의 무개념(?) 공법으로 쌓여진 그것이 마침내 무너진 것이다. 물론 그 원인이야 하중을 지탱하던 마법력의 상실, 즉 디스롭의 사망으로 인한 결과였지만.

"쯧쯧~ 척 보기에도 부실 공사 같더니… 스스로의 하중을 못 이겨 결국 무너지는군."

…그것을 알 리 없는―혹은 아직 잠이 덜 깬 탓인지―로빈은 알아서 이유를 만들어 스스로를 납득시켰다. 그러자 옆에 있던 란슬롯 역시 고개를 끄덕이며 수긍해 버린다.

"으흠~ 그런 건가요? 뭔가가 불안불안하더니… 역시 부실 공사는 무서운 거군."

여태껏 멀쩡하던 것이 왜 하필 지금 이 순간 자체 붕괴되겠는가? 그러나 그런 부분에 대해선 전혀 눈곱만치도 생각하지 않고 있는 그대로(?)를 받아들이는 두 사람. 그리고 토벌대의 수뇌부라 할 수 있는 그들의 말인지라 토벌대 사람들에겐 순식간에 받아들여진다.

"에헤~ 지금까지 간신히 버티고 있던 게 오늘 결국 무너졌다고? 낮에 볼 때부터 뭔가 위태위태하더니만……."

"시설물의 지나친 노화 때문이 아닐까?"

"고작 5년밖에 안 된 게 무슨… 이는 필시……."

"음~ 그렇다면 역시 입구의 마법진의 부작용으로……."

저마다 수군수군, 사실을 확대 해석하는 토벌대 사람들. 어느새 그들의 추리력(?)은 뭔가 그럴듯한 가설을 만들기 시작했고, 잠시 뒤 그것은 정설로 받아들여졌으며, 결국에 와선…

"우리가 온 탓에 피라미드가 무너진 거군."

이 모든 걸 은근슬쩍 자신들의 공적(?)으로 만들어 버리는 토벌대 사람들. 거기에 한밤의 대소동에 묻혀 어느 틈엔가 토벌대에 합류한 토일이 쐐기까지 박아버린다.

"흐음~ 마법진에 정체되어 있던 강대한 마력이 프로인 왕국의 기사단에 자극을 받아… 주절주절(뭔가 어려운 단어 난무)…중략… 나불나불(괜히 있어 보이는 단어 난무)… 된 것 같소."

"아, 역시!"

설명 하나만큼은 대마도사 급인 토일이 주절주절 입을 놀리자 토벌대 전원이 껌벅 넘어가 버린다. 심지어 그의 말을 반박해야 할 마법사 연합조차 토일의 말을 메모하기 바빴으니… 하긴 사람들이 무엇을 믿고 싶어하는지 알고, 그것을 믿도록 조장하면 그것이 곧 '진실'인 법. 결국 진실은 왜곡된 토일의 설명 사이로 그대로 묻혀졌다.

즉, 결론은…

피라미드가 토벌대의 활약에 의해 무너졌다.

그 안에 있던 광법사 역시 깔려 세상에 환원되었다.

고로 토벌대가 광법사를 무찌른 것이다.

…라는 삼단논법으로 귀결되었고, 잠시 뒤 그 모든 걸 받아들인 토벌대 사이에선 환호성이 터져 나왔다. 그리고 그 환호성 사이에 누군가의 숨죽인 울음소리가 있었음을 그 누구도 알아차리지 못했다.

대륙은 경동했다. 설마설마 했는데, 나르빌의 그 악명 높은 광법사조차 토벌에 성공할 줄이야……. 데스 나이트 기사단의 토벌조차 반신반의하던 다수의 사람들에겐 그것은 확실히 충격이었다. 물론 그 과정에서 프로인 왕국의 제1왕자와 왕실 친위 기사단이 전멸하는 불상사가 있었다곤 하지만 그 엄청난 공훈, 아니, 감히 신화로까지 지칭되는 업적을 상쇄시킬 순 없었다.

그렇다. 대륙을 공포로 물들였던 삼대재앙 중 두 개가 한 명의 영웅과 그를 돕는 사람들에 의해 이 세상에서 사라진 것이다.

"…라곤 하지만 이건 좀 터무니없군."

간만에 꿀맛 같은 휴식 시간에 자신의 상태창을 확인한 란슬롯. 그의 얼굴엔 뭐라 형용할 길이 없이 이상야릇한 감정이 깃들어 있었다.

몇 달 전 어둠의 탑에서의 일이 있은 뒤 그의 레벨엔 유저 랭킹 1위 자리가 위험할 정도의 큰 하락이 있었다. 그런데 지금 눈앞의 상태창 내용은 가히… 혹시나 하는 마음에 아무리 두 눈을 비벼도 여전히 변하지 않는 상태창의 내용. 한마디로 광렙이었다.

"설마 명성치란 게 이렇게 대단할 줄이야……."

나인스타 중 한 명으로 꼽힌 뒤 더 이상 명성치 습득을 포기했던 그로선 도저히 믿을 수 없는 결과. 현재 그의 레벨은 무려 498, 게임 설정상 한계 레벨인 499에서 고작 1이 모자란 수치였던 것이다. 이런 결과는 토벌대를 암중에서 조직한 수진조차 예상치 못한 일. 왠지 훗날 큰 변수가 될 것 같은 예감이 든다. 거기다…

"이거 잘 하면 올해가 가기 전에, 아니, 용의 계곡 건을 해결하면 한계 레벨의 달성도 문제가 아니겠군. 그럼 '그것' 도 아무 문제 없이 펼칠 수 있다는 말인데……."

역시나 란슬롯 정도의 인물에게 마지막 필살기가 없을 리 없다는 건가? 뭔가 의미심장한 말을 하며 먼치킨 초급의 길을 착실히 밟아가는 란슬롯. 그가 훗날 수한에게 도움이 될지 큰 걸림돌이 될지 심히 기대가 되는 순간이다.

하지만! 지금은 그것보다 다른 일에 집중해야 할 때.

"란슬롯 경, 이제 시간이……."

"아, 죄송합니다. 이제 나갑니다."

잠시 생각에 잠겼던 란슬롯을 일깨우는 로빈의 음성. 란슬롯은 번뜩 제정신을 차리며 서둘러 방을 나섰다. 그리고 방문 앞엔 제법 멋들어지게 차려입은 로빈이 뭔가 어색한 표정을 지은 채 서 있었다.

"하하, 역시 이런 옷은 불편하군요. 뭐, 그나마 프로인 때보다는 낫긴 하지만……."

겉보기엔 제법 그럴듯해 보이지만 늘 활동, 실용적 옷에 길들여진 로빈이다. 자연 프릴과 레이스가 주렁주렁 달린 옷이 불편할 수밖에. 때문에 기사라는 신분을 무기로 갑옷—비록 그것이 의장용이긴 하지만——을 걸친 란슬롯이 부러운 기색이 역력하다.

하지만 상황이 상황인 만큼 이 정도 불편이야 감수해야 하지 않겠는가. 적어도 '두 번째' 스폰서에게 잘 보이려면 말이다.

"자, 그럼 가볼까요?"

싱긋 웃으며 앞장서는 란슬롯. 로빈 역시 떨떠름한 표정을 지운 채, 그러나 가을 추수를 하는 농부의 기쁜 심정으로 그 뒤를 따랐다. 그리고 그들 앞에서 펼쳐진 건……

"…역시나 이 패턴인가?"

수한은 저마다 찬탄의 시선을 보내는 수백의 귀족들 사이에서 속으로 한숨을 내쉬었다.

재앙토벌대의 '성녀'. 현재 수한, 그를 지칭하는 말이다. 수한의 입장에선 정말 미치고 팔짝 뛸 노릇. 마왕, 그것도 대마왕의 후보씩이나 되는 그가 대체 한 일이 뭐기에 그런 거창한 호칭으로 불리게 됐는지 그 스스로가 의문인 것이다. 하물며 청제국에서의 끔찍한 기억까지 상기시키는 그 호칭은 그야말로 최악 중에 최악!

물론 삼대재앙 토벌같이 위험천만한 일에 끼어들어, 그 엄청난 미모의 힘으로 토벌대 사람들의 사기를 올리는 역할을 했다곤 하지만… 아무리 냉정히 생각해도 성녀라고까지 불릴 정도는 아닌 것이다. 이는 필시! 수한의 외모로 인해, 그리고 그것을 확대해석한 탓에 붙여진 호칭. 사람들은 연약하고 예뼈 보이면 착하다는 편견(?)을 지닌 탓이다.

어쨌든 그런 과분하다 못해 얼토당토않은 호칭 탓에 전신으로 따가운 시선을 감내해야 할 처지가 된 수한. 그나마 위안으로 삼을 수 있는 건 '프로인' 왕국 때처럼 끈적(?)거리지는 않다는 거다.

"뭐, 확실히 분위기는 다르군. 덕분에 토벌대 사람들 역시 잘 어울리고 말이야."

프로인 왕국의 화려하지만 뭔가 퇴폐적이고 음울한 파티장과는 달리, 조금은 소박하게 느껴지지만 활기가 넘치는 분위기. 확실히 지는 달과 떠오르는 태양의 차이를 직간접적으로 보여주고 있다. 그리고 무엇보다도 큰 차이는 수한과 그들 일행을 대하는 귀족들의 태도!

질투와 질시의 시선을 보내던 프로인 왕국 때와는 달리, 이곳 '말론' 왕국의 귀족들은 수한을 포함한 토벌대 사람들에게 진정 존경의 염을 보내며 조금이라도 안면을 익히고자 노력하고 있었다. 덕분에 토벌대 사람들은 보다 쉽게 귀족들과 담소를 나누며 인맥을 쌓을 수가 있었으니… 물론 그런 귀족들의 이면엔 나름대로 꿍꿍이가 숨어 있었다.

현재 욱일승천하는 말론 왕국에게 유일한 걱정거리가 있다면 최근 그 활동을 재개한 마지막 삼대재앙이자 본드래곤인 '데스 윙(Death Wing)'이다.

생전에 에이션트 드래곤이었던 그 존재는 항마전쟁 당시 카오틱 드래곤의 카오저 브레스에서도 살아남은 괴물 중의 괴물. 일국의 전력을 전부 기울이더라도 감히 승리를 단언할 수 없다. 때문에 최근 대륙의 삼대재앙 중 두 개를 이미 해결한 전적이 있는 란슬롯 일행의 방문은 그야말로 낭보 중의 낭보!

한편 토벌대 입장에서도 최근 부상하고 있는 말론 왕국의 지원을 업고 보다 쉬운 레이드 공략이 가능하니 이보다 더 좋을 수가 없다. 때문에 파티에 참석한 토벌대 사람들 전원에게 최대한 싹싹한 모습을 보이도록 종용한 로빈. 그리고 그런 그의 지시는 단순히 지원 문제를 넘어선 그 이상을 바라고 한 행동이기도 했다.

"얼마 안 있으면 대륙 내 제2의 제국이 될 강성한 왕국과 얼굴 붉힐 필요가 없겠지요. 하물며 로빈 경같이 재앙 토벌 이후를 바라보는 사람에겐……."

뭔가 씁쓸한 표정을 지은 채 말론 왕국의 귀족들과 담소를 나누는 토벌대 사람들을 응시하는 시드. 모국인 프로인 왕국과 너무나 비교되는 말론 왕국의 모습에 심기가 그리 좋아 보이지 않는다. 하긴 말론 왕국의 이 같은 영광은 프로인 왕국의 영토를 야금야금 잠식해 들어간 탓에 컸으니 그의 입장에선 입맛이 쓸 수밖에.

하지만 공은 공, 사는 사! 이미 수한이라는 주군을 모시는 기사 된 입장에서 그런 사적인 생각은 금물이다. 하물며 지금 이 순간 그가 해야 할 일이 있지 않은가?

"자자~ 시드 경, 너무 그렇게 축 처지지 말게. 이번 일을 잘 끝내야 우리도 본격적으로 '계획'을 진행시킬 수 있으니."

디스롭과의 만남 이후 한층 더 암흑제국의 건설에 열을 올리는 토일. 그는 시드를 나름대로 위로하며 그의 사명(?)을 일깨웠다. 그러자 시드 역시 번뜩 제정신을 차리고, 재차 호위 기사로서의 기세를 끌어올린다.

"크흠~ 험험~"

시드가 살벌한 기세를 띠우자 다시 분분히 흩어지는 시선들. 덕분에 수한은 한결 숨통이 트였다. 하지만 그 역시 임시방편일 따름.

"시드 경, 고맙네."

따끔따끔한 시선들로 인해 완전히 기진맥진해진 수한. '시드'라는 든든한 방패막이 뒤에서 최대한 자신을 감추고자 하지만 뜻대로 되질 않는다. 어떻게든 말을 붙여보든지, 혹은 춤을 신청하며 호시탐탐 기회를 엿보는 사람들.

결국 시드의 위압적인 시선과 기세에도 불구하고 수한에게 몇몇 인영들이 슬금슬금 접근한다. 이에 수한은 속으로 한숨을 내쉬며 접대용 미소를 지으려 하는데… 그런데 바로 그때! 파티장에 들어서는 수한의 또 다른 방패(?)!

"오오~"

'앗싸!'

사람들의 탄성을 받으며 서서히 입장하는 란슬롯과 로빈. 수한은 속으로 쾌재를 부르며 그들에게 쪼르르 달려갔다. 적어도 그들과 함께 있으면 '감히' 말을 붙이거나 춤 신청을 할 사람이 없는 탓이다. 그리고 그런 수한의 태도에 절로 입이 벌어지는 란슬롯.

"마리안느 양, 제가 너무 늦은 모양이군요. 숙녀를 기다리게 하다니… 제 불찰입니다."

"아니오, 지금이라도 나오셔서 다행이에요. 저… 계속 란슬롯 경을 기다렸답니다."

'허걱! 그건 대체 무슨 의미?!'

뭔가 수줍어하는—이런 가증스러운!!—기색이 역력한 수한의 말에 란슬롯은 뭔가 심각한 오해를 한다. 그리고 그런 오해는 주위에 있던 사람들 역시 마찬가지. 강렬한 경쟁자가 사랑의 쟁취자로 거의 확정되는 분위기 속에 로빈을 비롯한 몇몇 사람들은 속으로 피눈물을 흘리며 둘만의 시간을 만들어주고자 자릴 피한다. 덕분에 파티장에 들어선 이후 처음으로 수한은 마음 편한 시간을 가지게 되는데…

'크크크, 정말 다행이야. 이 녀석이 쑥맥이라서⋯⋯.'

얼굴만 붉힌 채 정승같이 서 있는 란슬롯을 옆에 끼고 괴소를 흘리는 수한. 란슬롯이라는 철벽 방어선을 무기로 파티장에서 조용히 자신의 존재를 지워 나간다. 덕분에 파티장에 왕이 등장하고 몇 마디 덕담(?)을 나눈 뒤, 거의 그가 원하던 분위기로 흐르는 듯 보였다.

하지만!! 역시나 그런 밋밋한 전개는 재미가 없다는 걸까? 수한의 희망대로 별 탈(?) 없이 파티가 끝나려는 그때, 누구도 예상치 못한 변수가 등장했다.

덜컹!

"카잔 폰 드레이크 백작께서 입장하십니다."

"오오오!!"

파티가 거의 끝날 무렵, 난데없이 파티장에 입장하는 그! 사람들의 감탄성이 장내를 잠식하는 가운데 서서히 모습을 드러내는 그는 확실히 좌중의 시선을 집중시킬 만한 존재였다.

왕을 능가할 정도로 지나치게 화려한, 그러나 천박하지 않은 옷차림. 그리고 타오르는 홍염의 물결을 연상시키는 붉은 머리카락과 그것과 조화를 이룬 적안, 거기에 남성적이면서 여성의 그것을 능가하는 미모!! 만약 수진이 봤다면 그 즉시 '멀티(?)'라고 부르짖을 거물의 등장인 것이다.

'헤에~ 대체 어떻게 모발 관리를 하기에 저런… 아니지, 그게 중요한 게 아니지.'

잠시 그 미모에 홀려 멍하니 그를 바라보던 수한. 그러다 번뜩 제정신을 차리고 뭔가 알 수 없는 위화감을 감지했다.

아무리 권세가 당당한 백작이라곤 하나 왕이 입장한 이후 파티장에 입장한 것은 분명 문제가 될 법한데… 어찌 된 게 아무도 지적하는 사람이 없다. 아니, 도리어 지금이라도 파티에 참석해 준 사실에 기꺼워하는 모습들, 심지어 왕조차 그런 기색이 역력했다.

"오! 어서 오시게, 카잔."

"예, 폐하. 제가 '좀' 늦었습니다."

"허허허, 아니지. 자네가 이렇게 와준 것만 해도 어딘데… 솔직히 자네가 오죽 바쁜가?"

친근하다 못해 아예 아부를 하는 듯한, 도저히 정상적인 왕과 백작의 모습이 아니다! 단순히 신뢰 차원의 문제가 아니라, 마치 무슨 약점이라도 잡히지 않고서야… 하지만 왕의 자연스러운 표정이나 태도를 보건대 그런 측면의 문제 역시 아닌 듯싶다. 그렇다면 대체 왜?

"저자가 바로 소문의 그 '적룡기사단'의 주인이군요."

"예?"

수한의 증폭되는 의문을 간단히 해결해 준 사람은 의외로 옆에 있던 란슬롯이었다. 그리고 여전히 어리둥절해하는 수한을 위해 시드가 그 설명을 자세히 풀어줬다.

"불과 몇 년 전 갑작스럽게 등장, 지금의 말론 왕국을 만든 일등 공신입니다. 신분에 구애 없이 영재들을 끌어 모아 지금껏 유례없던 강력한 기사단을 창단, 영토 확장뿐만이 아니라 자국의 명성까지 드높인… 그가 이끄는 기사단은 이미 전설이 된 지 오래고, 그 개인 역시 오러 블레이드를 구사할 줄 하는 최상급 기사로서 왕국 내 당해낼 자가 없다고 알려진 실력자입니다. 한마디로 지략과 무력, 모든 것이 완벽에 가까운 인물이죠. 일각에선 저… 아니, 최근 사망한 프로인 왕국의 트루 나이트, 시드를 대신할 차기 나인스타로 꼽힌다고 합니다."

"오호~"

시드의 설명을 들어보니 그야말로 '엄마 친구 아들'에 버금가는 괴물이 아닌가? 저런 화려한 외모에 그런 엄청난 실력까지? 왕이 왜 그렇게까지 총애하는지 알 만하다. 하지만!! 별로 많아 보이지도 않는 나이에 그런 비상식적인 능력은 너무 수상쩍지 않은가? 그렇다면 혹시…

'설마 그놈인가?'

판타지 소설을 탐독하며 나름대로 내공을 쌓아온 수한. 불현듯 어떤 특정 종족이 그의 머릿속을 스쳐 지나간다.

초기엔 신의 대리자 혹은 지상 최강의 종족으로 군림했으나 최근 들어 단순히 마나가 넘치는 변종 비만 도마뱀 취급을 당하는 존재. 그러나 심심할 때마다 유희니 뭐니 하는 이유로 설정 파괴에 온몸을 불사르는 괘심한 녀석들! 그 종족의 이름은 바로 드래곤(Dragon)!!

혹시나 하는 마음에 왕과 대화를 나누는 백작 녀석의 기운을 은근슬쩍 감지해 보니 수한을 자극하는 그 무언가가 있다. 그렇다면 역시?!

'적어도 인간은 아니라는 건데… 이거 위험하군.'

아무리 유희 중이라곤 하지만 세상의 균형자를 자처하는 드래곤의 특징상 수한의 존재 자체를 용납 못할 게 뻔할 뻔자! 정체가 드러나는 순간 모든 게 파탄이다. 그런데 그런 수한의 불안한 마음을 아는지 모르는지 성큼성큼 다가오는 백작.

"마리안느 양이라고 하셨습니까? 이 파티장의 모든 꽃들이 당신의 미모에 빛을 잃는군요. 그 아름다움의 여운을 조금이나마 더 느낄 수 있도록 저에게 기회를 주시겠습니까?"

옆에서 얼굴을 시뻘겋게 물들이는 란슬롯을 무시한 채 아주 노골적으로 작업을 거는 백작. 스스로의 능력과 외모에 자신감이 넘쳐흐르는 플레이보이의 전형적인 모습이다. 물론 남자인 수한에겐 그것이 더더욱 비호감으로 작용했지만. 어어 하는 사이, 어느 틈엔가 수한은 그의 품에 안겨 함께 스텝을 밟고 있다.

'젠장, 역시 드래곤이라는 건가?'

마왕인 수한이 반항할 틈도 없이 제압(?)당한 것으로 상대의 정체는 이미 확정적. 결국 수한은 더 이상의 반항은 역효과라고 여기며 순순히 음악에 몸을 맡길 수밖에 없었다. 그러자 그 가벼운 몸놀림에 순간 백작의 눈에 이채가 스쳐 지나간다.

"으흠~ 생각보다 춤을 잘 추시는군요."

"예? 아, 예."

백작의 난데없는 말에 순간 당황하며 말문을 제대로 잇지 못하는 수한. 그런데 그런 모습이 여간 귀여운―아, 역시 교육의 성과가⋯―게 아니다. 이에 재차 버닝(?)하는 백작 녀석!

"후훗, 정말 아름다우시군요. 하지만⋯ 놀라운 미모를 가진 존재에게 그에 걸맞은 지위가 없다면 그 미래는 평범한 사람보다 더 비참해질 수 있습니다. 어떻습니까? 제 옆자리에서 그 아름다움을 더욱 가꿀 생각이 없으십니까?"

"⋯예?"

처음에 수한은 그 말이 무슨 의미인지 전혀 이해할 수 없었다. 하긴 그의 주변에 이런 고상틱한 말을 할 만한 인간이 없으니 어찌 보면 당연한 일. 때문에 수한이 잠시 멍하니 있다가 잠시 뒤에서야 상대의 말이 매우 노골적이면서도 품격(?) 있는 프러포즈임을 알아차릴 수 있었다. 그 순간, 수한의 온몸에 돋아나는 닭살과 맹렬히 솟구치는 살의(남자로서 어쩔 수 없는 반응이었다)!

"그게 무슨……?"

거칠게 백작의 손을 뿌리치며 한 걸음 물러서는 수한. 그리고 그의 몸에서 뿜어져 나오는, 도저히 외모에 걸맞지 않은 가공할 기세. 비록 그 무시무시한 살기가 아주 찰나의 시간 동안에만 드러났다곤 하나, 수한과 백작의 멋들어진 춤을 감상하던 주위 사람들을 웅성거리게 만들기에 충분했다. 그러나 그런 급변한 분위기와 달리 여전히 여유를 잃지 않은 백작.

"흐흠~ 조금 자극해 본 것치곤 너무 과한 소득이군요. 뭐, 덕분에 당신이 평.범.한 여성 분이 아닌 것을 알게 되었습니다."

'아차, 당했다!'

상대의 능글맞은 말에 순간 '아뿔싸'를 부르짖는 수한. 그제야 방금 전 일이 자신의 반응, 혹은 정체를 알고자 꾸민 일임을 알아차렸다. 대체 수한이 어느 부분에 실수했는지는 모르겠지만, 이미 상대는 그의 정체에 대해 일말의 의문을 품고 있었던 것이다. 최대한 몸을 사린 채 조용히 지내려 했던 수한으로선 최악의 상황.

그런데 바로 그때, 수한에게 예상치 못한 도움이 벽력같이 들이닥친다(?).

"놈! 무슨 짓이냐?!"

스팟!

"이런, 이런, 기사 분이 등장하신 건가?"

수한이 새파랗게 질린 얼굴로 서 있자 뭔가를 오해한 건지 검을 빼 들고 백작을 향해 겨누는 란슬롯. 순간, 그 두 남정네 사이에선 파지직 불꽃이 튄다. 그러나 역시 강자의 여유랄까? 긴장한 기색이 역력한 란슬롯과는 달리 백작은 여전히 여유만만이다.

"후훗, 경과 언제 한번 검을 섞어보고 싶었습니다. 이거 정말 좋은 기회군요."

"크윽, 이놈이……."

상대의 지나친 여유에 순간 발끈하는 란슬롯. 검에 홀리웨폰을 전개하며 전의를 드높인다. 알게 모르게 쌓여온 나인스타로서, 그리고 유저 랭킹 1위로서의 자존심이 그의 이성을 잃게 만든 것이다. 그러나 그것은 지원을 요청하러 온 아쉬운 처지에 있는 도빌대 입징에선 금물인 행동. 결국 옆에 있던 로빈이 재빨리 그를 만류한다.

"란슬롯 경, 일단 참으십시오. 적어도 사정이라도 알고 나서……."

"크윽, 하지만……."

사랑에 눈먼 남자, 그것도 강력한 라이벌(?)의 등장에 광분한 남자를 진정시키는 게 쉬울 리 없다. 그러나 그 원인 제공자가 나서자 그 분란 아닌 분란은 어이없게도 순식간에 해결되어 버린다.

"란슬롯 경, 제발……."

두 눈에 최대한 습기를 머금고 간절히 란슬롯의 팔에 매달리는 수한. 지금 사태가 최대한 조용히 수습되길 원하는 그로선 정말 피눈물을 흘리며 하는 행동이었다. 그리고 그 모습에 금세 흐물흐물 녹아버리는 란슬롯.

"마… 리안느 양이 원하신다면……."

결국 대륙 내 그 명성이 자자한 두 영웅 사이의 격돌은 그렇게 흐지부지 사그라지는 듯했다. 그러나…

여전히 수한을 향해 두 눈을 빛내는 카잔 백작과 그를 향해 살기를 감추지 않는 란슬롯. 그 두 사람의 모습에서 가까운 시일 내에 뭔가 심상치 않은 일들이 벌어질 것임을 누구라도 짐작할 수 있으리라.

*   *   *

"젠장!! 또 놓친 거야?!"

간만에 들어온 보고서에 실린 어이없는 내용에 버럭 노호성을 내지르는 수영. 덕분에 그 보고서를 내민 최강준만 죽을 맛이었다.

"하지만… '균형파괴자' A팀의 경우 워낙 무작위 텔레포트를 난발하는 탓에 도저히 방법이……."

"후우~ 뭐, 하긴 거긴 대마도사 녀석이 붙어 있으니……."

최강준의 변명 아닌 변명에 수영은 담배 연기를 길게 내뿜으며 자신도 모르게 동조했다. 그녀의 생각에도 지금 같은 상황에선 방법이 없는 탓이었다.

제아무리 옵저버들과 에어전트들이 유능하다곤 하지만 상대는 인간의 경지를 초월한 존재. 어찌 보면 지금껏 이렇게 매달린 것은 그저 단순한 시간 낭비 혹은 무의미한 집착일 수도 있다. 차라리 이렇게 인력을 낭비할 바에는 '반지원정대'를 재구축하는 편이 훨씬 나으리라. 하지만 그전에…

"후우~ 그럼, '균형파괴자' B팀은 어때?"

"아예, 다행히 그쪽은 별 무리 없이 감시 중입니다. 거기에 관해선 여기 보고서를……."

"흐음~ 어디……."

재차 불호령이 떨어질까 두려운 나머지 서둘러 두툼한 서류 뭉치를 내미는 최강준. 수영은 업무의 철인답게 그야말로 눈부신 속도로 그 보고서를 훑어 내렸다. 그리고 어느 순간 뭔가 미심쩍은 부분을 발견하는데…

"응? 이건……?"

혹시나 하는 마음에 재차 보고서를 훑어보는 수영. 동시에 그녀의 머릿속엔 팔라스 연합의 대륙 전도와 얼마 전 수진에 게서 받은 정기 보고서 내용이 합쳐졌다. 그리고 마침내 자신이 느낀 위화감을 보다 구체화시키는 데 성공한 수영.

"흐흠~ 이거 단순한 우연일까? '균형파괴자' B팀의 이동 방향이 왠지 재앙토벌대의 이동 방향과 겹치는 듯 보이는 데……."

"예? 그게 무슨……?"

"후우~ 잠시 조용히."

"아, 옛!"

불쌍한 부하 직원에게 어려운 수수께끼를 부여한 뒤 수영은 재차 혼자만의 생각에 잠겼다. 그리고 그에 따라 그녀의 머릿속에 맹렬히 조합을 거듭하는, 지금까지 동생과 조우한 자들에 관한 모든 정보들. 잠시 뒤 수영은 거대한 음모의 밑 그림 중 일부를 포착하는 데 성공했다.

"설마……? 하지만 왜?"

Chapter 5

계곡에 진입하다

말 그대로 음모를 꾸미기에 더없이 적합한, 어느 어두침침한 공간. 괜히 커튼을 서너 겹 친 것이나 중앙에 촛불 달랑 하나만 켜놓은 모습이나 꽤나 분위기를 중요시 여기는 사람의 작품이다. 그리고 그 공간엔 두 명의 분위기파 음모자가 있었으니…….

"이번엔 확실한 거지?"

여성치고 제법 큰 키에 호리호리한 몸매를 지닌 인영. 그녀의 날카롭고 새된 음성에 짜리몽땅한 또 다른 인영이 사흘 밤낮을 애니메이션에 몰두한 폐인의 텁텁한 음성으로 대답했다.

"쯧~ 이번엔? 누가 들으면 내가 정보를 잘못 준 걸로 알겠군. 지가 잘못해서 못 먹은 걸 가지고 왜 날 탓하냐?"

"끄응~"

전혀 틀린 말이 아닌지라 여자도 할 말이 없다. 덕분에 잠시 어색한 침묵이 감도는 음모의 공간. 그러나 뻔뻔하기가 남다른지 여자는 금세 신색을 회복, 말문을 돌렸다.

"크흠~ 어쨌든!! 이번엔 정말 확실한 거지?"

아까 한 질문에 '정말'이라는 강조어만 붙은 똑같은 단어의 조합. 하지만 그 달라진 억양과 분위기로 인해 조금 전과는 전혀 판이한 의미를 담고 있다. 때문에 짜리몽땅한 인영은 자신있게 대답할 수 있었다.

"물론!"

＊　　　＊　　　＊

하루라도 빨리 자국 내 골칫거리, 데스 윙을 처리하고 싶은 게 말론 왕국의 입장이다. 때문에 토벌대에 대한 지원 문제는 그야말로 일사천리!! 그것도 프로인 왕국 이상의 파격적인 지원이 주어졌다.

"…아무리 그래도 설마 적룡기사단을 붙여줄 줄은… 제가 알기론 그 기사단… 현재 대륙 삼대기사단 중 하나 아닙니까?"

"그만큼 카잔 백작을 믿는다는 증거겠지요. 별 피해 없이 이번 일을 마무리할 수 있다는. 그렇지 않으면 왕국의 핵심 전력을 내놓을 수 없을 테니까요. 거기다 말론 왕국엔 적룡기사단만큼은 아니지만 그에 버금갈 만한 기사단이 무려 세 개나 더 있습니다. 적어도 프로인 왕국만큼의 큰 부담이……."

왠지 카잔 백작의 토벌대 합류에 탐탁지 않은 란슬롯이지만 로빈은 그 속도 모르고 기꺼워하는 기색이 역력하다. 때문에 그 본인도 모르는 사이 적룡기사단의 합류에 대한 그럴듯한 해석(?)까지 내놓으며 말론 왕국의 처사에 흡족해했다. 그러나 그런 로빈의 설명에도 불구하고 란슬롯은 왠지 의구심이 남았다.

'물론 일리가 있긴 하지만… 아무리 그래도 왕의 최측근을 이런 위험한 일에 함부로 내보낼 수 있을까? 토사구팽이라면 어느 정도 이해가 되긴 하겠지만, 왕과 백작 간의 친밀한 분위기를 볼 때 그건 아니고… 설마?! 백작이 마리안느 양을 노리고?!'

뭐 눈엔 뭐밖에 안 보인다더니… 파티장에서의 일 때문에 란슬롯은 엉뚱한 오해를 하기 시작한다. 그리고 그 오해에 대한 밑그림은 워낙 진부한 내용인지라 금세 머릿속에 그려진다.

좋아하는 여성에게 잘 보이는 것이 모든 남성들의 어쩔 수 없는 비애라… 이에 카잔 백작은 토벌대에 속한 그 누군가에게 자신의 남성적 매력을 한껏 선보이기 위해 위험한 토벌에 합류한다. 그 상대 여성은 카잔 백작의 눈부신 활약에 결국…

"으득~ 마리안느 양은 결코 넘겨줄 수 없다!"

"에? 란슬롯 경?"

"예? 아, 크흠~ 아, 아무것도 아닙니다."

혼자만의 상상에 불끈 열을 올렸다가 로빈의 부름에 그제야 정신을 차린 란슬롯. 잠시 헛기침을 늘어놓으며 로빈의 시선을 피하지만 이미 때는 늦었다.

"허허~ 이런… 란슬롯 경이 그렇게까지 빠지셨을 줄이야. 그럼 이걸 어떡한다……?"

뻔히 보이는 란슬롯의 속내에 반쯤 기가 막힌 듯, 그러나 나머지 절반은 동조하는 마음에 말문을 채 잇지 못하는 로빈. 그런데 그 마지막에 란슬롯의 귀에 뭔가 거슬리는 부분이 있었다.

"…무슨 일을 꾸미신 겁니까?"

토벌대 내 살림살이를 비롯해 구체적인 토벌 계획과 그 일정의 전반을 책임진—거의 모든 걸 혼자서 다 한다는 소리다—로빈. 때문에 이번 토벌전에서도 나름대로 승산을 높이기 위해 혼자 며칠간 동분서주한다고 느꼈었다. 그런데 왠지 그 일에 마리안느 양과 무슨 상관이 있는 것 같지 않은가.

"흐음, 그것이……."

란슬롯의 살벌한 어조에도 불구하고 차마 말을 못하는 로빈. 그러나 연이은 독촉에 결국 자신과 또 다른 '누군가' 가 구상한 모종의 계획을 발설할 수밖에 없었다. 그리고 그 계획의 전말을 듣는 순간, 자신도 모르게 한탄하는 란슬롯.

"크윽~ 오 작가님, 이번엔 또 무슨……?"

란슬롯의 우려 속에 마침내 토벌대의 출정일이 되었다. 그리고 그날, 물론 왕국의 시민들은 이전보다 족히 수배나 늘어난 토벌대 인원과 그들의 호화찬란한 무장에 감탄을 금치 못했다. 그래, 저런 기세와 전력이라면 능히 데스 윙을 쓰러뜨릴 수 있을 터. 시민들은 토벌대의 승리를 믿어 의심치 않으며 열광했다.

하지만 그런 토벌대의 위용에 오직 단 한 사람만은 얼굴에 수심이 가득했으니… 그의 이름은 바로 수한.

물론 토벌대 전력이 엄청나게 강화된 이상 한시라도 빨리 토벌이 끝나길 원하는 그로선 그리 損해될 게 없다. 아니, 기뻐해야 정상. 그러나! 이번에 합류한 토벌대 사람들을 면면히 훑어본 결과, 기뻐할래야 기뻐할 수가 없는 게 수한의 입장이었다.

이번에 합류한 자들은 카잔 백작과 적룡기사단을 제외하곤 그 대부분이 유저들, 그것도 보통 유저들이 아니다. 병약 미소녀회를 주축으로 한 로리지온과 메이드회, 그리고 제복사단. 심지어 백합십자군과 안경교단까지 일부 가세해 오타쿠 특유의 포스를 확실히 풍기는 게 아닌가(그나마 다행이라면 이종족 동맹과 누님연방이 없다는 사실)?

그들의 일반인과 차별화된 분위기와 기세—뭘 모르는 구경꾼들은 그저 감탄만 하고 있다—에 수한은 그저 장탄성이 흘러나올 수밖에 없었다. 하긴 그들이 누굴 노리고(?) 왔는지 뻔하지 않은가? 하지만 그들의 합류를 차마 반대할 수 없는 것이, 그 배후에 누가 있는지 충분히 짐작되는 탓이다.

"에효~ 또 누나가 작당을 했구나."

가는 길이 다르다곤 하나 궁극(?)에 접어들면 그 뜻이 통한다 했던가? 비록 야오이계의 대모로 군림한다고 하나, 그 인맥은 다른 계열에까지 뻗쳤을 터(평소 수진의 행태를 보면 충분히 짐작이 간다). 단시간 내 저런 대규모 집단을 불러들일 만한 역량을 수진 말고 또 누가 지니고 있으랴?

덕분에 팔라스 연합을 넘어, 이제 현실 세계에까지 그 명성과 미모를 널리 알게 된 수한. 이제 정말 현실에서 함부로 나다닐 수도 없게 되었다. 하지만…

"뭐, 확실히 도움은 되겠군."

이미 이렇게 된 이상 찔찔 짜봤자 아무 소용이 없지 않은가? 때문에 보다 긍정적인 사고를 하는 수한. 예전 청제국의 천상천화 시절 때보다 한층 성숙한(?) 모습을 보인다.

이미 모여든 사람들을 강제로 해산시킬 수도, 그럴 권한도 없다. 그러니 그들을 최대한 이용하는 것이 백번 나을 터. 하물며 저들은 그 특유의 폐인성으로 대부분 고렙을 달성한 실력자들이 아니던가? 그러니 도움이 될지언정 적어도 방해는 되지 않을…….

아니다, 단순히 그렇게 표현할 수준이 아니었다. 솔직히 말해, 이번에 모여든 전력은 너무 지나치게 막강했다.

적룡기사단을 배제한다고 해도 레벨 300이 넘는 유저가 무려 수백 명. 심지어 랭킹 100위권 안의 고수들까지 몇몇 눈에 띄었다. 이런 전력이면 본드래곤이 아니라 드래곤을 사냥할 수 있을 수준. 왠지 이런 병력을 조성한 수진 누나가 약간 오버한다는 느낌이 들 정도다. 그러니 이번에야말로…….

"정말 마음 편히, 손 하나 까닥 안 해야지."

이번 마지막 토벌에 동원되는 전력이 워낙 막강한지라 긴장이 완전히 풀려 버린 수한. 지금껏 원체 고생을 많이 한 탓도 있기에, 정말 구경만 할 심사다.

…그러나 세상에 모든 일이 다 그렇듯 쉬운 일이란 없는 법.

"끼아아아악!"

"아아악~"

"우왕좌왕하지 마! 1조와 2조는 블랙 와이번을 상대하고 3조는 마법사와 사제들을 보호… 아아악!"

하늘에서 내리꽂히는 거체들의 활공에 토벌대 사람들은 그야말로 속수무책. 제딴에 화살을 날린다, 마법 공격을 펼친다 하지만 그냥 와이번도 아닌 마기를 한껏 흡수해 진화했다는 블랙 와이번의 가죽을 뚫기에는 역부족이었다. 결국 토벌대의 진형은 이미 예전 무너졌고, 저마다 각개격파당하는 게 현 상황. 그리고 그런 일방적인 전황―그조차 예상치 못한 사태―에 로빈은 망연자실해졌다.

"설마 이런 복병이 있을 줄이야……."

최근 데스 윙이 모습을 드러낸 이름 모를 계곡, 나름대로 토벌에 만전을 기하기 위해 사전답사차 수차례 정찰을 보냈었다. 그리고 그 결과, 본드래곤을 제외하곤 어떤 마물도 존재하지 않음을 분명 확인했다. 때문에 그저 단순히 본드래곤 하나만 상대하면 끝이라 여겼건만…….

그런데 어떻게 된 노릇인지 막상 토벌대 본대가 계곡에 들어서자마자 와이번, 그것도 블랙 와이번 백여 마리가 토벌대를 덮치는 게 아닌가? 그리고 그 갑작스런 기습에 일국을 능히 넘볼 만한 막강한 전력이 순식간에 무너지고 있는 게 현 상황. 결국 로빈은 결단을 내릴 수밖에 없었다.

"크윽, 전원 계곡 내부로 들어가! 보다 좁은 곳에서 와이번을 상대한다!!"

생각 같아서야 당장 진형을 구축, 와이번에 대항하고 싶지만… 지금껏 본드래곤 하나만을 상정한 채 손발을 맞춰온 사람들에게 그것은 지나친 요구 사항일 터. 차라리 약간의 피해를 감수하더라도 보다 유리한 지형에서 싸우는 편이 낫다는게 로빈의 판단이었다. 그리고 그런 로빈의 외침에 토벌대 사람들은 그저 부랴부랴 도주하기 시작하는데…

"끼아아아악~"

"아악~ 안 돼, 살려줘!!"

도주하는 토벌대 사람들의 무방비한 모습에 더욱 매서워진 블랙 와이번들의 공격. 그로 인해 토벌대의 피해는 도리어 기하급수적으로 커져만 갔다. 급강하는 블랙 와이번의 발톱에 의해 갈가리 찢겨지거나 낚아채진 채 하늘 높은 곳에서 추락사하는 토벌대 사람들. 그야말로 아비규환의 현장이 아닐 수 없었다. 그 광경에 절로 주먹에 힘이 들어주는 수한.

"으이그~ 기대한 내가 바보지."

이렇게 기다긴 데스 윙을 상대하기는커녕 그 둥지 입구에서 몰살당할 판. 지금의 속 터지는 모습들을 볼 바에는 차라리 혼자 몰래 일을 저지르는 것이 백번 나을 뻔했다. 그런데 수한이 그렇게 속을 끓이는 바로 그때!

"투창 준비! 45도 각도로 일제 투척!!"

슈슈슈슉—

사람들의 비명성과 블랙 와이번의 울음소리가 잔혹한 핏빛 하모니를 이루는 가운데 너무나 이질적인 평온한 음성. 그 지시에 따라 시뻘건 갑옷을 입은 일단의 무리가 일사불란하게 투창을 던진다. 그러자 놀랍게도 레벨 350짜리 블랙 와이번 중 일부가 약 먹은 모기마냥 우수수 추락하는 게 아닌가?

끼에에에엑~

"아니, 저럴 수가?!"

비록 그 투창 공격에 일부 토벌대 사람들이 피해를 입긴 했지만, 그것을 감안한다고 해도 투창 공격의 성과는 너무 눈부셨다. 로빈, 보우 마스터의 화살 공격조차 튕겨내던 블랙 와이번을 투창 공격만으로 제압하다니?! 대체 저 기사들, 적룡기사단의 단원들은 대체 레벨이 몇이란 말인가?

그러나 좌중의 경악에도 불구하고 여전히 냉정한 음성으로 적룡기사단을 지휘하는 카잔 백작. 그의 마지막 지시, 자유 투척 명령을 끝으로 블랙 와이번 대부분이 회색으로 물들었다. 이어 정말 아무 일도 없었다는 듯 차분히 기사단을 이끌고 앞으로 나아가는데… 그 광경에 지금껏 온갖 난리법석을 피운 토벌대 본대가 부끄러울 지경.

"하하… 정말 대단하군요. 이것이 대륙 삼대기사단의 저력……."

그저 무뚝뚝한 얼굴로 행군하는 적룡기사단의 모습에 토벌대 사람들은 약간 질린 얼굴로 분분히 길을 비켜줬다. 그로 인해 결국 일행의 선두를 차지하게 된 적룡기사단. 여전히 냉정한 모습으로, 그러나 당연하다는 듯 선봉을 자처한다.

그러나 이미 카잔의 정체(?)를 아는 수한으로선 지금 일이 지극히 당연한 일. 때문에 아무런 동요 없이 고개를 끄덕이는데… 하필 그런 수한의 모습을 목격한 란슬롯! 자신도 모르게 그의 주먹에 힘이 들어간다.

하지만 주인공 상비군(?)에 속하는 란슬롯은 여타의 범인들과는 달리 질투를 표출하는 대신 인정할 건 인정했다.

"하아~ 할 수 없지. 저들이 아니었다면 정말 큰 피해를 입었을 테니……."

결국 토벌대의 최고 지휘자인 란슬롯의 동의와 자연스럽게 형성된 내부 분위기로 인해 카잔이 이끄는 적룡기사단이 데스 윙을 상대할 선봉대 역할을 맡게 되었다.

"오호~ 이거 참… 지번에 그 '여자' 말고 또 예상치 못한 변수로군. 하지만……."

토벌대가 지나가는 길목, 그늘에서 은둔하고 있던 그림자.

그는 카잔을 바라보며 히죽 웃기 시작했다.

　본래 판타지 세상이라면 달이 서너 개 정도 떠 있어야 제맛(?)이겠지만, 무협 세상을 표방한 청제국이 같은 공간 내에 구현된 탓에 이곳 팔라스 연합 역시 달은 오직 단 하나뿐이다. 그리고 그 하나의 달 아래 어느 이름 모를 계곡의 막사 안에선 한창 판타지스런(?) 이야기가 진행 중에 있었다.

　콰앙!

　"대체 이게 어떻게 된 일입니까?!"

　평상시 그 사람 좋은 란슬롯이 탁자를 부숴 버릴 듯 내려치며 길길이 날뛰었다. 하긴 그럴 수밖에 없는 것이 오늘 하루에만 토벌대 전력의 절반이 날아간 탓이다. 그것도 정찰 부족이라는 이유 하나만으로!

　"…죄송합니다. 이건… 정말 뭐라 할 말이 없다는……."

　정찰대를 파견하고 그 보고를 분석했던 로빈은 정말 입이 열 개라도 할 말이 없었다. 계곡 입구에서부터 블랙 와이번을 필두로 어스윔을 비롯한 각양각색의 마물들의 습격. 마치 일반 RPG게임에서의 극난이도 던전을 연상시키는, 이곳 팔라스 연합의 일반 필드에선 도저히 있을 수 없는 일이 벌어진 것이다. 정찰 결과 본드래곤 외엔 전혀 마물이 없다는 결론을 내렸던 로빈은 그저 사람 크기의 쥐구멍이 있길 바랄 뿐.

"휴우~ 어쩔 수 없지요. 일단 계곡의 중심까지 들어선 이상 이대로 레이드를 진행합니다. 여기서 물러서면 모든 걸 포기해야 할 상황이니……."

"예, 이젠 물러날 곳도 없습니다."

"으음~"

너무 지나친 지원을 받은 것이 문제였다. 아마 여기서 실패한다면 스폰서 입장에선 더 이상 란슬롯들을 믿지 못하리라. 거기다 이번에 모집한 토벌대 전력 역시 모종의 '특수' 한 방법을 통해 이루어진 것. 아마 다시 한 번 기회가 주어지더라도 지금과 같이 막강한 전력을 재구축할 수 없을 것이다. 즉, 지금이 데스 윙 토벌의 마지막 기회나 다름없었다.

"그 밖에 다른 의견이나 생각이 있으신 분들은……."

"아, 없습니다."

"……."

결국 로빈을 질책하는 것으로써 참석한 토벌대 간부들을 '만족' 시킨 뒤, 아무런 성과가 없이 끝나 버린 회의. 간부들이 우르르 떠난 막사엔 란슬롯과 로빈만이 남겨진다.

"이거야 원, 생각이 있는 건지 없는 건지……."

"할 수 없지요. 저들 대부분이 쏠로잉만을 고집하던 사람들이니, 지금 같은 상황에서 뭔가를 바란다는 건 약간 무리일지도……."

이전 토벌대 사람들은 이미 모든 걸 포기(?)한 사람들이고, 이번에 합류한 고렙들은 레벨 업에만 환장한 골수게임 폐인으로서 파티플레이에 무지하다. 결국 토벌대를 지휘할 사람은 란슬롯과 로빈, 보다 정확히 말하면 길마로서 경험이 풍부한 로빈밖에 없다는 건데…….

이미 한차례 큰 실수를 한 로빈으로선 어깨가 무겁다 못해 짓눌러지는 느낌. 하물며 그와 극명하게 비교되는 존재까지 있었으니…

"휴우~ 적룡기사단의 선전이 너무 부각되는군요. 이거 참, 카잔이란 사람 정말 괴물이라고 해야 하나?"

"크흠~"

연적(?)에 대한 칭찬이 이어질수록 심기가 불편한 란슬롯. 하지만 그것을 부정하기엔 카잔 백작의 활약이 너무나 뛰어났다.

직접 선두에 서서 마물들의 포위망을 뚫고 단신으로 10미터짜리 어스웜을 토막 내는 등, 그야말로 절세영웅의 풍모라… 란슬롯은 옆에서 나름대로 분전은 했지만, 도저히 그 이상의 활약은 불가능했다. 놀랍게도 카잔 백작은 나인스타 중 일인을 능가하는 강자였던 것이다.

"하지만 아직 승부가 난 건 아닙니다."

"예?"

"크흠~ 아, 아무것도 아닙니다."

자신도 모르게 속내를 드러낸 란슬롯. 로빈은 모르는 척 의 뭉을 떨며 그를 더욱 난처하게 만든다. 이에 란슬롯은 나름대로 화제를 전환하고자 수한을 끌어들이는 더 큰 실수를 저지르고 마는데… 그야말로 순진남다운 실수 연발.

"크흠~ 그것보다 마리안느 양께서는 좀 어떠십니까? 좀 침울해하시는 것 같던데……."

토벌대 피해 중 그 대부분이 수한으로 인해 발생했다. 하긴 '적어도' 겉으로 보기엔 연약한 여자의 몸이니 자연 그를 보호하는 과정에서 필연적으로 벌어진 일. 하지만 저마다 자발적으로 벌인 일인 만큼 수한을 원망하는 사람은 전혀 없었다. 도리어 그것을 영광(?)으로 여기는 분위기.

덕분에 나름대로 요조숙녀 비스무리한 존재를 연기하고 있는 수한으로선 죄책감에 몸부림치는 실감나는 연기를 펼쳐야 했다.

뭐, 어쩌겠는가? 관중(?)들이 그런 걸 원하는데.

"하하, 그렇게 걱정되시면 직접 찾아가시는 게 어떻습니까? 혹시 압니까? 아름다운 달밤 아래 오붓이 산책을 함으로써 더욱 돈독한 정을……."

"크험~ 너무 놀리지 마십시오."

점점 아저씨(?)가 되어가는 로빈. 이제 경쟁에서 완전히 떨어져 나가 란슬롯을 약 올리는 재미에 산다. 덕분에 더욱 늘어만 가는 란슬롯의 헛기침.

이러다간 생으로 폐병환자가 될 판이다.

그리고 그렇게 두 사람이 만담 아닌 만담으로 낄낄거리고 있을 때, 갑작스런 일어난 이변.

챙―

"컥, 란슬롯 경? 농담이오. 그렇다고 칼을 뽑아 들 필요는……."

"피햇!!"

"엥? 으어억?!"

난데없이 로빈을 향해 검을 뽑아 드는 란슬롯. 기겁하는 로빈에 아랑곳 않고 황급히 검을 휘두른다. 그리고 그 순간, 막사를 뒤덮은 검은 그림자.

끼아아아아악!

"습격이닷!!"

란슬롯의 비명 같은 외침과 함께 토벌대의 캠프는 대혼란을 맞이했다.

"엥? 이게 무슨 소리야?"

일행의 최고 책임자인 란슬롯과 적룡기사단의 단장, 카잔 백작보다도 깨끗하고 좋은 천막 안. 수한은 사방에서 들려오는 소란에 자리에서 벌떡 일어섰다. 그의 감각에 걸리는 뭔가 불길한 느낌이 지닌 수십의 기운들. 정체를 알 수 없는 다수의 마물들이 토벌대 일행을 습격한 것이다.

"칫, 야밤의 기습인가? 하는 꼬락서니들을 볼 때 적룡기사단 외에는 전멸이겠군. 그럼 난 어떡한다?"

마음 편히 구경만 하겠다는 생각은 이미 옛날에 날아갔다. 계곡에 들어선 이후 뭐 하나 제대로 하는 것 없이 게임아웃만 속출하니… 데스 윙과 조우하기는커녕 고생만 실컷 하다가 시간만 날릴 게 뻔히 보였다. 차라리 이럴 바에는…….

"좋아, 차라리 기회군."

이미 두 번이나 해본 일. 수한은 이번 역시 몰래 토벌대를 빠져나가 혼자서 데스 윙을 때려잡기로 결심했다. 이에 옆에 있는 시드와 토일을 냉큼 역소환한 뒤 기회를 엿본다. 그리고 그런 수한의 결단을 돕기라도 하듯 불쑥 등장하는 도우미(?).

"키키키, 이거 제법 맛깔 나는… 키엑?!"

음흉한 미소와 함께 입맛을 다시며 수한을 덮치는 검은 그림자. 등장하는 모양새나 진부한 대사를 보건대 영락없는 주인공 활약 부각용 엑스트라다. 이에 수한은 주인공답게 그 정성(?)을 갸륵하게 여겨 냅다 멱살을 잡아 탈탈 턴 뒤 기절시킨다. 그리고…

"까아아아아아아~"

수진의 훈육(?) 성과가 극명하게 드러나는 순간! 고운 성량을 마음껏 자랑하면서, 뭔가 절박하게 느껴지는 비명성. 그런 비명을 내지른 뒤 수한은 기절한 그림자 녀석의 손이라 짐작되는 부분을 옆구리에 끼운 채 그대로 몸을 날렸다. 그러자 토벌대 사람들이 다 알아서 연출, 각본(?)을 맡아주는데…

"마리안느 양이 납치된다!!"

"이놈들!! 마리안느 양이 목적이었구나!!"

"양동작전이다! 속지 마! 마리안느 양이 우선이다!"

…너무나 진부한 전개. 단지 커다란 그림자 형상과 함께 몸을 날린 것만으로도 모든 게 해결된다. 덕분에 좋은 핑곗거리가 생긴 수한은 아주 홀가분하게 토벌대를 떠날 수 있었다.

그리고 그런 무책임한 수한에게 뒤따르는 건 비통에 찬 란슬롯의 절규.

"마리안느 양!!!"

"이거야 원, 굳이 내가 나설 필요도 없이 일행에서 떨어지다니… 그렇게 빨리 끝을 보고 싶다면 원하는 대로 해주는 수밖에. 오늘 밤이 다 지나가기 전에 말이야."

달 그림자에 몸을 감춘 채 토벌대 일행을 내려다보는 검은 그림자, 그의 독백과 함께 상황은 급박해지기 시작했다.

　　　　*　　　　　*　　　　　*

"젠장, 젠장! 저 괴물 녀석이 또……."

연신 투덜거리며 질주하는 인영. 크게 낭패한 모습으로 등 뒤를 힐끔거리는 모양새를 보건대 누군가에게 쫓기는 형상이다. 그리고 그 도주자의 정체는 놀랍게도 수진. 지금껏 수한을 능가하는 천상천하 유아독존적 인물인 그녀가 이런 약한 모습을 보이다니… 실로 경악할 만한 일이 아닐 수 없었다.

키에에엑!

"큭, 빌어먹을……."

바로 등 뒤에서 들려오는 끔찍하면서도 기괴한 짐승의 울음소리. 이대로 앞만 보고 달리다간 등판이 남아나질 않을 것 같다. 이에 혀를 차며 어쩔 수 없이 몸을 돌리는 수진.

그런 그녀를 맞이한 건 현실상에선 볼 수 없는 이형적인 모습을 지닌 그 무언가. 마치 살덩이를 대충 반죽한 뒤 땅바닥을 내팽개친 듯한 그것은 수진을 통째로 집어삼키려는 듯 입으로 추정되는 부위를 벌리고 있었다.

…물론 선천적으로 타고난 여왕, 수진은 그런 괴물의 일용할 양시이 될 생각이 눈곱만치도 없었다.

쫘아악—

키에에에엑!

"칫, 내가 설마 네놈 따위에게……."

손에 든 채찍을 통해 여왕 강림을 알리며 단숨에 괴물을 제압한 수진. 괴물은 채찍에 실린 막강한 경력에 휘말려 말 그대로 떡 반죽이 된다. 하지만 이와 같은 괴물의 공격은 어디까지나 수진의 발길을 지체시키기 위한 것일 뿐, 정작 그녀를 도주하게 만든 존재는 따로 있었다.

"크크크크, 고작 여기까지 온 건가?"

"칫, 벌써……."

사방에 흩어진 괴물의 잔해를 '흡수'하며 서서히 지면에서 일어서는 그림자. 이내 인간의 '형상'을 취한 그것은 수진을 비웃으며 손가락을 까딱거린다.

피라미드에서 수진이 느꼈던 굴욕감을 재차 상기시키게 만드는 '멋진' 도발!

"이 자식이!"

아아~ 어찌 이렇게까지 단순할 수가… 자신이 왜 지금까지 도주했는지조차 잊은 채 그림자에게 달려드는 수진. 그나마 일말의 이성은 남아 있는지, 맨몸으로 덤비는 게 아니라 열다섯 개의 분신과 함께한다는 게 다행이랄까?

하지만 상대는 애초부터 분신술을 비롯한 수진의 모든 수법을 무력화시킨 존재. 수진이 괜히 지금까지 도주했던 게 아니다.

"제법 좋은 기량이었습니다. 불멸자라는 게 아까울 정도로. 만약 그 상대가 바로 내가 아니었다면 좋았을 텐데……."

자신을 노리는 수진의 열여섯 개의 채찍을 아예 무시한 채 히죽 웃는 그림자. 이어 그 몸에선 수백여 개의 검은 선이 튀어나와 분신을 비롯한 수진의 본신을 일순간에 제압한다.

…역시 물량 공세엔 어쩔 수 없다는 건가?

"크윽~ 설마 내가 촉수물(?)의 희생양이 될 줄이야……."

설마 자신이 이런 식으로 당하게 될 줄 몰랐던 수진. 그녀는 속으로 인과응보(?)를 중얼거리며 무기력하게 그림자의 바로 앞까지 끌려갔다. 그리고 그런 그녀에게 재차 히죽거린 그림자는 이형의 거대한 존재로 화해 수진을 통째로 삼키려고 하는데… 하지만 이대로 끝내기엔 수진의 명성(?)이 운다!!

"이제 포기하신 겁니까?"

"설마!! 헬파이어!!!"

그림자의 시커먼 몸체 중 유일하게 색깔을 띤 입매가 반달을 그리자, 그 면상에다 냅다 이글거리는 화염의 구체를 던지는 수진. 지척 거리에서 터진 마법 공격인 만큼 어느 정도 상대에게 타격을 줄 것 같다. 단지 그 여파가 수진에게까지 전달된나는 게 문제일 뿐.

콰콰쾅!

"까아아악!"

화구의 격렬한 폭발과 함께 꼴사나운 모습으로 뒤로 튕겨져 나간 수진. 예전 피라미드의 자폭 공격 때처럼 아무 대책 없이 벌인 일인 만큼 그 피해가 막심하다. 만약 지금 이 순간 걸치고 있는 이벤트 급 아이템, 카오틱 드래곤 슈트(Chaotic Dragon Suit)가 아니었다면 일순간에 회색으로 물들었을 터. 그러나…

"이히히히, 자식~ 저번에 당한 대로 또 당하는군. 이히히히."

정작 수진은 상대에게 큰 타격을 입혔다는 기쁨에 그딴 건 중요하지 않다는 반응. 그저 킥킥거리며 승리의 여운을 만끽했다. 하지만…

지금 상대는 예전 그녀가 겪었을 때와 같은 존재이되 그 이상의 능력을 지닌 상태.

"크큭, 이거 제법 아프군요."

방금 전 폭발로 인해 사방에 흩어진 그림자의 파편. 정상적인 경우라면 서서히 회색으로 물들었어야 정상이건만, 도리어 수진의 면전에서 빠른 속도로 모여든다. 이어 본래의 모습, 아니, 인간의 형상을 띤 그 무언가가 되어 만신창이가 된 수진을 그대로 들어올리는데…

"…괴물."

자신을 거꾸로 들어올린 뒤 이리저리 살피는 그림자를 향해 수진은 자신도 모르게 중얼거렸다. 도저히 상대할 방법이 없는 이형의 존재에게 그녀는 그렇게 항복을 선언한 것이다. 그리고 식품(?)에 별다른 하자가 없음을 확인한 그림자는…

"잘 먹겠습니다."

우드득!

*   *   *

쾅!

"뭐라고요!? 그럼, 마리안느 양을 포기한단 말씀입니까?"

지나친 분노로 인해 단숨에 박살이 난 탁자와 거친 노호성. 평상시와 너무나 동떨어진 격한 모습을 보이며 란슬롯은 분노에 치를 떨었다. 하지만 정작 그 상대는 여전히 평온한 음성으로 대답한다.

"그렇습니다. 임무가 무엇보다도 우선시되어야 할 상황에서 그녀를 위해 따로 추격팀을 구성하는 건 그저 시간 낭비일 뿐입니다."

"으득, 당신이 어떻게 그런 말을……."

가산 백작의 냉성한 말에 더욱 분노가 치솟는 란슬롯. 내심 자신의 라이벌로 여겼던 상대인 만큼 그 배신감(?)은 더욱 클 수밖에 없다. 하지만 한 집단을 책임진 사람으로서 그것은 도리어 최선의 선택. 결국 란슬롯은 더 이상 카잔 백작을 욕하지 못하고 로빈에 이끌려 뒤로 물러서야 했다. 대신…

"마리안느 양을 구출할 지원자를 모집한다!"

"우오오!!"

"성녀를 구하자!"

카잔 백작의 막사에서 벗어나자마자 초조하게 수뇌부의 결정을 기다리던 토벌대 사람들에게 소리치는 란슬롯. 토벌대원 대부분이 수한 한 명만을 보고 이 토벌대에 참가한 만큼 그 반응은 열렬하다.

결국 잠시 뒤, 카잔 백작의 적룡기사단과 란슬롯이 이끄는 수한모에(?)부대로 양분되는 토벌대. 카잔은 야밤에 토벌대 캠프를 떠나려 하는 란슬롯 일행을 바라보며 혀를 찼다.

"쯧, 실망이군. 제법 쓸 만한 녀석이라 여겼건만. 그리고 그 여자 역시 뭔가 있을 줄 알았는데 고작… 할 수 없지. 뭐, '도구'는 아직 충분하니."

뭔가 의미심장한 독백을 날리며 그대로 막사로 들어서는 카잔. 그리고 그런 그를 노려보며 일행을 칠흑 같은 어둠 속으로 이끄는 란슬롯.

"마리안느 양, 제발 무사하시길. 제가 반드시! 구해 드리겠습니다."

"에취~ 누가 내 이야길 하나? 왜 갑자기 귀가 간지럽고 기침이 나오는 거지?"

왠지 진부한 표현이지만, 어쨌든 자신의 건재함(?)을 드러낸 수한. 어둠 속에서 잠시 방향 감각을 잃고 주위를 두리번거린다. 그러다 이내 그 예리한 감각을 통해 자신이 찾는 모종의 '기운'을 감지하고 재차 몸을 날리는데…

"크크, 역시 혼자서 다니는 게 편해. 마물들이 귀찮게 하지고 않고, 괜히 길을 헤맬 필요도 없으니 말이야."

지금 이 순간, 그를 찾아 어둠 속—마물들이 우글거리는…—을 방황하고 있는 사람들에 대해선 눈곱만치도 생각하지 않는 수한. 그저 좋다고 혼자 키득거리며 진정한 악인(惡人)의 면모를 과시한다. 그리고 그렇게 악인지로(?)를 질주한 끝에 마침내…

—드디어 온 건인가, 새로운 마스터 후보자여?

"…어라? 최종 보스가 벌써 나와?"

수한의 전면에 그 모습을 드러낸 거대한 해골괴수, 아니, 본드래곤. 족히 100미터에 달하는 거대한 몸체는 비록 그것들이 뼈만으로 이루어졌다고 하나, 왕년(?)의 전성기를 능히 짐작케 한다.

서런 넝치를 내체 어떻게 상대해아 힐지 수한으로선 그저 막막할 따름.

"날 맞으러 나온 건가? 솔직히 어디 동굴 깊숙한 곳에 짱

박혀 있을 줄 알았는데……."

지금껏 토벌대 일행을 습격한 마물들 탓에 나름대로 고전 RPG식 게임 전개를 기대했던 수한. 그런데 그런 예상을 깨고 데스 윙이 계곡 심처의 탁 트인 곳에서 이렇게 직접 마중을 나올 줄이야……

─크르르르, 비록 죽음에 잠식된 한낱 마물의 신세라 하나, 난 계약을 중요시 여기는 드래곤. 네가 계약을 갱신하고자 온 이상 직접 상대하는 것이 예의겠지.

"오호~ 그래?"

수한이 상대의 기운을 느낀 것과 마찬가지로 데스 윙 역시 수한의 기운을 느낀 모양. 역시 썩어도 준치라고, 드래곤은 죽어서도 제법 능력을 보인다.

어쨌든! 상대가 이렇게 나오는데 수한 역시 함부로 본색(?)을 드러내기에 꺼림칙하다. 본래 계획대로라면 데스 나이트를 일제히 소환해 다굴을 펼쳐야 하는데… 이렇게까지 정중하게 나오니 주인공으로서 기본 양심(?)이 찔린다고 해야 하나? 결국 정석대로 일을 진행시키는 수한.

"크흠~ 그럼, 계약은 어떻게 갱신하면 되는 거지?"

─크크크, 나를 굴복시키면 된다. 그러면 기꺼이 너의 권속이 되어주마.

…역시나 진부한 전개. 그러나 수한으로선 그리 손해 볼 게

없다.

"뭐, 어차피 싸움을 각오하고 왔으니… 게다가 내가 이기면 쓸 만한 전력이 공짜로 생기니 도리어 좋은 건가?"

나름대로 긍정적인 사고를 하며 데스 윙과의 일전에 기꺼워하는 수한. 덩치빨에 크게 밀리긴 하지만 그리 걱정하는 기색은 없다.

그냥 드래곤이라면 모를까 본드래곤의 경우 그 능력치가 크게 하락되었을 터. 비록 데스 윙이 생전에 에이션트 급이었다곤 하지만 지금은 잘해봐야…….

─쿠오오오오오오오.

성대도 없는 주제에 강렬한 울부짖음으로써 전의를 다지는 본드래곤. 대기가 흔들리고 땅이 진동한다. 그야말로 몸서리쳐질 정도의 절대 거력. 그 힘의 일부를 가늠하는 순간, 수한의 등 뒤로 주르륵 식은땀이 흘러내린다.

"…젠장, 역시 세잖아?"

역시나 세상엔 쉬운 일이란 없는 법이다.

Chapter 6

필살기를 얻다

우드득! 빠각!

"끄아아악!"

살이 으스러지고 뼈가 부러지는 끔찍한 소리와 함께 그것에 맞춰 터져 나오는 인간의 비명성. 같은 인간의 형상을 지녔으되, 한쪽 진영의 압도적인 힘에 의해 다른 쪽 진영의 사람들은 일방적인 학살을 당하고 있었다.

그렇다. 그것은 압도적인 힘의 차이로 인해 벌어진 결과. 근력과 스피드, 그리고 그 차이를 효율적으로 활용할 줄 아는 잔혹함까지.

인간의 형상을 지녔으되, 그 학살을 자행하는 자들은 결코 인간이 아니었다. 그들은 바로…

"놀랍군. 뱀파이어 따위가 이런 힘을 지니고 있었다니… 클랜의 주인이 그만큼 강하다는 건가?"

학살당하는 측 진영에 속하면서도 어디까지나 방관자적 모습을 보이는 절세미남자. 사방에 튀는 붉디붉은 피에도 불구하고 그의 적발, 적안은 여전히 그 빛을 잃지 않고 있었다. 마치 주위 풍경과 별개의 존재라도 된다는 듯. 하지만 그런 적발적안의 미남자 '카잔'의 여유가 마음에 들지 않아서일까?

"도와주지 않으실 겁니까?"

카잔의 바로 등 뒤에서 불쑥 입을 여는 검은 인영. 하지만 카잔은 이미 예전부터 그의 존재는 눈치 챘는지 전혀 놀라는 기색을 보이지 않는다.

"글쎄, 어차피 '저것'들은 잠시 잠깐 활용할 도구들이라서… 그리고 솔직히 지금은 쓸데없는 싸움을 자초할 생각이 없다."

"…예상외로 솔직하시군요."

전혀 '일반'적이지 않은 카잔의 반응에 오히려 등 뒤에 있는 인영이 놀란다. 그렇다. 이건 결코 예상치 못한 반응이다. 그렇다면 혹시……?

"…그렇군요. 이제 당신이 누군지 알겠습니다. 하하하, 홍

염(紅炎)의 일족이라는 사실에 정신이 팔려 정작 중요한 것을 잊고 있었다니…….'

"그래서, 어쩔 생각이지?'

카잔의 조심스러운 반응에 재차 웃음이 터져 나오려는 뱀파이어들의 군주. 하지만 이 이상의 행동은 상대의 자존심을 지나치게 자극하는 결과를 낳는다. 상대가 이렇게 저자세로 나온다면야 자신 역시 나름대로 예의를 갖춰야 하는 법.

그래야 원하는 바를 쉽게 이룰 수 있지 않겠는가?

"홍염의 일족을 뵙게 되어 영광입니다. 생각 같아서는 좀 더 대접해 드리고 싶지만 제가 좀 바쁜 관계로… 아, 기사단 일은 죄송합니다. 저도 솔직히 이런 결과를 낳을 줄은 정말 몰랐습니다."

"상관없다. 어차피 그들은 도구.'

"으흠~ 그래도 제 실수임에는 분명하니… 대신이라긴 뭐하지만 재미있는 정보 하나를 알려 드리지요."

"정보?'

"예, 그것은…….'

그 뒤 이어지는 뱀파이어 로드의 이야기는 생각 밖으로 카잔의 흥미를 끌기에 충분했다. 아니, 적룡기사단 이상의 가치를 지닌 내용이었다. 때문에 카잔은 마음속에 품고 있던 일말의 앙금을 깨끗이 지운 채 적룡기사단원들을 게걸스럽게 먹어치운 뱀파이어 무리를 선선히 배웅할 수 있었다. 하지만 그 전에…

"잠깐!"

"예? 왜 그러십니까? 이제 더 이상 볼일이 없으실 텐데……?"

이제 막 떠나려던 뱀파이어 로드를 불러 세우는 카잔. 잠시 말문을 잇지 못하다가 결국 입을 열었다.

"…너, 정말 뱀파이어가 맞나?"

순간 뱀파이어 로드, 아니, '릭블러드'는 전율했다.

그렇다. 지금의 자신은 이렇게 강한 것이다. 심지어 '드래곤'조차 경의(?)를 표할 정도로. 그런데 왜?!

"왜 그러지?"

뭔가 심상치 않는 릭블러드의 얼굴에 조금 '겁'을 먹은 카잔이 조심스럽게 입을 연다. 그러자 속으로 아차 하고 다시 정중 모드로 돌아선 릭블러드.

"아, 아닙니다. 그 질문에 대답해 드리지요. 저는 뱀파이어가 맞습니다. 단지… 약간 '특별한' 뱀파이어로서 어떤 분의 선택을 받은 상탭니다."

"역시… 그런 건가?"

상대의 설명에 그제야 뭔가를 알아차렸다는 듯 쓴웃음을 짓는 카잔. 하지만 왠지 홀가분해 보이는 것이 지금까지 저자세를 보인 자신에게 나름대로 그럴듯한 명분(?)을 제공한 모양이다.

그리고 그런 카잔의 모습에 재차 속으로 비웃음을 짓는 릭 블러드. 서서히 떠오르는 먼동의 그림자에 스스로를 감춘 채 음모의 주재자다운 혼잣말을 중얼거린다.

"기대하겠습니다, 당신의 활약을……."

*　　　　*　　　　*

"크아아악!!"

콰콰쾅!

뼈밖에 없는 주제에 드래곤은 역시 드래곤이란 건가? 갑작스럽게 날아든 꼬리 공격에 수한의 신형은 몇십 미터 뒤로 튕겨 나갔다. 일반 유저, 아니, 웬만한 고렙이라 할지라도 일격에 즉사할 만한 충격. 하지만 몸빵의 제왕이자 근성으로 먹고사는 수한은 그것을 무시한 채 재차 데스 윙에게 달려들었다. 이어 데스 윙의 꼬리를 덥석 부여잡는데…….

"우아아아아아~"

방금 전 공격에 대한 앙갚음일까? 데스 윙의 꼬리를 잡고 그 무지막지한 힘으로 데스 윙의 몸체를 통째로 빙글빙글 돌리기 시작하는 수한. 둘 사이의 덩치나 무게 차이를 고려할 때, 도저히 불가능해 보이지만 힘 하나만으로 모든 것을 극복한다. 그리고 그 회전 속도가 최고조에 이르는 마지막 순간!

"저 하늘의 별이 되어라!!"

쿠콰콰콰콰쾅!

언젠가 한 번 꼭 해보고 싶었던 대사(?)를 날리며 데스 윙의 꼬리 놓아주는 수한. 그에 따라 데스 윙은 조금 전 수한처럼 형편없이 땅바닥에 나뒹굴어야 했다.

─크윽, 정말 대단하군.

"킁~ 내가 좀 대단하지. 하지만 이게 전부라곤 생각하지 마! 내가 전력을 다하면 넌 진작 박살이 났을 테니까."

─크크크, 나 역시 마찬가지다.

싸우는 도중에 싹트는 우정이란 건가? 왠지 서로에게 미소를 지으며 나름대로 화기애애한 모습을 보이는 데스 윙과 수한.

하지만 이번 승부의 결과가 중요한 만큼 서로 간에 봐줄 순 없는 법! 이에 잠시 눈치를 살살 살피다가 재차 육박전에 돌입하는 두 존재.

콰쾅!

거력과 거력의 격렬한 충돌. 비록 겉으로 보기엔 일방적인 싸움이 예상되는, 100미터짜리 해골괴수와 작디작은 미소녀(?) 간의 격돌이지만, 실제 그 전개 과정은 그야말로 막상막하. 하긴 수한이 어디 보통 캐릭이던가. 단순히 육체적 능력만 고려한다면 능히 드래곤과 비견되는 괴물, 아니, 마왕인 것이다.

하물며 수한이 십방장환과 같은 궁극기를 연달아 쓴다면… 아무리 항마력이 높은 데스 윙이라 할지라도 그 피해는 막심할 터. 어찌 보면 이 승부는 애초부터 그 결과가 정해진 것이나 다름없었다. 그러나!!

수한이 무턱대고 강기를 난발하고 폭주(?)를 할 경우, 데스 윙의 피해는 지나치게 커진다. 자칫 실수를 해, 데스 윙을 완전히 박살 내버린다면… 승부는 이기되 데스 윙을 완전히 잃을 수도 있을 터. 어디까지나 데스 윙을 복속시키기 위해 온 수한으로선 절대 바라지 않는 결과다. 때문에 수한은 지금처럼 힘만을 앞세운 육박전을 고집하는 것이다.

하지만 그렇다 하더라도 결국 동급의 힘을 지닌 두 존재가 붙을 경우, 그 승부의 향방을 좌우하는 건 스피드. 그런 측면에서 볼 때, 지금 격돌의 결과 역시 정해진 것이나 다름없었다.

쿵콰콰쾅!

우드득─ 우직─

─크아아아아아!

지금까지 난순히 치고받던 것에서 벗어나 이형환위를 통한 빠른 몸놀림으로 데스 윙을 농락하는 수한. 수진의 분신술만큼의 정교한 맛은 없지만 일순간에 구현된 십여 개의 잔영(殘

影)들이 데스 윙의 눈을 현혹시켰고, 그 본인은 데스 윙의 몸을 야금야금 박살 내고 있었다. 그리고 종국에 와선…

"자, 이제 항복하시지?"

―크으으윽~

수한에 의해 일부 주요 골격 부분이 부서진 탓에 위태롭게 몸을 지탱하는 데스 윙. 이렇게까지 된 마당에 더 이상의 저항은 무의미하다.

―크크크크. 좋다, 내가 졌다. 이제 너, 아니, 당신을 나의 새로운…….

예상외로 쉽게 패배를 인정하는 데스 윙. 이어 수한을 마스터로 인정하는 계약을 발동하는 게 아닌가? 그러자 입이 절로 벌어지는 수한.

'크크크크, 웬일로 이렇게 쉽게 일이 풀리는 거지? 나름대로 긴장했는데, 너무 쉽잖아. 뭐, 나로선 좋긴 하지만…….'

뭘 했다 하면 방해물이 등장하거나 반전(?)이 벌어지는 것에 완전히 만성이 되어버린 수한. 지금 상황이 기쁘기도 하고 불안하기도 하다. 하지만 지금처럼 다된 밥에 또 무슨 일이 벌어지랴.

―…을 받아들이시겠습니까?

"응? 아… 응!"

잠시 생각에 잠긴 탓에 데스 윙의 계약 발동 합의에 뒤늦게 대담한 수한. 하지만 그것이 문제가 될 정도는 아니었다. 어쨌든 그것으로 전대 데스로드가 한 계약은 갱신되었고, 데스 윙은 아무런 문제 없이 수한의 권속 중 하나가 되는 듯했다.

하지만 바로 그때!! 예외없이 벌어지는 반전(?), 역시 저주 캐릭은 어쩔 수 없다는 건가?

푸아아아아악!

—크아아아아아!!

지금 이 순간, 서서히 떠오르는 태양의 따스함을 족히 수천 배 확장 강화한 극염(極炎)의 질주. 거대한 화염의 길이 허공을 수놓는 가운데, 데스 윙의 육신은 일순간에 잿더미로 변해 버렸다. 그리고 경악하는 수한의 눈앞에서 서서히 떠오르는 거대한 붉은 거체. 그것은 바로…

"드래곤……?

—크르르르르르르!

난데없이 급변한 상황에 잠시 멍하니 있던 수한. 그러나 이내 경악하고, 분노하고, 절규했다. 이제 막 모든 일이 평화(?)롭게 해결되려는 찰나 난데없이 불청객이 끼어든 것이다. 그것도 일반 드래곤에 비해 속도와 힘이 세 배(?)인 대신 성질이 더럽기로 유명한 레드 드래곤이 말이다.

—크르르륵~ 놀랍군. 보통 존재가 아닐 줄은 알았지만, 설마 네가 '마왕' 일 줄이야…….

"응? 설마?!"

한참 분노에 치를 떨고 있는 수한에게 왠지 아는 체를 하는 레드 드래곤. 순간 수한은 상대가 누구인지 깨달았다.

"카잔⋯⋯."

—크크크. 그래, 맞다. 말론 왕국의 카잔 백작이지. 뭐, 정식 이름은⋯⋯.

"으득~ 필요없어. 어차피 넌 곧 죽을 녀석이니까."

이미 열받을 대로 받은 수한. 카잔, 아니, 레드 드래곤이 이름이 밝힐 새도 없이 바로 전투 모드로 들어선다. 그러자 레드 드래곤 역시 나름대로 긴장을 하며 전투 태세에 들어가는데⋯

"일단 큰 거 하나부터!! 십장장환 트리플!!"

콰콰콰콰쾅!

먼저 선방을 날리는 수한. 이에 레드 드래곤은 황급히 엡설루트 실드를 연달아 구현해 그것을 막아낸다. 하지만 방금 전 공격은 어디까지 미끼.

"이 자식!! 네놈 심장과 뼈를 팔아주마!!"

⋯뭔가 속내가 적나라하게 드러난 외침과 함께 레드 드래곤의 등을 점하는 수한. 역시 '속도' 하면 이형환위!

퍼어억! 콰콰쾅!

—크으윽~

수한의 강력한 날아차기 한 방에 지면에 곤두박질하는 레드 드래곤. 이로써 수한의 의도대로 공중전이 아닌 지상전 양상이 펼쳐진다. 하지만 드래곤이 괜히 드래곤이 아니다.

—크윽~ 역시 마왕이군. 하지만!

레드 드래곤 역시 나름대로 화가 났는지 불끈 힘을 준다. 순간 그의 의지에 따라 수한을 향해 쇄도하는 각양각색의 화(火) 계열의 마법 공격들.

콰콰콰쾅!

"으다다다! 앗, 뜨거!"

그 데미지보다 공격에 내재된 뜨거움 탓에 수한은 잠시 레드 드래곤에게서 떨어질 수밖에 없었다. 덕분에 잠시 둘 사이가 진정 국면에 들어서는데… 그 틈을 타 상대의 전력을 예리하게 분석하는 수한.

'흐음~ 크기가 대충 50에서 60미터 정도라… 윔 급 정도 되려나? 뭐, 데스 윙보다 급이 좀 낮군. 하지만 언데드가 아닌 살아 있는 드래곤인 만큼 전력은 거의 비슷하려나?'

이미 방금 전 데스 윙을 상대한 만큼 거대 괴수(?)에 대한 두려움이 적다. 하물며 데스 윙을 상대로 압도적으로 승리한 상황. 때문에 수한은 상대를 얕보고 말았다.

"킁~ 뭐, 드래곤이라고 해봤자 별거도 아니군. 이거 데스 윙을 대신한 날틀로 써버려?"

―크윽~ 그 오만함이 어디까지 가나 보자.

간만에 상대를 제대로 자극해 버린 수한. 덕분에 레드 드래곤이 발끈하며, 정말 무서운 기세를 내뿜기 시작한다.

…물론 상대의 '드래곤 피어'에 수한은 그저 하품을 쩍쩍 내뱉을 뿐.

"아직 멀었냐? 어서 와라."

손가락을 까닥이며 레드 드래곤을 한층 더 도발하는 수한. 지나친 자신감 탓에 완전히 풀어진 모습이다. 그리고 레드 드래곤은 그 틈을 놓치지 않았다.

―소환금지(召喚禁止)!

―띠링. 용언 마법에 의한 금제에 걸리셨습니다. 24시간 동안 소환물을 소환시킬 수 없습니다.

"응? 그게 무슨……?"

레드 드래곤의 외침과 함께 수한의 귀에 거슬리는 기계음. 이에 순간 수한은 어리둥절해지지만… 레드 드래곤의 공격은 아직 끝난 게 아니었다.

―속박(束縛)!!

―띠링. 용언 마법에 의한 금제에 걸리셨습니다. 10분 동안 하반신을 움직일 수 없습니다.

"에?!!"

그야말로 순식간에 벌어진 일. 평상시라면 서로 대등한 존재로서 이런 얄팍한 금제가 통하진 않았겠지만, 지금은 수한이 너무 방심하고 말았다. 하물며 절대언령살(絶代言靈殺:파워 워드 킬)같이 부담(?)되는 것도 아닌 단순한 속박류의 가벼운 금제였으니…

"어어어?! 이거 설마……."

아무리 힘을 주어도 움직이질 않는 다리. 수한은 이 순간 정말 당황했다. 그가 지닌 가장 큰 장기인 빠른 몸놀림, 신법이 완전히 제압당한 것이다.

그리고 그렇게 당황하는 수한의 모습에 그제야 긴장을 푸는 레드 드래곤. 전혀 레드 드래곤답지 않은 신중함으로 수한을 제압한 뒤, 이제야 종족 특성에 걸맞은 잔혹함을 드러낸다.

―이미 '그'에게서 너에 관한 많은 것을 들었지. 이제 끝장을 내주마. 크르르르~

꿀꺽!

레드 드래곤의 살기등등한 모습에 자신도 모르게 마른침을 삼키는 수한. 완전히 역전된 전세에 맹렬히 머릴 굴린다. 하지만 그래 봤자 할 수 있는 일이라곤 시간을 끄는 것뿐.

'속박이 풀리는 게 10분이니까. 10분만 이떻게든……..'

콰아앙!

"으어억!?"

…그러나 수한이 무슨 수를 내기도 전에 그 거대한 덩치로 밀어붙이는 레드 드래곤. 수한은 간발의 차이로 납작쿵이 되는 신세를 면한다. 그리고 그 꼴사나운 모습에 더욱 흥이 돋아 열심히 발을 놀리는 레드 드래곤.

쾅! 쾅! 쾅!

"으억! 어억! 아악!"

물구나무를 선 채 양팔을 놀리며 상대의 무지막지한 공격을 피하기에 바쁜 수한. 그러다 더 이상 참지 못하고 이를 악문다.

"내가 언제까지 당하고만 있을쏘냐?!"

쾅! 우직!

"시, 십방장환 트리플!"

—크아아아악!

자신의 몸빵을 믿고 일부러 한번 드래곤의 거대한 발에 깔려준 뒤 바로 필살기를 발동하는 수한. 덕분에 레드 드래곤의 앞발을 비롯, 상체 부분이 그대로 넝마가 되어버린다.

하지만 아쉽게도 그것만으론 결정타가 되기에 부족했다.

—크르르르, 이놈… 정말 끝을 보자!

펄럭펄럭. 휘이이익—

수한을 노려보더니 갑자기 날갯짓을 하는 레드 드래곤. 이어 십방장환의 범위 밖에서 떡하니 자세를 잡는다. 왠지 심상치 않는 분위기!! 순간 수한의 위기 감지 본능에 빨간 불이 들어왔다. 이에 다급히 부르짖는 수한.

"잠깐! 하나만 짚고 넘어가자! 왜 날 이렇게 못살게 구는 거지?!"

어떻게든 시간을 끌기 위한 처절한 노력. 단 10분, 아니, 이제 7분 정도만 버티면…….

다행히 그런 수한의 노력이 먹혔는지, 레드 드래곤은 그의 물음에 답해준다, 마치 사형수의 마지막 소원을 들어주듯이.

─크크크크, 웃기는군. 공격은 네가 먼저 하질 않았나?

"…아, 그런가? 아니지, 그게 아니지! 어째서 내가 먼저 공격했냐? 네가 처음에 내 권속인 데스 윙을 공격했잖아!!"

상대의 억지(?)에 수한은 항변한다. 하지만 억울한(?) 건 레드 드래곤도 마찬가지.

─…그 본드래곤은 바로 내 아버지다. 그리고 난 그분이 더 이상 언데드로서 고통받길 원하지 않았다. 이걸로 대답이 됐나?

"커억?!!"

상대가 이렇게 나오면 수한도 할 말이 없다. 결국 합죽이가 되어 상대를 애질한 눈빛으로 바라볼 수밖에. 하지만 상대는 성질 더럽기로 유명한 레드 드래곤!!

─크르르르, 솔직히 네 덕에 쉽게 뜻을 이룰 수 있었다. 하

지만 감히 날 공격하다니… '그'의 말대로 준비하길 정말 잘했어.

"헤헤헤, 그러지 말고… 서로 쌤쌤으로 치면…….."

레드 드래곤의 점차 치솟는 살기에 반쯤 비굴 모드로 돌아선 수한. 그러나 상대는 정말 가차가 없다.

—크르르르르, 나의 브레스에 죽는 걸 영광으로 생각해라! 후우우우웁~

"커억? 브레스?!!"

마법의 조종으로 군림하는 드래곤. 하지만 그들이 지닌 최강의 무기는 마법이 아닌 바로 브레스(Breath)! 그들의 권능을 가장 극명하게 보여주는 드래곤 전용 궁극기인 것이다.

그런데 하필 운신하기 불편한 지금, 브레스를 뿜기 위해 숨을 들이마시는 열불난 레드 드래곤이 머리 위에 있었으니.

'젠장, 젠장, 젠장… 무슨 방법이 없을까?'

아직 속박 금제가 풀리려면 적어도 5분 이상이 남았다. 즉, 도주하려면 물구나무를 선 채 손을 이용하는 수밖에 없다는 건데… 익숙하지 않는 자세로 그렇게 도망 가봤자 공중에 뜬 거대 괴수(?)에게서 어찌 벗어나랴? 결국 남은 건…

"으득~ 좋다! 누가 이기나 한번 해보자!!"

더 이상 물러날 길이 없는 절체절명의 위기 상황. 결국 수한은 결단을 내릴 수밖에 없었다. 레드 드래곤이 브레스를 뿜기 전에 요격하기로!

"후우우우~"

우웅―

긴 심호흡과 함께 수한의 양손에 모여드는 경력.

어차피 자잘한 기술을 써봤자 상대가 드래곤인 이상 아무 소용이 없다!

"하아아아~"

우우웅―

양손에 모여든 경력, 아니, 강기가 하나로 합쳐지기 시작했다.

주어진 시간은 상대가 브레스를 준비하는 짧은 시간뿐!

"으으으으윽~"

우우우웅―

거의 농구공만 한 강기덩어리가 수한에 의해 급속도로 응축되기 시작했다.

단 일격에 모든 것을 뒤집을 만한 강력한 공격이 필요하다. 심지어 십방장환조차 능가하는!!

"이, 이제 마지막……."

우우우우웅―

응축된 강기가 이제 30㎝ 남짓의 단봉 형태의 그 무언가로 화했다.

얼마 전 연구계발에 성공한 신필살기! 그러나 이번엔 처음 쓸 때처럼 대충이 아닌 전력을 다해서!!

그리고 수한이 그렇게 신필살기 전용 탄환(?)을 만듦과 동시에…

―크아아아아, 영혼조차 소멸될 불길 속에서 절망을 안은 채 잿더미가 되어라!!

푸아아아아악!

레드 드래곤의 입에서 뿜어져 나오는 화염의 정화. 이에 수한 역시 마지막 발악의 심정으로 신필살기를 발동했다.

"으아아아아! 너나 죽어!!"

파아앗!

똑똑똑.

거대하면서도 화려한 빛들의 충돌이 있은 뒤 그 무언가가 땅바닥에 떨어지고 있었다. 그것들의 정체는 바로 그 하나하나가 족히 주먹만 한 거대한 핏방울. 그리고 그 피의 강이 시작되는 곳은 피보다 붉은 거대 육신의 어느 특정 부분.

―이, 이럴 수가… 이런 말도 안 되는…….

쿠우웅―

―레벨이 오르셨습니다.

경악에 차 간신히 흘러나오는 그 누군가의 독백. 그리고 거체의 추락과 함께 들려온 딱딱한 기계음. 이어 폭발할 듯 터져 나오는 광소.

"크크크크… 크하하하하하!!"

성공이다! 대성공이다! 드래곤의 브레스 속에서 자신은 살아남았다. 그리고 드래곤을 쓰러뜨리기까지!! 더구나 진짜 간만에 레벨 업까지?!!

하지만…

"크크크, 크윽~"

털썩!

신나게 광소를 터뜨리던 수한. 그러나 이내 눈앞에 널브러진 드래곤의 사체처럼 힘없이 쓰러진다. 하긴 드래곤 브레스에 직격당한 주제에 아무리 그 위력이 대부분 상쇄되었다곤 하나 멀쩡하다면 그게 이상한 일일 터.

수한이 끙끙거리며 상태창을 확인해 본 결과 HP는 고작 10% 남짓, 마나는 거의 바닥 수준이다. 즉, 지금은 광소를 터뜨리며 기뻐할 때가 아닌 차분히 앉아 운기조식하며 몸을 회복시킬 시간. 그런데 바로 그때!!

띠링—

―지금껏 'NEW WORLD'에 존재하지 않던 새로운 신기술을 생성하시는 데 성공하셨습니다. 최초의 스킬 운용자이자 생성자인 유저님께서 이 스킬의 이름을 정해주십시오.

"에?!"

이게 무슨?! 설마?!!

─스킬의 이름을 정해주십시오.

설마 하는 수한의 귀에 재차 재촉하는 기계음. 그렇다면 역시…

"크카카카카카카! 스킬 조합?! 그렇군. 스킬이 생성되었어!!"

그저 단순히 위기에서 벗어나고자 한 일이… 전력을 다해 발악한 것이 이런 결과를 낳게 될 줄이야!!

"크카카카! 스킬 생성이란 말이지? 스킬 생성이라……."

그 유명한 천재 게이머 '천무' 조차 'NEW WORLD'를 하는 동안 고작 한두 번 정도 스킬 조합 및 생성에 성공했는데! 그런데 자신이 그 어렵다는 스킬 생성, 그것도 엄청난 위력을 자랑하는 필살기 생성에 성공한 것이다!!

─스킬의 이름을 정해주십…….

"좋아, 스킬명은… 절대강환포(絶代罡環抱)닷!!"

간만에 드러나는 극악 작명 센스─옛날에 '돈탑' 할 때 알아봤다─뭐, 지금까지의 수한의 행적으로 미루어 보건대 진우주천상천하유아독존절대무적뭐뭐… 이런 식의 거창한 이름이 아닌 게 다행인 건가? 적어도 넘어선 안 될 선(?)을 분명히 인지한 탓인지 나름대로─어디까지 그의 생각엔─멋들어진 이름을 생각해 냈다.

그리고 그것으로 필살기의 이름 확정! 그런데…

띠링―

―궁극기(Ultimate Skill), 절대강환포가 지금 생성되었습니다.

"크카카카카! 궁극기? 설마 궁극기라니……."

재차 이어지는 기계음에 다시 한 번 뒤집어지는 수한. 비록 그 엄청난 위력 탓에 어느 정도 기대는 했지만 설마 궁극기, 십방장환과 동급인 스킬이 생성될 줄은 전혀 예상치 못했던 것이다. 이에 금단 증세에 시달리는 그 누군가처럼 덜덜 떨며, 스킬창을 소환하는 수한.

[절대강환포(絶代罡環抱)]

마왕, 수한이 최초로 구현해 낸 마법전사 전용 궁극기(Ultimate Skill). 장환을 융합, 개조하여 그 위력을 극대화, 적을 멸한다.

장환(본신 공격력 7배)이 중첩(*3), 응축(*2), 고속회전(*1.5)을 거쳐 더욱 막강한 공격력을 구현한다. 그 전체 데미지(본신 공격력 63배)는 일반물리, 마법 방어를 비롯한 모든 속성의 방어력을 무시한다(숙련도 無)

"크아아아악!!"

감히 상상조차 못한 엄청난 내용들. 본신 공격력의 63배?!

거기다 모든 속성의 방어력을 아예 무시?!! 드래곤 전용 궁극기, 브레스조차 그 본신 공격력의 50배로 알려진 지금, 수한의 '절대강환포' 야말로 현존하는 최강의 스킬인 것이다.

게다가 좋은 일은 거기에서 끝나지 않았다.

—크으윽! 마… 스터.

"허걱? 이 음성은?!"

후다닥.

어디선가 희미하게 들려오는 음성. 그건 분명 데스 윙의 음성이 아닌가? 그렇다면 설마?!

수한은 목소리가 울리는 곳을 찾아 열심히 두리번거리기 시작했다. 그러다 마침내 지면에 묻혀져 있던 손바닥만 한 뼛조각을 발견한다. 아마 레드 드래곤의 브레스에서 간신히 벗어난 마지막 파편인 듯.

"…아직 살아 있는 겁니까?"

—본체의 핵 중 극히 일부만이 간신히… 하지만 마스터께서 꾸준히 마나를 주입해 주신다면 한 달 뒤엔 완전히 회복을…….

…왠지 언데드에게 어울리지 않는 질문이지만 어쨌든 뜻은 통했다. 그리고 한 달 뒤엔 막강한 전력을 얻을 수 있다는 사실에 수한의 입은 재차 찢어질 듯 벌어진다.

"크카카카카카! 좋습니다. 일단 행랑… 아니, 아공간에 들어가 있으세요."

─알겠습니다, 마스터.

수한의 요구에 따라 행랑창으로 모습을 감추는 데스 윙. 그리고!! 그의 양심(?)을 자극하던 데스 윙이 사라지자 재차 기쁨의 물결에 흐느적거리는 수한.

"크카카카카! 대박이닷!!"

그렇다. 지금 현재 수한의 눈앞엔 드래곤의 사체가 있었던 것이다. 그것도 웜 급의 제법 토실토실(?)한 드래곤이!! 비록 데스 윙에게 눈치가 좀 팔리긴 하지만 이미 끝난 일. 어쩌겠는가?

어쨌든 눈앞의 거대 성과물에 보는 것만으로도 배가 부른 수한. 사체가 회색으로 사라진 뒤 떨굴 아이템들을 기대하며 기도(?)하기 시작한다.

드래곤 하트가 나오면 팔자 고치는 거고, 드래곤본만 나와도 빚 청산은 문제가 없다. 그러니 제발! 힘줄, 드래곤 살코기 같은 건 나오지 마라.

그러나… 호사다마(好事多魔)라 했던가?

궁극기 생성에 이은 데스 윙의 회수, 그리고 드래곤 사체로 인한 기대. 그 모든 것을 일순간에 뒤엎을 만한 악재가 난데없이 수한을 덮쳤다.

짝짝짝!

"정말 대단하군요. 설마 드래곤을 일격에 쓰러뜨릴 그런 대단한 기술이 있을 줄이야……."

레드 드래곤과의 사투로 인해 거의 만신창이이 된 수한. 그런 그의 눈앞에 뱀파이어 로드, 릭블러드가 등장했다.

Chapter 7

경쟁자와 싸우다

세상만사 모든 일에 딴죽을 거는 극회의주의자조차 인정할 만한 조각 같은 이목구비, 그리고 비정상적으로 창백한 회색 피부와 그 탓에 더욱 매력적으로 번들(?)거리는 붉은 입술. 거기에 웬만한 모델조차 감히 경쟁 상대가 못 될 늘씬한 팔등신의 몸. 하물며 몸에 주렁주렁 매단 각종 화려물색의 장식구들은 그의 지닌 엄청난 부(富)를 짐작케 한다.

　　그렇다. 한마디로 그는 세상 모든 남자들의 공적(公敵)이라 지칭되는 '미남' 임과 동시에 '재벌 3세(?)' 라 불리는 천외천의 존재인 것이다.

"제 이름은 릭블러드. 세간엔 '피의 군주'라 알려진 세상의 한 축을 담당한 존재입니다. 그리고… 당신의 경.쟁.자.이기도 하지요."

상대의 갑작스런 등장에 멍하니 서 있는 수한. 그런 그에게 정중히 허리를 굽히며 슬쩍 미소를 보이는 릭블러드. 그의 피보다 진한 듯한 붉은 입술 사이로 날카로운 송곳니가 얼핏 스쳐 지나간다. 그리고 그 모습에 등 뒤로 식은땀이 주르륵 흐르는 수한.

'설마, 이 녀석은……?'

눈치는 더럽게 없는 주제에 위기 감지 능력만은 발군에 속하는 수한이다. 자연 릭블러드의 말이나 분위기, 그리고 번뜩이는 송곳니를 보는 순간 금세 그 정체를 파악할 수 있었으니…….

'흡혈귀? 아니지, 현 상황에 걸맞게… 뱀파이어? 그것도 엄청 센 뱀파이어?'

비록 몸은 만신창이가 되었을지언정 최근 크게 예민해진 기감만은 멀쩡했다. 때문에 수한은 상대의 어마어마한, 그러나 구체적으로 설명할 길이 없는 그 무언가를 그 등장과 동시에 감지할 수 있었다. 하물며 지금은 벌건 대낮! 대낮부터 돌아다니는 뱀파이어가 약할 리 없지 않은가?

그리고 결정적으로 '경쟁자'라는 말!!

마왕으로 승급할 당시 이블린에게서 어렴풋이 들은 기억이 있다, 권속이 될 기회를 얻은 후보가 자신 외에도 두 명이나 더 있다는 것을.

그리고 토일을 통해 '죽음의 세례'를 지니고 있던 디스롭이 그 후보 중 한 명이라는 사실을 알고 나서 얼마나 놀랐던가?

디스롭에게 시종일관 장난감 내지 실험 재료 취급을 당했던 수한으로선 또 다른 데스로드 후보자를 경계하는 게 당연지사. 디스롭이 그렇게 강했으니 다른 놈은 또 얼마나 강하겠는가? 때문에 더욱 수련에 열을 올리고 데스 윙을 복속시키려 안간힘을 쓴 건데 하필 지금 같은 상황에서 그 또 다른 후보자, 아니, 생사대적(生死大敵)을 만나게 될 줄이야.

'빌어먹을, 시간차 공격이냐? 아니지, 이럴 땐 어부지리라고 해야 하나? 어쨌든 열라 얍삽한 놈.'

자신이 아는 욕이란 욕은 다발로 퍼부으며 눈앞의 미끈한 녀석을 씹는 수한. 그러나 그런 무형의 정신적 공격에 피의 군주, 아니, 릭블러드가 까닥이나 하겠는가? 수한이 그렇게 혼자 구시렁거리든 말든 자기 캐릭터의 확실한 인지도 확보에 여념이 없는 릭블러드.

"아, 물론 직접 대면한 것은 이번이 처음입니다. 하지만 저는 늘 당신을 주시했었고, 당신에 관해선 거의 대부분을 알고 있지요. 그분에게 선.택.받았다는 사실을 포함해서 당신의 지금까지의 행적, 그리고 본인에게 전혀 어.울.리.지. 않는 능력을 비롯한 모든 것을 말입니다. 그러니 당신도 이번 기회에 저에 대해 많은 걸 아시기 바랍니다. 영.혼.에 각인될 정도……."

이걸 참 뭐라고 해야 하나? 한바탕 난리법석이 벌어져 흙먼지가 나풀나풀 춤을 추는 마당에! 어디 파티장에서 갓 출장근무를 온 듯한 말쑥한 차림으로 불쑥 등장하더니, 힘들어 죽을 것 같아 헉헉거리는 사람을 면전에다 두고 이딴 대사를 지껄이는 녀석을 말이다.

연신 상대를 깔보는 듯 히죽거리는 입매와 그에 걸맞은 말투. 거기에 노골적으로 수한을 약 올리며 제딴엔 겁을 주려는 것 같은데.

만약 수한의 몸 상태가 정상이었다면 장내는 진작 피바다가 연출되었으리라.

'어째 내 게임 인생엔 이딴 녀석들만 나타나냐? 에휴~'

보다 정상적인 적수나 라이벌의 존재를 간절히 바라는 수한. 그러나 그런 그의 착잡한 마음을 아는지 모르는지, 아니면 자신이 무시당했다고 생각하는 건지 슬슬 살기를 드러내는 릭블러드.

"이런, 저를 무시하는 겁니까? 할 수 없지요, 제가 직접 가는 수밖에.”

스팟!

수한이 뭐라 할 틈도 없이 그를 덮치는 릭블러드.

수한은 그 갑작스런 공격에 그저 이형환위로 회피할 수밖에 없었다. 하지만 상대는 단지 회피만으로 대응하기엔 결코 만만한 존재가 아니었으니…….

퍼억!

“크어억!”

콰콰콰쾅!

수한의 이형환위를 능가하는 속도로 그 앞을 가로막은 뒤, 안면─그 예쁜 얼굴에 어딜 때릴 데가 있다고!!─을 그대로 후려갈기는 릭블러드. 그 충격에 수한의 작은 신형은 당구대의 당구공마냥 사방으로 튕겨진 뒤 지면에 처박혔다. 그야말로 일반 뱀파이어로선 도저히 보일 수 없는 압도적인 능력!

“커억, 큭∼ 젠장, 역시 후보라는 거지. 뱀파이어 주제에 완전 괴물이잖아?”

온몸으로 느껴지는 통증에 수한의 입에서 절로 튀어나오는 욕설과 한탄.

하긴 그가 어찌 알겠는가. 상대는 지상계에 존재한 마(魔)의 일족 중 가장 긴 역사를 지닌 명문가의 수장이자, 모든 뱀파이어의 지배자. 최근엔 그들의 시조인 진조, 퍼스트 블러드(First Blood)조차 능가하는 '마력' 으로 마침내 일족의 굴레인 태양빛마저 극복한 데이 워커였으니. 최근에서야 먼치킨 중급을 넘보는 수한조차 능가하는 명실상부한 지상계 최강의 마왕(魔王:The Devil)인 것이다!!

"이런, 정말 실망이군요. 어디까지나 아.주. 가볍게 시작했건만 그 일격조차 피하지 못하다니. 왜 당신이 그분에게 선택됐는지 저로선 도저히 이해할 수가 없습니다."

파앗!

조롱기 가득한 릭블러드의 음성에 이어 재차 수한을 덮치는 그의 신형. 수한은 이를 악물며 이형환위를 재차 극성으로 운용, 상대의 공격을 피하고자 했다. 그러나…

퍼억! 우직!

"커억, 크윽~"

아무리 발버둥을 쳐봐도 릭블러드의 손속에서 벗어날 길이 없는 수한. 다시 한 번 큰 충격을 받은 채 땅바닥에 나뒹굴었다. 그러자 불타는 분노로 인해 시뻘겋게 상기되는 수한의 얼굴.

"으득~ 이 자식이 보자 보자 하니깐!"

팔라스 연합에 넘어온 이후 원체 많이 당한 탓에 조금 나아지긴 했지만 그 폭급한 성정이 어디 가겠는가? 일방적인 구타로 인해 이리저리 땅바닥을 굴러다니자 도저히 참을 수가 없었다. 이에 무작정 열화와 같은 분노를 분출하며 맹렬히 릭블러드에게 달려드는 수한.

그러나 상대는 여전히 여유만만이다.

"크악!!"

"킥, 어디 덤벼보시죠!"

퍼퍼퍽! 퍼억!

분노에 눈이 뒤집힌 채 양손으로 장환 다발을 난사하는 수한. 하지만 릭블러드는 그런 공격을 가뿐히 피한 뒤 재차 수한을 샌드백 취급한다. 덕분에 수한은 복날의 개, 혹은 명태 신세가 되어 허공을 부유해야 했다. 한마디로 주인공으로서의 기본적인 체면조차 챙기지 못하는 모습! 그리고 그렇게 잠시 릭블러드의 장난감 신세가 된 뒤엔……

휘익! 털썩~

"헥헥~ 내가… 내가 만약 몸만 정상이었으면 너 따위……"

릭블러드의 주먹에서 풀려난 뒤에도 숨조차 제대로 쉬지 못하는 수한. 그러나 그놈의 드높은 자존심으로 끝끝내 승복하지 않고 자신의 만신창이가 된 몸을 탓한다. 하긴 그의 주장(?)에도 나름대로 일리가 있으니.

토벌대 일행과 헤어진 뒤 데스 윙을 혼자 상대했고, 연이어 드래곤과 싸움박질을 해야 했다. 덕분에 HP는 평상시 십분의

일―솔직히 그것도 웬만한 몸빵 캐릭 수준이다―수준이고, 마나
는 거의 바닥. 십방장환은커녕 이형환위조차 중간중간 끊기
는 느낌이 들 정도다. 그런데 그런 상황에서 디스롭과 거의
동급인 존재와 어찌 제대로 싸울 수 있겠는가?

하지만! 그건 어디까지 수한의 사정, 릭블러드가 신경 쓸
이유가 하등 없다. 거기다…

"킥~ 그래서요? 제가 당신을 봐줘야 한다는 겁니까? 안됐
지만 지금처럼 좋은 기회를 놓칠 만큼 전 바보가 아닙니다."

수한의 어설픈 행태에 자꾸 만만하게 보이긴 하지만 릭블
러드는 결코 방심하지 않았다. 상대는 대미궁에서 살아 돌아
왔고, 죽음의 기사단을 굴복시켰으며, 디스롭을 패배시켰다.
심지어 방금 전엔 웜 급 드래곤을 단신으로 세상에 환원시키
기까지 했다. 그런 수한을 어찌 쉽게 생각할 수 있겠는가? 하
물며 같은 '목표'를 둔 경쟁자인 입장!

그 탓에 릭블러드는 지금이 대낮임에도 약간의 페널티―아
무리 데이워커라도 종족적 한계는 무시할 수 없는 법!―조차 무시
한 채 수한의 앞에 등장한 것이다. 지금같이 수한이 만신창이
가 된, 다시는 없을지 모르는 절호의 기회를 놓치지 않기 위
해!

"크윽, 젠장……!"

수한 자신이 생각해도 릭블러드의 말이 맞다. 만약 그가 상

대의 입장이라면 아예 시간 끌 것도 없이 바로 전력을 다해 끝장을…

'응? 그리고 보니 저 녀석 왜 전력을 다하지 않지?'

불현듯 수한의 뇌리를 스쳐 지나가는 의문. 그렇다. 지금까지 릭블러드가 일방적인 우위를 보이곤 있지만 그것은 어디까지나 수한의 대응이 워낙 형편없기에 그렇게 보이는 것뿐, 실제로 릭블러드의 공격은 엄청난 스피드 외에는 그리 뛰어난 수준이 아니었다. 설마 디스룹에 비견될 괴물이 그 정도 실력이 전부일 리 없을 테니, 현재 자신의 본실력에 극히 일부만을 드러내고 있는 의미일 터. 그렇다면 대체 왜?

'설마 방심? 아니야, 그런 것치곤 너무 조심스러워.'

드래곤을 쓰러뜨린 다음에서야 등장한 것이나, 압도적인 전력 차에도 불구하고 직접 공세를 펼칠 때 외엔 늘 일정 거리를 유지하는 모습은 쥐를 대하는 고양이의 자세가 아니라 고슴도치를 상대하는 사자의 조심스러움이다. 하지만 왜, 어째서?

"이런, 또 딴생각을……."

우둑!

"크억~"

상대의 미심쩍은 행동에 의아해하는 순간, 재차 수한을 덮치는 무자비한 폭력. 수한은 다시 한 번 허공에서 탈탈 먼지가 털린 뒤 땅바닥과 진한 키스를 해야 했다. 이래서야 반격의 여지는커녕…

'아니지, 일단은 이렇게나마 시간을 끄는 게 어딘데…….'

전신에서 느껴지는 강렬한 통증에도 불구하고 수한은 속으로 히죽 웃었다. 아프긴 해도 실제 그 데미지는 거의 전무. 수한이 괜히 몸빵 캐릭이 아닌 것이다. 그리고 이렇게 맞아주는 사이 그의 마나와 HP는 약식―이것도 다 경험의 산물이다―운기조식에 의해 조금씩, 그러나 꾸준히 회복되고 있었다. 이제 조금만 더…

"이런~ 또 뭘 꾸미는 모양이군요?"

서걱!

"크아아아아악!!"

이번 공격은 숨이 턱 막히기는 와중에 비명을 내지를 정도로, 정말 몸살 나게 아팠다. 아니, 단순히 아픈 정도가 아니라 그 데미지가 결코 만만치 않았다. 일순간에 바닥 직전까지 내려간 HP. 릭블러드가 수한의 심장 부근에 자신의 '그림자'를 예리한 검처럼 잔혹하게 찔러 넣은 탓이다. 크리티컬만 간신히 면할 정도의 치명적인 암습!

"쯧쯧~ 괜히 쓸데없는 반항은 생각하지 마십시오. 당신은 그저 최대한 오래, 그리고 최대한 고통스럽게 자신의 무능력을 곱씹으며 절망하시면 됩니다."

"크아악! 빌어먹을 녀석!!"

"하하하하하하! 마음껏 욕하십시오, 그만큼 당신이 더 괴로워질 테니."

수한은 이제야 자신이 정말 된통 걸렸다는 사실을 깨달았다. 설마 상대가 디스롭을 능가하는 변태(?)일 줄이야. 릭블러드는 딱 죽지 않을 만큼만 체력을 유지시키며, 그를 최대한 유린할 생각인 것이다. 이건 지금까지 겪은 일들 중 가장 최악의 상황.

'젠장! 저 자식… 방심도 하지 않는 주제에 날 가지고 놀 셈이야. 차라리 날 얕잡아보면 틈이라도 생길 텐데……'

뭐 하나 반격의 여지가 안 보인다. 믿음직한 수하들조차 레드 드래곤의 용언 마법 탓에 하루 동안 소환이 불가능. 그야말로 완벽한 고립무원의…

'아, 그래. 수진 누나가 있었어.'

절망의 구렁텅이에 뛰어들려는 직전, 수한의 뇌리에 떠오르는 작은 희망! 그렇다. 수진 누나라면 어떻게든…

그러나 그런 수한의 마음을 읽어서일까(솔직히 표정만 봐도 뭘 생각하는지 뻔히 보인다)?

"아, 그러고 보니 알려 드리지 않은 게 있군요. 당신을 은밀히 도와주던 여성 분은 이미 제가 처리했습니다. 그러니 그 분을 기다릴 생각은 하지 마시고 그저… 헤어 나올 수 없는 절망감만을 만끽하십시오."

"크으윽! 젠장!"

수한의 마지막 희망조차 원천 봉쇄하는 릭블러드. 수한은 그저 이를 가는 것 외엔 할 수 있는 일이 없었다. 이에 머리가 과부하가 걸릴 정도로 맹렬히 회전시키는 수한.

'무슨 방법이 없을까? 무슨 방법이 없을까? 뱀파이어의 약점이 뭐지? 심장에 말뚝 박기? 그건 지금 상황에서 불가능하고… 마늘? 십자가? 젠장, 게임 세상에서 그런 게 통할 리 없잖아. 그럼, 결국 그것 외에는…….'

머릴 굴리고 굴린 끝에 마침내 뭔가를 떠올린 수한. 반쯤 도박하는 심정으로 몸을 일으켜 세운다.

"오호~ 그냥 앉아 있질 않고……."

"…내가……."

"예? 뭐라고요?"

수한의 작은 음성에 자신도 모르게 다가간 릭블러드. 순간 수한이 최후의 반격을 날린다.

"내가 포기할 줄 알아!!"

우우웅! 콰콰쾅!

남아 있는 마나량을 쥐어짠 끝에 전력을 다해 내던진 장환들. 이어 수한은 그 결과조차 확인하지 않은 채 앞으로 내달렸다. 하지만 그의 앞엔 이미 릭블러드의 신형이 버티고 있었으니…….

"흐음~ 이러면 별로 재미가 없는데……."

"칫, 비켜!!"

릭블러드에게 무작정 주먹을 날리는 수한. 하지만 마나가 떨어져 신법조차 제대로 구현 못하는 그의 주먹을 릭블러드가 맞아줄 리 없다.

턱.

"후훗, 이건 어디까지 벌입니다."

우두둑!

"끼아아아아악!!"

수한의 주먹을 낚아챈 뒤 팔을 도저히 형용할 수 없는 각도로 잔인하게 꺾어버리는 릭블러드. 무식하기까지 한 몸빵 체력으로 용가리 통뼈를 능가하던 수한의 뼈가 그 순간 완전히 으스러졌다.

"끄어어억~ 제발, 이제 그만……."

단순히 고통을 극대화시키기 위한 공격. 수한은 게임에 접속한 이후 처음 접하는 극악의 고통에 반쯤 실신 상태가 되었나. 그리고 그 모습에 더욱 비웃음을 짓는 릭블러드.

"아직입니다, 아직. 그리고 설마 마왕씩이나 되는 분이 고작 그런 고통을 이기지 못하고 비명을 지르다니… 점점 시간이 갈수록 실망감이 커지는군요."

귓가에 또렷이 들리는 릭블러드의 비웃음 소리. 이에 고통에 몸부림치던 수한은 이를 악물며 재차 몸을 일으켜 세웠다. 릭블러드의 비웃음이 커짐에 따라 더더욱 오기가 치솟아 포기할 수가 없는 것이다.

'어떻게든… 조금 더…….'

지나친 고통에 가는 모세혈관이 터져 거의 혈안이 된 수한의 두 눈. 그러나 그런 혈안 속에서 더욱 붉게 타오르는 불길이 원동력이 되어 수한은 재차 무거운 발걸음을 옮기기 시작했다.

"하아~ 정말… 포기를 모르시는군요."

퍼억!

"크어억!"

절망적인 상황임에도 끝끝내 포기를 모르는 수한의 모습에 짜증이 난 탓인지 옆구리를 제법 세게 걷어찬 릭블러드. 그로 인해 수한의 신형은 데굴데굴 십여 미터를 굴러야 했다. 하지만 끝끝내 포기할 수 없는지 재차 기어서 앞으로 나오는 수한.

"하아~ 이거 참……."

그 모습에 약간 질린 듯 한숨을 내쉬는 릭블러드. 그러나 이미 수한의 '속셈'을 뻔히 아는 그는 재차 입을 열어 수한을 좌절케 했다.

"설마 토벌대 일행과 합류할 생각에 그렇게 몸부림치시는 겁니까?"

흠칫.

"포기하십시오. 이곳은 현재 그들의 위치와 '충분히' 거리를 둔 장소입니다. 그리고 당신은 제가 살수(殺手)를 쓰지 않는 걸 알고 그렇게 발버둥을 치시는 것 같은데… 아시겠지만 전 절대 방심하지 않습니다."

"크윽~ 빌어먹을… 빌어먹을……."

다시 한 번 무참히 짓밟힌 희망. 어떻게든 란슬롯 일행과 만날 생각에 릭블러드의 공격조차 무시한 채 이곳에서 벗어나려 안간힘을 썼건만, 릭블러드는 이미 수한의 머리꼭대기에 있었다.

거기다 수한의 마지막 발버둥조차 용납할 수 없는지 그의 의지를 완전히 꺾을 만한 이야길 시작하는 릭블러드.

"후후훗! 뭐, 일단 노력이 가상하니… 제가 재미있는 이야길 해드리지요."

그 뒤 이어지는 이야기는 수한에게 너무나 충격적이었다. '죽음의 세례'가 없는 대미궁에 '왜' 수한이 가게 되었는지, 디스롭이 '어떻게' 수한을 그렇게 가지고 놀 수 있었는지, 그리고 레드 드래곤이 '어째서' 싸우자마자 용언 마법으로 수한을 금제했는지, 마지막으로 현재 '죽음의 세례'의 주인이 누구인지.

"너, 너⋯⋯."

릭블러드의 이야기가 끝나자 경악의 맨 끝자락을 부여잡은 수한은 말조차 제대로 할 수 없었다. 그렇다면 눈앞의 이 녀석이 모든 흑막의 장본인이자 최종 보스란 말인가?

"후후~ 어떻습니까? 재미있는 이야기였지요. 자, 그럼 이제 끝을 볼 시간입니다."

딱! 휘리리릭!

"어억?"

수한을 충분히 가지고 놀았다는 판단에서일까? 난데없이 검은 그림자가 튀어나와 수한을 겁박하는 사이, 마침내 그 날카로운 송곳니를 한껏 드러내며 다가서는 릭블러드. 입맛을 쩝쩝 다시는 그 모습에서 수한은 절로 소름이 돋았다. 아니, 저놈이 설마?!

"크크크. 과연 당신이 '피의 종속'에서 자유로울 수 있는지 한번 볼까요?"

역시나. 수한의 걱정대로 릭블러드는 그의 피를 취하려는 음흉한—대체 남자 피를 먹어봤자 무슨 맛이 있다고 그러는 건지⋯⋯—생각을 하고 있었던 것이다. 이에 어떻게든 겁박 상태에서 벗어나고자 몸부림을 치지지만 수한의 그 무지막한 힘으로도 그것은 불가능한 일. 결국 현 상황에 맞춰 달달 떨기 시작하는 수한의 신형.

방금 전까지 릭블러드에게 실컷 런치(?)를 당했던 그일지라도 맨 정신으로 피를 빨리는 경험은, 그것도 여자가 아닌 남자에게 당한다고 생각을 하자 도저히 견딜 재간이 없는 것이다. 그런데 바로 그때!!

"어라?"

뭔가 머리 위에서 느껴지는 위화감. 그 급박한 상황 속에서도 뭔가를 느낀 수한은 저도 모르게 하늘을 쳐다봤다. 하지만 그런 수한의 행동을 그저 이 위기를 넘기기 위한 잔꾀로만 치부하는 릭블러드.

"흥, 그런 얕은 수에 내가 속을 것… 크아아아악!"

쫘르르릉!

방심은 금물이라더니… 릭블러드가 수한을 비웃으며 거칠게 잡아채려는 순간 하늘에서 내리꽂히는 빛의 창. 말 그대로 마른하늘의 날벼락마냥 그를 내갈긴다. 거기다 그 위력은 괜히 옆에 있던 수한이 멀찍이 나뒹굴 정도로 어마어마한 충격량을 지녔으니…

"크으윽~ 이런 말도 안 되는……."

본체 상태로 무방비하게 있은 탓에 빛의 창에 내재된 가공할 데미지를 그대로 맨몸으로 받아낸 릭블러드. 마라톤에서 2등과 박빙의 승부 끝에 간신히 1등으로 골인 점에 들어서려는 찰나 개똥으로 범벅이 된 쇠못이 신발 밑창을 뚫고 발바닥을 찌른 탓에 우승을 놓친 기분이랄까?

제아무리 뱀파이어 로드라 할지라도 방금 전 빛의 창은 너무나 크나큰 타격이었을 것이다. 이에 지금껏 수한을 겁박하던 그림자 결박이 깨진 것을 비롯해, 본신을 이루고 있던 피의 대부분이 증발해 버리는데……. 하지만 그렇다고 뱀파이어 로드 체면에 벼락 한 대 맞았다고 이대로 물러설 순 없는 노릇.

"대체 어떤 놈이……."

멀쩡한 하늘에서 난데없이 벼락이 떨어질 리 없다. 릭블러드는 이를 부득 갈며 하늘을 쳐다봤고, 저 까마득히 높은 곳에 있는 그 무언가가 포착됐다. 그것은 놀랍게도…

"아니? 저건 설마?!"

전혀 예상치 못한 존재를 발견한 릭블러드. 그 존재에 놀라 재차 무방비 상태가 되고 만다. 순간 그를 강타하는 제이격. 이번엔 하늘이 아니라 지상에서다.

피슉~ 퍼억!

"크아악~ 누가 감히?!"

가슴을 관통한 마법 화살. 다행히 심장은 비껴갔지만 보우 마스터가 날린 그것은 지금처럼 본신 상태에선 나름대로 큰 타격이다. 거기다 상대의 공격은 이제부터가 시작이었으니…

"사악한 존재, 신의 이름으로 너를 처단한다!!"

스걱!

"크아아아아아! 어떻게 네놈들이?!"

란슬롯의 치명적인 일검에 오른팔이 날아간 릭블러드. 빛의 기둥을 시작으로 이어진 연이은 타격, 지금이 회복이 더딘 낮이라는 사실에 결국 굴복, 그림자로 변해 지면으로 스며든다.

그리고 그 광경에 안도하는 수한. 그는 그제야 마음 편히 기절 모드에 접어들 수 있었다.

'휴우~ 쟤들이 쓸모가 있을 때도 있군.'

"마리안느 양!!"

수한의 갑작스런 기절에 안절부절못하는 란슬롯과 그의 일행들. 여자(?) 몸을 함부로 만질 수 없어 그저 당황하는 모습만이 보인다. 그리고 그런 그들에게서 조금 떨어진 땅바닥에선…

릭블러드의 잘려진 오른팔이 화르륵 재로 변하는 가운데, 천천히 그 모습을 드러내는 해골반지가 있었다.

"크윽, 감히… 감히……."

본신 상태에서 입은 피해가 너무나 컸다. 심지어 중급 뱀파이어조차 할 수 있는 '안개화' 조차 운용 불가능할 정도로.

빛의 기둥에 의한 본체 고착화, 이어 보우 마스터가 날린 마법 화살 공격과 성기사의 홀리 웨폰의 기운이 듬뿍 담긴 강력한 일검. 뱀파이어 로드조차 감당하기 힘든 타격인 것이다. 하물며 지금은 밤도 아닌 낮이었으니.

"크윽~ 우웩~"

평상시엔 그냥 날아갔겠지만 지금같이 큰 부상 시에는 그저 달릴 수밖에 없다. 결국 그로 인해 상처가 더욱 악화, 뱀파이어 주제에 연신 피까지 토하며 도주하는 릭블러드. 하지만 그는 아직 포기한 게 아니었다.

"아직이야… 아직 끝난 게 아니야. 비록 '죽음의 세례'를 잃긴 했지만 내겐 아직 '이게' 남아 있어."

릭블러드는 자신의 왼쪽 가슴 부위를 쓰다듬으며 재기의 의지를 불태웠다. 그렇다. 그는 죽음을 모르는 뱀파이어, 그것도 로드의 지위를 지닌 존재. 비록 큰 부상을 입고 도망가는 신세가 되었지만, 약간의 시간만 있으면 금세 원상복구된다. 그리고 그의 심장을 대신하는 '그것'의 존재를 생각한다면 그 속도는 한층 더 빨라질 터.

이 부상만 회복된다면 더욱 철저한 준비를 한 뒤 자신에게 이런 굴욕을 준 그놈들에게…

스걱!

"크아아악! 네놈들은……!"

실수였다. 그것은 정말 치명적인 실수였다. 분노의 광망에 휩싸여 주위 경계를 게을리 한 너무나 초보적인 실수. 평상시 릭블러드였다면 하지 않았을 실수였겠지만……. 어쨌든 지금 이 순간 그런 실수를 했고, 그 대가는 바로 그의 목숨이었다.

털썩!

단숨에 목을 가르고 심장을 꿰뚫은 일격에 땅바닥에 힘없이 쓰러지는 릭블러드의 몸. 제아무리 뱀파이어 로드라 할지라도 이미 심각한 부상을 입은 상태에서 연이은 타격은 결국 지금과 같은 모습을 낳았다. 물론 어느 정도 시간이 주어진다면 다시 부활할 가능성도 있겠지만, 그를 암습한 자들은 그런 시간을 줄 생각이 전혀 없다는 게 문제.

─이거이거… 지금까지 우릴 애먹인 상대치곤 너무 싱거운데?

"……."

─큭, 너무하는군, 디엘. 이럴 땐 뭐라고 말 좀 하지 그래?

"……."

─뭐, 덕분에 쉽게 목표물을 잡았으니 그냥 넘어가 주지.

"……."

─젠장, 알겠다, 알겠어. 내가 직접 찾지!

바늘이 묶인 실, 탐지기를 궁상맞게 든 흑기사, 다스. 그리고 그의 말에 침묵이 유일한 표현 수단이라는 듯 무시로 일관하는 그림자, 디엘. 도주 중인 릭블러드를 기습한 그들은 갖은 고생을 한 수한이 허무할 정도로 릭블러드를 손쉽게 잡아버렸다.

그리고 잠시 둘 사이의 신경전이 있은 뒤 결국 연신 투덜거리며 혼자서 릭블러드의 파편(?)을 뒤적거리는 다스. 잠시 뒤 그는 자신이 원하는 물건을 찾아낼 수 있었다.

―클~ 수정인가? 약간 진부한 형태군.

디엘의 단검에 의해 미세한 금이 간, 주먹 크기의 수정. 지금껏 릭블러드의 심장의 역할을 해오던 물건이다. 하지만 다스가 원하는 건 수정이 아닌 그 내부에 있는 물건이었으니…

파삭!

움찔!

다스의 악력에 의해 수정이 산산조각이 나는 순간, 잠시 크게 꿈틀거린 릭블러드의 시체 조각들. 이어 그것들은 '뱀파이어의 최후' 공식에 따라 고운 재가 되어 바람에 쓸려 내려갔다.

그리고 수정 조각 사이에서 그 무언가를 아주 조심스럽게 끄집어내는 다스. 그는 자신의 손에 쥔 물건을 보는 순간 리버스에게서 따로 설명을 듣지 않았음에도 불구하고 그것이 어떤 물건인지 직감했다.

─큭, 설마 찾으라는 물건이 '오대신기' 중 하나일 줄이
야……. 그렇다면 역시…….

멸절의 비수(Dagger Of Extermination)를 손에 든 채 다스는
현재 대륙 내에서 진행되고 있는 거대한 음모 중 일부를 감지
했다.

＊　　＊　　＊

4운영팀 내 모든 옵저버들과 에이전트들은 평시의 모든 업
무를 중단한 채 현재 하나의 작전을 수행 중에 있었다. 그리
고 그들 중 '균형파괴자' B팀의 옵저버들은 마침내 '그 장
면'을 포착하고야 말았다.

허무하게 쓰러지는 뱀파이어 로드, 그리고 그 심장에서 떨
어져 나온 하나의 비수. 그것은 놀랍게도…

"멸절의 비수라고?! 설마 오대신기 중 하나인 그거?"

"예, 저도 깜짝 놀랐습니다. 지금껏 한 번도 등장한 적이
없던 물건인데……."

"그런……"

최강준의 확인 사살에 수영은 기운이 쭉 빠져 버렸다. 시금
껏 기우라 여기며 애써 외면했던 추측이 결국 사실로 드러날
줄이야……. 그렇다면 역시 리버스가 노리는 건?

"막아야 돼."

"예?"

"막아야 돼."

최강준의 반문을 무시한 채 수영은 혼자만의 생각에 빠져 계속 같은 말을 중얼거렸다. 마치 그것이 마음속 두려움을 쫓는 주문이라도 된다는 듯.

*　　　*　　　*

자연이 빚은 예술 작품으로서 감성을 지닌 모든 이들의 감탄을 자아내던 거석들, 그리고 수백 년간 모진 비바람을 묵묵히 감내해 온 강철 같던 거목들. 얼마 전까지 이 모를 계곡의 심처에서 나름대로 터줏대감 역할을 해왔던 존재들이다.

하지만 지금 이 순간 그것들은 산산조각이 난 채 이리저리 나뒹굴고 있었으니… 마치 킹콩과 고질라가 대판 싸우기라도 한 듯한, 말 그대로 초토화가 된 광경. 그리고 그 모습에 란슬롯을 비롯한 토벌대는 경악을 금치 못했다.

"대체 여기서 무슨 일이 벌어진 거지?"

본드래곤을 상대하기 위해 블랙 와이번과 뱀파이어를 비롯한 온갖 악전고투 끝에 간신히 그의 거처—로 추정되는—에

왔건만 이게 대체 뭔가? 기대했던 본드래곤은 없고 특촬물 괴수들이 한바탕 대격돌을 벌인 이후에나 있을 법한 광경이 펼쳐져 있다. 한마디로 뒷북.

어쨌든 짐작하건대 여기서 감히 상상할 수 없는 대격돌이 있었다, 토벌대완 별개의 그 누군가에 의한.

"그러고 보니 어떤 정찰대가 얼핏 레드 드래곤을 봤다는 이야기를 했었는데… 그렇다면 역시……."

"음~ 아무래도 데스 윙은 드래곤이 처리한 모양입니다. 이거 참 허탈하다고나 할까요?"

너무나 어이없이 종결된 토벌 내용에 허탈한 웃음을 짓는 로빈과 란슬롯. 그러나 더 이상의 피해 없이 목적을 달성했다는 기쁨에 그 허탈감을 억누른다. 그리고 그 두 사람의 정식 발표—현 상황에 대한 추측과 토벌 종결 선언—에 의해 데스 윙 토벌—비록 그 과정이 어떻든 간에—을 자축하며 희희낙락하는 토벌대 사람들.

하지만 그들 중엔 그런 축제 분위기에 끼어들지 못한 채 망연자실하는 사람이 있었으니, 그의 이름은 바로 수한이라. 그리고 그 이유는…

"없어. 드래곤의 뼈는커녕 힘줄, 아니, 살코기소자 없어……."

릭블러드에게서 도망치느라고 레드 드래곤의 사체를 잠시

깜빡했던 수한. 그래서 남몰래 토벌대 일행을 이끌고 레드 드래곤의 사체에 있는 격전장에 왔건만 정작 성과물이 없는 것이다.

"크윽, 정말 저주 캐릭이란 어쩔 수 없다는 건가? 뭐 하나 떨어진 게 없냐?"

자신의 불운을 저주하며 절망하는 수한. 그는 지금 이 순간 세상에서 가장 불행한 승리자였다.

수한이 절망호(湖)에서 한창 헤엄치고 있는 그때 그의 머리 위 3,000m 상공. 거대한 비행정 안에선 한 명의 인영이 연신 혀를 차며 수한을 내려다보고 있었다.

"쯧쯧. 작명 센스라고는… 전에 '돈탑'이라고 할 때 알아봤다. 절대강환포가 뭐야, 강환포가? '반입자 양전자포'라던가 '반중력 사출포'. 하다못해 '뭐뭐 파동포' 같은 주옥 같은 이름이 넘치고 넘치잖아. 그런데 에효~ 뭐, 하긴 그게 중요한 게 아니니까."

절대강환포. 그 허접하고 허술한 이름과는 달리 너무나 가공할 위력을 선보인 스킬이다. 비록 온전한 발동까지 제법 시간이 걸린다는 제약이 있긴 하지만, 드래곤의 브레스조차 무력화시킨 뒤 웜 급 드래곤을 격살시킨 그 위력은 그야말로 설정(?) 파괴. 그나마 카오틱 드래곤의 '카이저 브레스' 가 비견될까, 현존하는 물리 마법 복합 공격 스킬 중 가히 최강이라 자부할 공격력인 것이다. 그야말로 궁극기 중에 궁극기.

"아무리 일격 필살계 스킬이라곤 하지만, 무슨 놈의 데미지가… 이래서야 완전히 밸런스가 무너지겠군."

상식적으로 도저히 생성이 불가능한 스킬의 창조. 이런 일이 가능한 건 어디까지…

"역시 필멸자라는 건가? 세상에 속하면서도 속하지 않는 존재. 젠장, 재훈 녀석, 왜 이딴 프로그램을 만들어서 괜히 사람 기죽이는 거야?"

괜히 고인이 된 친구를 원망하며 아직도 그를 능가하지 못했다는 사실에 툴툴거리는 정체불명의 인영. 그러나 이내 등 뒤에 있는 시뻘건 거체를 바라보며 포만감이 물씬 풍기는 만족스런 미소를 머금는데…

"크큭, 뭐, 그래도 여기까지 온 보람은 있군. 목숨까지 구해줬으니 이 정도는 당연하다고 할까? 하긴, 함장인 내가 직접 출격했으니 이 정도는 돼야 수지 타산이 맞지."

'궁극의 스포일' 을 통해 통째로 회수한 드래곤의 사체. 비늘, 뼈, 가죽, 피, 그 모든 것이 온전한 상태로 보존되어진 쉽급 레드 드래곤의 사체였다. 이 정도라면 능히…

"'최후의 전쟁' 을 대비한 준비로서 충분하겠지."

짜리몽땅한 몸이 왠지 서글퍼 보이긴 하지만, 어쨌든 뭔가 그럴듯한 대사를 날린 인영은 서서히 회색산맥으로 항로를 돌렸다.

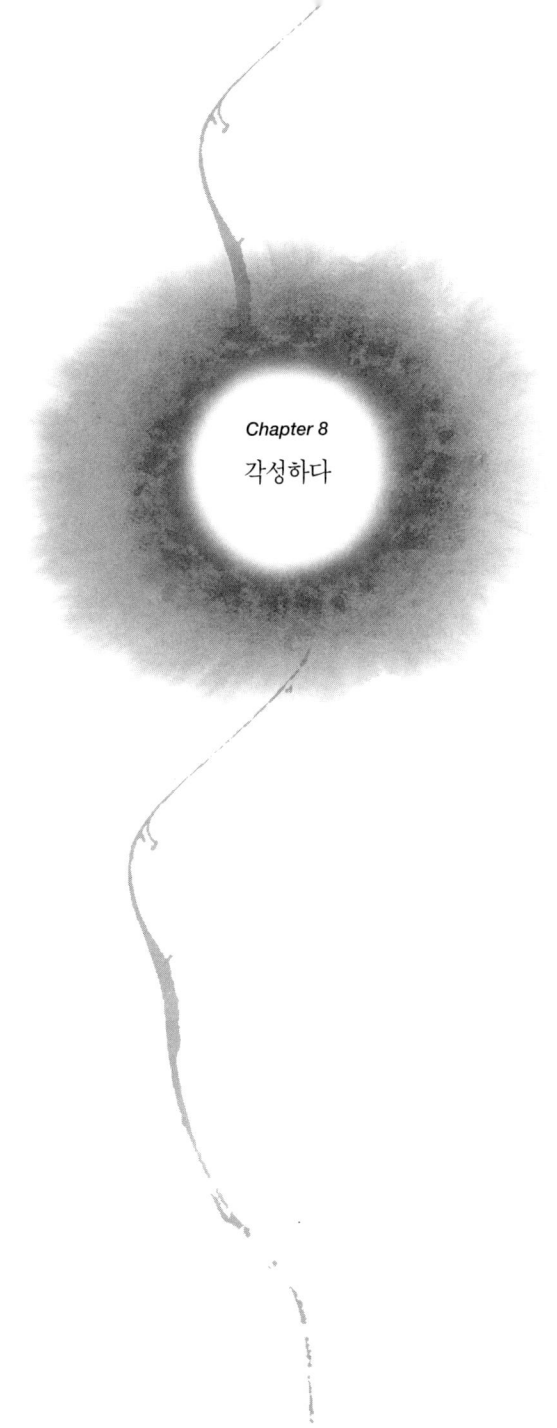

Chapter 8

각성하다

"하아~"

그 붉디붉은 앵두 같은 입에서 나오는 건 그저 한숨뿐이라. 미인의 수심은 남자들의 가슴을 애달프게 만든다 했던가? 그렇게 한여름의 축 늘어진 배춧잎 같은 모습으로 주위 사람들을 안타깝게 만드는 수한.

그 모습이 얼마나 처연했는지 란슬롯을 비롯한 대다수의 토벌대원들은 안절부절못했다. 하지만 알게 모르게 집근 금지 오라를 내뿜는 수한으로 인해 그 원인조차 캐묻지 못해 발만 동동 구르는 게 그들의 신세. 그중에서도 란슬롯의 발 구름이 가장 심했다.

"마리안느 양이 대체 무슨 일로 저리 상심하시는 걸까요?"

수한이 한 번 한숨을 내쉴 때마다 두 번 한숨을 내쉬며 가슴을 쥐어뜯는 란슬롯. 마지막 삼대재앙인 본드래곤조차 토벌에 성공—누가 했던 간에—한 마당에 기뻐할 틈도 없다. 만약 그녀가 한숨 대신 미소를 짓는다면 저 하늘의 별이라도 따주겠건만(짝사랑 말기에 접어들어 더 이상 치료 방법이 없었다).

바로 그때 그의 귀에 스쳐 지나가는 로빈의 중얼거림.

"글쎄요. 혹시……."

"혹시 뭡니까?"

뭔가 꺼림칙한 게 있는지 말끝을 흐리는 로빈에게 란슬롯은 추궁하듯 달려든다. 그러자 마지못해 입을 여는 로빈.

"아무래도 그 뱀파이어에게 어떤… 차마 말 못할 일을 당한 게 아닌지……."

"으득~ 역시 그놈이……."

로빈의 말이 채 끝나기도 전에 분노의 광망을 불태우는 란슬롯. 그 활활 불타오르는 눈동자는 이미 지옥 강림의 현장이라. 이제 란슬롯은 세상에 존재하는 모든 뱀파이어를 척살할 것을 다짐하며 자신의 분노를 예리하게 갈기 시작했다. 이에 주위에서 그 말을 엿들은 토벌대원들 역시 뱀파이어 박멸을 결심하고 있었으니…….

한편 그렇게 토벌대에게 크나큰 오해를 선사하며 흡혈 종족의 멸절을 획책한 수한. 그는 불타오르는 주위 분위기조차 인식 못한 채 주인공의 특권인 혼자만의 생각에 잠겨 있었다.

'에휴~ 그렇게 고생했는데 땡전 한 푼 얻은 게 없다니……'

란슬롯을 비롯한 토벌대원들의 오해와는 하등 관련이 없는 상념. 그렇다. 수한은 드래곤의 사체가 사라진 것에 충격, 이에 지금까지의 여정을 되짚어보며 기간별 수익률(?)을 점검하고 있었던 것이다.

지금껏 복수와 삼대재앙 토벌에 정신이 팔려 잊고 있었지만 청제국에서 팔라스 연합을 넘어온 지 거의 1년—현실 시간으론 대략 3개월—이 다 돼간다. 그런데 그동안 한 게 대체 뭐란 말인가?

초반엔 그나마 게임의 목적을 상기, 아이템 습득에 열을 올렸지만 어둠의 탑이 붕괴된 이후엔 복수에 대한 집착, 그리고 수진의 부탁(…라고 쓰고 강요라고 읽는다), 삼대재앙 토벌로 거의 싸돌아다니기만 했다. 덕분에 요즘엔 제대로 된 수입이 없어 이자조차 제대로 내지 못해—중간중간 몇몇 일들로 인해 빚의 일부가 탕감되긴 했음에도—빚이 점차 늘어만 가는 상황. 이래서야 언제 진정한 독립을 이룰 수 있단 말인가?

'휴우~ 그나마 본드래곤이라도 건졌으니 다행인 건가?

뭐, 데스 나이트들도 일단은 제법 부하 노릇을 하니… 아니지, 그놈들이 무슨 돈이 된다고. 어서 뭔가 그럴듯한 사업을 크게 한 번 벌여야 하는데……'

삼대재앙 토벌이 끝난 이상 이젠 복수고 뭐고 돈 벌 생각에 골몰하는 수한. 얼마 전까지 불타오르던 복수의 불길도 현실 앞에선 무릎 꿇을 수밖에 없다는 건가?

그런데 바로 그때!!

'응? 이건……?'

언젠가 느낀 적이 있는 감각. 그것은 분명…

'신기?'

그렇다. 이것은 프로인 왕국에서 느꼈던 감각. 허락되지 않는 자로부터 자신을 보호하되 구체적인 의지가 담기지 않은 힘의 전개. 바로 초월자에 비등한 힘을 지닌 아이템, 신기 혹은 그에 버금가는 그 무언가가 주위에 있다는 증거다.

'어디지? 대체 어디야?'

간만에 돈독이 올라 두 눈을 부릅뜬 채 오감을 예민하게 끌어올리는 수한. 그는 필시 엄청난 돈이 될 그 무언가의 위치를 맹렬히 탐색하기 시작했다. 그리고 어느 순간, 마침내 그의 감각에 걸려든 그것.

'응? 저건가?'

란슬롯의 허리춤에 밀봉한 상태로 매달린 작은 나무 상자.

얼핏 보기엔 평범한 가죽 주머니 같아 보이는 그것은 수한의 은밀한 기운에 대항하며 안에 담긴 그 무언가를 봉인하고 있었다. 그리고 그 봉인된 물건은…

'허억?! 설마 이건?!'

마(魔)를 봉인하는 성구함에 들었음에도 자신의 존재를 드러내 수한을 유혹하는 그 무언가. 그것이 내뿜는 기운은 수한에게 너무나 친숙한, 그리고 이미 수차례 접해본 것이었다.

'이, 이럴 수가……?'

대미궁에선 발록을 만나 인연이 없음에 실망했고, 디스룹을 통해 그 위력에 전율했으며, 조금 전엔 릭블러드로 인해 완전히 포기했던 물건. 그런데 왜 그것이 저기 있단 말인가! 바로 죽음의 세례가?!

두근. 두근. 두근.

전신을 뒤흔들 정도의 격렬한 심장 소리. 그러나 애써 침착을 가장한 채 수한은 란슬롯에게 다가갔다. 그리고 조심스럽게, 동시에 자연스럽게 입을 열었다.

"란슬롯 경, 그게 대체 뭐죠?"

"아, 마리안느 양."

침울했던 수한이 왠지 시뻘건 얼굴로 다가오자 또 뭔가를 오해한 란슬롯. 이제야 자신의 사랑이 결실이 맺는다는 엉뚱한 망상을 하며 멍하니 수한을 바라만 본다. 하지만 시간이 지날수록 점차 심기가 불편해지는 수한의 얼굴에 재빨리 상대가 원하는 대답을 내놓아야 했다.

"아, 이건 교단이 성기사에게 지급하는 성구함으로써, 성기사가 여행 중……."

"아니오, 그거 말고 그 안에 들어 있는 물건이오."

"예?"

전혀 예상치 못한 물음에 란슬롯은 반문했고, 수한은 속으로 아차 했다. 그 안에 무엇이 있는지 열어보지 않고서야 어찌 안단 말인가? 수한이야 어디까지 그 안에서 내뿜는 기운을 읽었다지만, 평범한 여성인 마리안느는 그런 걸 몰라야 정상인 것이다. 하지만…

"아, 예, 이 안엔… 마리안느 양을 습격했었던 뱀파이어의 반지가 들어 있습니다."

수한의 애절한 눈빛에 넘어가 방금 전 떠오른 의문을 그대로 지워 버린 란슬롯.

…아무리 사랑을 하면 바보가 된다지만 이 정도면 정말 중증이다. 어쨌든 이로써 원하는 바를 달성한 수한. 그의 심장은 더욱 거세게 고동친다.

두근. 두근. 두근.

"바, 반지라고요? 혹시… 제가 한번 껴봐도 될까요?"

생각 같아서야 당장 난동을 부리며 탈취하고 싶지만, 조금 전 릭블러드를 쫓아냈던 란슬롯의 만만치 않은 무위가 생각나 함부로 행동할 수가 없다. 하물며 지금 자신은 연이은 격전으로 인한 큰 부상 탓에 제대로 힘을 쓸 수 없는 처지. 설령 그렇지 않더라도 아직 만만치 않은 전력을 지닌 토벌대 중심에서 본색을 드러낼 순 없었다.

이에 결국 수한은 자신의 가장 강력한 무기, 미모의 힘을 빌려 란슬롯을 유혹하는데… 그 모습이 마치 단순히 예쁜 장신구를 봐서, 그것을 가지고 싶어하는 여성의 그것이다.

하지만 란슬롯의 입장에선 아무리 수한이라도 도저히 허락할 수 없는 일. 현재 성구함에 담긴 해골반지가 어떤 물건이던가? 수한을 납치, 공격했던 뱀파이어가 끼고 있던 반지다. 그런 마물이 지니고 있던 것이 좋은 물건일 리 만무. 하물며 사악한 기운이 넘쳐흘러 성기사의 감각에 연신 경고를 부르짖는 물건임에야…….

"죄송합니다. 이 반지는 워낙 사악한 기운이 짙어 대신전의 심처에 봉인할 극히 위험한 물건입니다."

'커억? 대신전의 심처? 봉인? 이런 썩을…….'

란슬롯이 단호하게 거부하자 수한은 더욱 다급해졌다. 세상에 봉인이라니! 이제 간신히 바로 눈앞에, 그것도 경쟁자 없이 취할 기회가 생겼는데.

"란슬롯 경… 제발 부탁이에요~"

24도 각도——…뭔가 미묘한 수치다—로 고개를 살포시 숙인 뒤 양손을 포개 간절함을 더한다. 그 뒤, 두 눈에 최대한 물기를 머금고 올려다봄으로써 애절함을 추가한 수한.

정말 열과 성의를 다해, 태어나서 처음으로 남자의 체면이고 뭐고 잊은 채 매달렸다.

그리고 사랑에 눈먼 불쌍한 남자 란슬롯은 그것에 굴복하고 말았다.

"그냥 보기만 하셔야 합니다. 혹 만지거나 끼면 자칫 위험할 수도… 어억?!"

덥석!

조심스럽게 성구함을 열고 반지를 꺼내 든 란슬롯. 그저 보는 거라면 문제가 없을 거라는 생각에 자신도 모르게 파국에 입맞춤했다.

그리고 성구함에서 해골반지, 아니, 죽음의 세례가 꺼내지자 재빨리 그것을 낚아채 손가락에 끼는 수한. 그 순간 그를 중심으로 역천(逆天)의 검은 기둥이 생겨나 하늘을 꿰뚫었다.

파아아악!

거대하면서도 순수한 암흑의 기운. 하늘을 향해 치솟은 그것은 장엄하지만, 그 탓에 더욱 사람들이 두려움을 안겨주는 마(魔)의 근원적 상징이었다. 그리고 그렇게 갑작스럽게 등장한 어둠의 기둥에 사람들이 경악하는 가운데, 한 남자는 절망과 좌절 속에서 절규했다.

"왜, 어째서?!"

과거 수한이 환골탈태하거나 승급할 때마다 경험했던 칠흑 같은 어둠. 그 암흑 공간 중심에서 수한은 늘 그렇듯 딱딱한 기계음을 음미하고 있었다.

띠링—

—죽음의 세례(Baptism Of Death)를 습득함에 따라 마왕에서 대마왕으로 승급하셨습니다. 승급에 따라 캐릭 정보가 수정됩니다.

—승급에 따라 모든 스탯의 수치가 50% 상승합니다. 지금부터 레벨 1업 시 보너스 스탯 30씩 주어집니다.

—승급에 따라 마력 5000 오르셨습니다.

—승급에 따라 진명(眞名) 데스로드(Death Lord)를 얻으셨습니다.

—진명을 얻음에 따라 '진명 스킬' 하나가 자체 생성됩니다.

…역시나 먼치킨. 게임 룰을 철저히 무시하는 내용이 이어진다. 가뜩이나 사기 캐릭인데, 더 뭘 할 게 있다고 이다지도 퍼부어주는지… 하지만 어쩌겠는가, 주인공인데.

어쨌든 기계음이 끝나고 조용해지자 수한은 그 특유의 괴소를 흘리며 자신의 존재감과 지극히 만족스러운 자신의 심리 상태를 드러냈다.

"크크크크! 이제 누가 날 막을쏘냐!"

엄청난 능력치 상승—말이 50%지, 수한의 능력치를 고려할 때 그건 사기다!!—과 대마왕으로서 지니게 될 옵션—비록 상태창을 직접 확인해야 알 수 있는 내용이지만…—에 재차 자신감이 솟구치는—간땡이가 다시 부었다는 소리다—수한. 이에 백 기의 데스 나이트와 본드래곤을 지니고도 감히 생각지 않았던 망상을 품는다.

"이제 복수는 기본이고, 암흑제국 성립은 옵션이군. 크크크, 이제 어둠의 군세를 일으켜 세계 정복이닷!!"

거대한 힘을 지닌 악당이 늘 그렇듯, 마침내 폭주(?)를 결심한 수한. 이제 진정한 마왕이 된 빚쟁이의 검은 날개가 팔라스 연합을 뒤덮는 순간이었다.

"크크크, 그러면 난 떼부자가 되겠지?"

비록 그 세계 정복의 이유가 타 악당들과는 달리 순수(?)하지 않더라도 말이다.

그런데 그렇게 수한이 망상, 아니, 이제 왠지 현실감 느껴지는 음모—솔직히 음모는 아니다—를 꾸밀 때, 갑작스럽게 일변하는 장내의 풍경.

"헉?! 뭐야?!"

비록 주위의 그 어둠은 여전하되 대마왕이 된 수한의 시야에

훤히 들어오는 광경. 언젠가 본 적이 있는 그것들은 양초와 채찍들을 비롯한, 극히 하드코어적인 물품의 나열이라. 이에 수한은 과거 강림했던 자신의 직속상관(?)을 떠올릴 수밖에 없었다.

"설마?!"

―설마는 무슨 설마!

…역시나 수한의 누나인 수영을 닮은 진성 여왕, 파괴와 정화의 신이자 만마의 어머니인 이블린이 등장했다.

―후우우우우~

곰방대에서 뿜어져 나오는 담배 연기를 재차 음미하며 뭔가 야릇한 시선으로 수한을 바라보는 이블린. 그 노골적인 시선에 수한은 절로 몸을 비비 꼴 수밖에 없었다.

하긴, 그가 대마왕(The Lord Of Devil)이 되었다곤 하지만 상대는 그의 윗줄이 놓인 신(God). 애초에 급수가 다른 것이다. 혹여 그녀가 수한의 세계 정복 계획을 반대한다면 눈물을 머금고 포기할 수밖에.

하지만 정작 전개되는 분위기는 그런 수한의 예상과는 전혀 딴판이었다.

―좋아, 아주 좋아. 역시 대마왕씩이나 됐으면 그 정도 야망은 가져야지. 다른 두 경쟁자 녀석은 너보다 강하면서도 별 시답지 않은 짓만 했었는데… 마법의 궁극? 나의 인정? 흥, 마왕씩이나 되는 놈들이 고작 한다는 생각이… 그에 비해 넌 아주

훌륭해! 솔직히 나의 첫 번째 권속이 될 가능성이 가장 적다고 여겼었는데… 역시나 필멸자! 모든 제약에서 자유로운 자답군.

"예?"

왠지 분위기가 아주 화기애애(?)하다. 신답게 세상의 균형이니 뭐니 떠들어댈 줄 알았는데?

"그… 럼 제가 세계 정복을 해도 되는 겁니까?"

—물론! 당연히 되지. 나, 이블린은 너의 계획에 적극 찬성한다. 세상은 약육강식. 약한 자는 도태되고 강한 자만이 살아남은 것이 질서. 넌 진정한 강자의 정점에 서서 그 질서를 세상에 구현하라. 그것이 나의 뜻이자 의지!

엄청 살벌한 소릴 상큼(?)한 미소를 지으며 하는 이블린.

…역시 마신(魔神)이란 건가? 어쨌든 상황이 이러하니 수한으로선 더 이상 고민—애초에 하지도 않았지만—할 필요가 없었다.

가장 큰 방해물인 카오틱 드래곤은 이미 수면기에 접어들었고, 직속상관의 승낙, 아니, 적극 지지까지 얻었다. 이제 그의 폭주를 막을 존재는 어디에도 없다.

"당신이 원하시는 대로……."

간만에 필을 받았는지 엄청 폼을 잡으며 정중히 허릴 숙이는 수한. 묵직한 분위기를 잡으며 대마왕으로서의 품격을 높인다. 그리고 그 모습에 지극히 만족하며 고개를 끄덕이는 이블린. 이제 세상이 어둠의 군세로 뒤덮이는 건 시간문제?

그런데 그렇게 분위기가 좋을—결코 므흣한 의미가 아니다—때 뭔가를 번뜩 떠올린 수한. 그 좋던 분위기가 와장창 깨지지 않게 조심스럽게 말문을 연다.

"저어, 그런데 진명 스킬이 대체 뭐죠?"

—큭, 이런… 깜빡할 뻔했군.

자신의 승급을 알리는 기계음 마지막 부분에서 뭔가 미진함을 느꼈던 수한이다. 그러나 그에 관한 정보가 없어 진명 스킬이라는 말에서 본능적으로 뭔가를 감지하면서도 그저 스킬창을 확인한다는 안이한(?) 생각을 품었을 뿐이다. 하지만 지금은 자신을 적극 지지하는 상관까지 있으니 이 기회를 적극 활용해야 하지 않겠는가? 그런데… 뭔가가 이상하다.

—이것 참… 뭐라고 해야 하나?

당장이라도 설명해 줄 줄 알았건만 그저 난처한 기색을 보이며 말을 잇지 못하는 이블린. 그 모습에서 수한은 덜컥 가슴이 내려앉는다. 아직도 저주 캐릭의 늪에서 벗어나지 못했다는 건가? 좋은 일이 있으면 그에 상응하는 뭔가 발생한다는 그 패턴이…

"…대체 뭡니까? 설명해 주십시오. 전 이미 각오했습니다."

지금까지의 경험을 토대로 마음을 굳게 먹는 수한. 이제 대마왕씩이나 되었으니, 어떤 일이 있더라도 놀라지 않을 자신이 있다. 그러나…

—크흠~ 대마왕과 마왕의 차이가 뭐라고 생각하냐?

"그거야 대(大)가 붙고 안 붙고의……."

—…죽을래?

"헙~ 죄송……."

분위기를 좀 부드럽게 하려는 생각에 간만에 농담을 했지만 도리어 분위기는 급속도로 냉각된다. 하지만 수한이 자신의 첫 번째 권속, 그것도 아주 마음에 드는 권속인 탓인지 그냥 넘어가 주는 이블린(…아마 지금 이 순간 수한의 행운 잔고(?)는 완전히 바닥났을 것이다).

—마왕은 어디까지 준신(Demi God), 그에 반해 대마왕은 비록 하급일망정 진짜 신(God)이다. 즉, 불멸성을 획득한 불사의 존재(Immortal)란 의미지.

"헉, 그럼 저도……?"

수한이 게임을 하면서 가장 큰 애로 사항이자 걱정거리가 바로 죽음에 관한 것이었다. 타 유저들과는 달리 죽음이 곧 캐릭 삭제인 탓에 얼마나 안달복달했던가? 만약 그도 불멸, 즉 죽어도 다시 부활할 수 있다면 정말 세상 무서울 게 없다. 막말로 미친 척하고 제국의 황궁—보다 정확히 말하면 보물 창고에—에 혼자 난입하는 것도 고려해 볼 만한…

—쯧~ 안됐지만 넌 워낙 특이한 경우라서 나로서도 방법이 없다. 아쉽지만 넌 한 번 죽으면 바로 소멸이다.

"그런……!"

이블린조차 진짜 아쉽다는 반응을 보이니 정말 가능성이 없나 보다. 결국 수한은 그저 아쉬움의 입맛을 다실 수밖에 없었다. 그러나 이어지는 이블린의 말을 들어보면 필멸자가 꼭 나쁜 것만은 아닌 것 같다. 아니, 엄청 좋은 거다(…지극히 당연한 말이다).

─클~ 불멸이 아깝냐? 하지만 넌 필멸자로서의 혜택을 톡톡히 입었잖아. 솔직히 대마왕이 되려면 최소한 레벨이 1,000이 넘어야 그나마 자격이 생기는데, 넌 그런 제약도 없었잖아. 거기다 요즘 수련이란 걸 해서 새로운 궁극기를 얻었다며? 원래 그런 건 만들려면 최소한 100년 정도 머릴 싸매며 몸을 굴려야 한다는 건 아냐?

"허걱, 그런 겁니까?"

이블린의 자상한 설명에 그제야 자신이 얼마나 혜택(?)받은 존재인지를 새삼 자각하는 수한. 그는 이제 불멸에 대한 미련을 완전히 버릴 수 있었다. 하긴, 현재 대륙 내에서 지금의 그를 소멸시킬 존재가 어디 있겠는가? 뭐, 조금 위험한 순간이 온다 싶으면 도망가면 그만이고…

─아, 이런. 말하다 보니 옆길로 샜군. 어쨌든 다시 본래 이야기로 돌아가서… 대마왕과 마왕은 그 존재의 불멸 여부에서 차이가 난다. 뭐, 능력치의 차이도 있겠지만 그 정도 되는

존재들에겐 능력치는 그리 큰 문제가 아니니 넘어가고… 일단은 불멸성이 그 둘의 결정적인 차이로 보.이.지. 하지만! 내가 생각하기엔 그 둘의 진정한 차이는 진명 스킬의 유무다.

"…진명 스킬이 그렇게 대단한 겁니까?"

신이 자신하는 일인 만큼 귀가 솔깃해질 수밖에 없다. 덕분에 자신이 습득하게 될 진명 스킬에 한층 더 기대를 가지게 된 수한. 그러나 정작 이블린은 그에 관한 이야기를 하질 않고 진명 스킬의 의의(?)에 대해서만 늘어놓는데…….

…슬슬 뭔가가 불안해진다.

─진명(眞名)을 얻었다는 건 곧 신의 반열에 올라 세상을 이루는 '진정한' 한 축이 되었다는 의미! 그때까지의 초월자 나부랭이들과 격이 다르다. 자신의 이름에 권능을 담아 그것을 행사하니 그 영향력이 얼마나 대단할까? 때문에 진명 스킬은 그런 진명자(眞名者)만의 특권이자 자기 존재에 대한 적극적인 표현 수단이며…….

도통 끝날 줄 모르는 이블린의 설명. 수한은 이제 슬슬 지루해졌다. 그나마 다행이라면 토일의 나열식 설명에 어느 정도 적응한 탓에 그리 괴롭지 않다는 정도? 하지만 점차 길어지는 설명 속에서 수한은 드디어 숨겨진 그 무언가를 감지했다.

현재 이블린은 뭔가 난처해하고 있다.

─…로 인해 진명 스킬을 씀에 있어…….

"…이블린님, 제가 얻을 진명 스킬이 대체 뭡니까?"

―…….

진명 스킬을 운용하는 것에 대한 주의 사항(잔소리)을 늘어놓던 이블린의 입을 막으며 정면 돌파를 시도하는 수한. 이에 이블린은 잠시 침묵을 지키며 수한을 더욱 불안의 늪으로 빠뜨린다. 역시 저주 캐릭은 어쩔 수가…….

―휴우~ 전대 데스로드의 진명 스킬이 뭔지 아냐?

"예, 데스 필드(Death Field)라 들었습니다."

데스로드에 대한 설명이 나올 때마다 빠진 적이 없는 이름, 데스 필드. 카오틱 드래곤을 제외한 그 누구도, 심지어 드래곤조차 감히 대항할 의지를 상실하게 만든 절대 사기 스킬. 대체 얼마나 대단한 스킬이기에 드래곤조차 맥을 못 출까? 이미 한차례 드래곤과 싸워본 적이 있는 수한으로선 너무나 탐나는 스킬이었다.

―뭐, 카오 녀석한테 봉인당하고 결국엔 너한테 먹히긴 했지만 그래도 전대 녀석도 제법 했었지. 일단은 마법사로서의 자질이 최고였으니까. 그 덕에 진명 스킬, 아니, 권능 행사 영역 구축에 관해선 가히 최고 수준에 도달했고. 데스 필드를 펼쳤다 하면 그 안에서만큼은 나를 제외하고 상대할 자가 없었지. 아마 카오 녀석도 영역 밖에서 그것을 통째로 날리는 방법이 아니라 그 안에서 싸웠더라면 전대 녀석이 이겼을지도 몰라.

…또 지루한 설명. 하지만 이번엔 어디까지 수한을 납득시키기 위한 이블린 나름대로의 최대한 노력이었다.

―뭐, 전대 얘기는 이쯤에서 그만두고… 크흠~ 다시 말해 진명 스킬은 진명자의 능력에 따라 그 위력이 천차만별이다. 전대의 진명 스킬이 그토록 위력적이었던 건 그 애가 워낙 마법에 큰 성취를 이루었기에 가능한…….

'마법? 성취? 설마…….'

이블린의 얘기가 진행될수록 점점 가슴이 내려앉는 수한. 하는 얘기를 들어보니 그 진명 스킬이란 건 마법과 큰 연관이 있는 것 같다. 하긴 데스로드(죽은 자의 군주)라는 존재 자체가 흑마법사, 네크로맨서 계열의 정점에 도달한 자를 지칭하는…….

'컥?! 그렇다면……?!'

마법이라곤 고작 저주, 그것도 변비나 소화불량 같은 생활 저주 마법만 익힌 자신은……?

―에휴~ 네 얼굴을 보니 대충 눈치 챈 모양이군. 그래, 현재 네 마법 성취도를 고려할 때 진명 스킬로써 이런 게 생성된다.

파앗!

왠지 한숨을 내쉬며 스킬창 비스무리한 그 무언가를 소환한 이블린. 거기엔 수한이 앞으로 얻게 될 진명 스킬의 내용이 적혀 있었다. 그리고 그 내용은 가히…

"…이거 정말입니까?"

끄덕.

"…혹시 다른 걸로 바꿀 순 없나요?"

보는 순간 바로 스킬 반품(?)을 요구하는 수한. 그러나 이미 진명을 습득하고, 그 권능에 걸맞은 진명 스킬을 부여받은 마당에 그런 게 허용될 리 없다.

—…당연히 안 된다. 그냥 이걸로 만족해라.

"하지만, 하지만… 이건 정말 너무하지 않습니까? 데스 필드까진 바라지도 않습니다. 하지만 적어도 뭔가 쓸모가 있어야……."

자신의 진명 스킬에 실망하다 못해 아예 울먹이며 애원하는 수한. 대체 무슨 내용이기에 그러는지 심히 궁금해질 지경이다.

—쯧~ 안 되는 건 안 되는 거다. 그냥 포기해. 그나마 이거라도 어디냐?

"그러지 말고 제발 좀……."

난처하지만 규칙이 그런 이상 어쩔 수 없다는 이블린. 그리고 그런 그녀에게 계속 매달리며 애원하는 수한. 한동안 그 두 존재 사이에선 유치한 실랑이가 벌어졌다. 그리고 언제나 그렇듯 수한의 억지 아닌 억지는 상대의 미간이 급칙히 찌푸려지는 순간 중단되었다.

—…이제 슬슬 그만 하지?

"헙, 옛!"

…역시 평소의 훈육 결과란 건가? 바퀴벌레를 능가하는 생존 본능으로 넘지 않아야 할 선을 귀신같이 감지하는 수한. 결국 그것으로 진명 스킬에 대한 논란(?)은 끝나는 듯 보였다. 그런데…

—크흠~ 이거 참… 원래 이런 건 가르쳐 주면 안 되는 건데… 하지만 워낙 …한 걸 권능이랍시고 받았으니, 대신 쓸 만한 거 하나 일러주마.

"헉~ 깜싸합니다!!"

아무리 수진에 버금갈 정도로 얼굴에 철판을 깔았다지만, 진명 스킬에 관해선 일말의 미안한 감이 있는지 약간의 반칙성 플레이(?)를 하는 이블린. 수한으로선 그저 감지덕지할 뿐이다.

—한 번만 말할 테니 잘 들어라.

"옛!!"

—후우~ 네가 얻은 진명 스킬을 단순한 스킬이라 생각하지 마라. 그러니까… 영역 구축의 한 방.식.이라 생각하고 운용해 봐.

뭔가 의미심장하면서도 간(?)이 덜된 것처럼 싱거운 조언. 잔뜩 기대했던 수한은 이내 축 늘어진다.

"…설마 그게 다닙니까?"

—그래, 이게 전부다. 여기서 뭔가를 얻고 못 얻고는 네 운

이지, 뭐.

"……."

이것 참… 감질맛 나게 뭐 하는 건지… 그러나 아주 수확이 없는 게 아닌지 뭔가 잡힐 듯 말 듯한 것이…….

─자자, 이제 시간이 다된 것 같군. 그럼 이제 진명 스킬만 부여하고 난 가볼까?

"예?"

수한이 뭔가 새로운 깨달음의 끝자락을 부여잡기 직전, 난데없이 산통을 깨는 이블린. 내심 아쉬움의 한숨을 내쉬는 수한을 무시한 채 허공에다 손으로 뭔가를 그리기 시작한다. 이후 장내를 완전히 뒤덮는 육망성과 오망성, 그리고 자잘한 글씨들의 조합. 바로 최상급 3차원 마법진이었다.

우우웅!

"어어어?"

마법사라면 누구나 그 규모나 마법진에서 뿜어져 나오는 마나량에 기겁할 만한 장관. 그러나 그 대단함을 모르는 수한으로선 그저 그 화려함에 놀랄 따름이었다. 그리고 그 빛의 현혹에서 벗어나 제정신을 차렸을 땐 재차 그를 덮치는 칠흑 같은 어둠과 어느새 익숙해진 무미건조한 기계음.

─캐릭 정보 수정이 진행 중입니다. 캐릭의 능력치 상승 보정 및 기타 정보 수정이 있사오니 한 시간 후 재접속해 주십시오.

그리고 마지막 순간, 어디선가 아련히 들려오는 이블린의 음성.

　―…너의 활약을 기대하겠다.

　하지만 수한은 알지 못했다, 그 말이 지닌 진정한 의미를.

　세상의 종말을 예고하는 듯한 거대한 어둠의 기둥. 그 불길한 악의 상징을 바라보는 사람들의 눈동자엔 온통 불안, 초조한 감정만이 깃들어 있었다. 대체 저 안에선 무슨 일이 벌어지고 있는 거지?

　콰쾅!

　"큭~ 역시 이 방법도 안 되는 건가?"

　"젠장! 물리, 마법 공격 전부 다 안 통해. 하다못해 신성력조차 안 먹혀!"

　자신들이 연모하는 토벌대의 마돈나가 저주받을 뱀파이어의 반지를 끼는 순간 저 불길한 암흑 공간으로 사라졌다. 이에 자연 토벌대의 모든 이들은 어둠의 기둥을 깨부수고자 난리법석일 수밖에 없었다. 그러나 기둥은 요지부동. 사람들에게 그저 절망적인 철벽을 연상케 했으니, 결국 사람들은 토벌대 내 최후의 희망을 바라볼 수밖에 없었다.

　"란슬롯 경……."

　수한이 사라진 뒤 지금껏 멍하니 있던 란슬롯. 그는 주위의 간절한 시선과 애원에 간신히 제정신을 차릴 수 있었다. 그리고 그렇게 정신이 들자 그의 두 눈에 불길이 치솟았다.

"…이유, 이유를 알아야 해. 아니, 구해야 해!"

배반, 혹은 배신이란 단어를 인정하기엔 아직 이른 시점. 때문에 란슬롯은 재차 작은 희망을 품고 검을 뽑았다. 그러자 그의 검을 감싸는 불길과도 같은 홀리웨폰의 기운.

"오오오! 그것은?!"

란슬롯이 선보인 홀리웨폰에 사람들이 경악했다. 그렇다. 그것은 성기사의 일반적인 홀리웨폰보다 특화된 별개의 존재였으니… 그것은 바로…

"극대강화성검(極大强化聖劍)!!"

오직 한계 레벨을 달성한 성기사만이 지닐 수 있는 최강의 공격 스킬! 팔라스 연합 내에서 유일하게 검으로 청제국의 무공(궁극기는 제외)을 능가하는 스킬인 것이다. 그렇다면 란슬롯은 이미 한계 레벨을 달성했단 말인가?

"허허, 이거 축하합니다. 역시 랭킹 1위답게 유저들 중에서 처음으로 한계 레벨을 달성하셨군요."

비록 상황이 안 좋긴 하지만 일단은 축하할 일이다. 때문에 로빈은 란슬롯을 경탄하는 눈으로 바라보며 연신 축하의 말을 연발했고, 그것은 주위 사람들 역시 마찬가지였다.

하지만 그런 감탄들이 사랑하는 사람을 잃은 남자의 찢어지는 가슴을 치유할 순 없었다.

"뱀파이어를 베고 얼마 뒤 갑작스럽게 레벨이 오르더군요. …이번 역시 그녀를 구할 수 있었으면 합니다."

왠지 씁쓸한 란슬롯의 음성에 사람들은 조용해졌다. 그리고 그들 사이를 힘없이 헤치며 기둥으로 다가선 란슬롯. 그는 자신의 검을 휘감고 있는 극대강화성검을 신중히 기둥에 겨눈 뒤, 어느 순간 강력한 검격을 날렸다. 하지만…

콰콰콰쾅!

"크윽~"

있는 대로 폼을 다 잡고 일격을 날린 결과, 엄청난 폭음과 함께 반탄지력에 휩쓸려 거칠게 튕겨져 나간 란슬롯. 놀랍게도 기둥은 극대강화성검에 직격했음에도 흠집조차 보이지 않는다. 그리고 란슬롯은 땅바닥에 나뒹군 채 반쯤 기절 상태.

"헐~ 이럴 수가……."

지켜보는 대다수가 어이없다는 기색. 하긴 나름대로 애달픈 남자 주인공의 분위기를 물씬 풍기던 녀석이 검 한 번 휘두르고 기절이라니. 뭔가 일반적인 전개 양상에서 크게 벗어난 느낌이다. 하지만 토벌대 사람들이 무엇보다도 가장 실망스러운 건 멀쩡히 서 있는 기둥의 존재였다.

"극대강화성검조차 통하지 않는다면… 이제 정말 방법이……."

믿었던 란슬롯마저 실패하자 토벌대의 분위기는 그야말로 최악. 저마다 음울한 포스를 내뿜으며 좌절 모드에 접어든다. 그리고 모든 걸 포기한 채 추욱 늘어지는데…….

하지만 어느샌가 주섬주섬 일어선 란슬롯은 여전히 포기할 생각이 없는 모양이다.

콰콰콰쾅!

"크윽~"

극대강화성검을 검에 운용한 채 기둥을 사정없이 두들기는 란슬롯. 그로 인해 호구가 찢어지고 가끔씩 피를 토하면서도 끝까지 포기를 모른다. 급기야 검까지 부러지는데…

깡!

"…란슬롯 경, 아무래도 그 기둥은…….."

나인스타 중 일인이자 랭킹 1위의 고수가 쓰던 검이다. 최소한 레어 급, 어쩌면 유니크 급 물건임이 분명했다. 그런데 그런 검이 극대강화성검이라는 반사기 급 스킬을 시전한 상태에서 부러졌다. 결국 저 어둠의 기둥은 이 게임상에 구현된 규칙에서 벗어난, 뭔가 특별한 존재란 의미인 것이다.

"…이렇게라도 하지만 않으면 제가 견딜 수 없습니다."

"……."

만류를 하고 싶어도 상대가 이런 식으로 나오면 차마 할 수 없는 법. 결국 로빈은 조용히 발걸음을 돌릴 수밖에 없었다.

그리고 란슬롯 역시 로빈의 충고에 뭔가를 느낀 듯 부러진 검을 피투성이가 된 손에서 내려놓았다.

'결국… 그것을 써야 하는 건가?'

자신이 행할 수 있는 '일반' 적인 공격이 막히자, 란슬롯은 고민했다. 성기사로 전직한 초기에 습득했음에도 한계 레벨에 오른 지금에서야 사용 '가능' 해진 어떤 '특별한' 스킬을 지금 이 순간 쓸 것인가 말 것인가.

그것은 극대강화성검과는 비교조차 할 수 없는, 아니, 급수 자체가 다른 스킬, 바로 성기사 전용 궁극기(Ultimate Skill). 오직 특수한 퀘스트를 달성함으로써 얻을 수 있는 히든피스였다. 그리고 그 막강한 위력—감히 금공(禁功)이라 칭해지며 게임의 룰조차 가볍게 무시하는—탓에 그것을 발동하기 위해선 그만한 대가가 뒤따랐다. 심지어 스킬을 발동할 때 그에 적합하지 않은 '상황' 혹은 '조건' 일 경우엔…

'…최악의 경우, 캐릭 삭제를 각오해야겠지.'

너무나 혼란스러운 마음. 사랑하는 여인을 위해 자신의 모든 것을 희생할 것인가? 일반적인 경우라면 게임 캐릭 따윈 주저없이 포기해야겠지만(진정한 게임 폐인이라면 약간 다른 반응을 보일 수도 있다)…….

그 상대가 게임 속 NPC인 만큼 고민이 될 수밖에 없다. 물론 사랑에 활활 불타오르는 란슬롯의 경우, 그 희생의 가치

문제가 아니라 본인이 희생한 뒤 두 번 다시 '란슬롯'으로서 그녀를 만날 수 없다는 두려움 탓이 컸다.

그러나 그런 고민도 잠시,

"그녀를 구해야 돼. 그리고 내가 오해했다고 사과해야 해."

아직도 미련을 버리지 못한 란슬롯. 그러나 어쩌겠는가? 이것이 그의 선택인 것을.

어쨌든 그렇게 모종의 결심을 하고 란슬롯은 자신의 궁극기를 발동하기로 마음먹었다. 이에 서서히 자신의 몸에 내재된 신성(神性)을 일깨우는 란슬롯. 그런데 바로 그때!

우우우우웅―

"어어어? 기둥이 사라진다?"

란슬롯이 막 궁극기를 발동하려는 찰나, 어이없게도 서서히 그 모습을 감추는 어둠의 기둥. 덕분에 지금껏 괜한 고민을 했던 란슬롯만 뻘쭘해진다. 하지만! 지금은 그런 걸 생각할 때가 아니었으니.

"저건?!"

기둥이 사라진 공간, 지면에서 대략 십여 미터 높이의 허공에서 서서히 내려서는 가냘픈 인영. 그 인영은 바로…

"마리안느 양!!"

란슬롯을 비롯한 토벌대 사람들은 기쁨에 겨워 울부짖었다. 그들의 마돈나가 여전히 천상의 미를 빛내며 아무 탈 없이 그들의 품으로 귀환한 것이다. 그러나… 그녀, 아니, 그가 지면에 발을 내딛는 순간, 감동의 상봉은커녕 파멸의 전주곡이 울려 퍼진다.

두우웅! 파아아아아악!

"으어억?! 이게 뭐야?!"

수한을 중심으로 몰아치는 거대한 돌개바람. 군웅들은 이 갑작스런 불상사에 저마다 뒤로 나뒹굴며 비명을 질렀다. 그리고 그 몰아치는 바람의 장벽 내부에서 서서히 변화하는 수한.

파사사삭!

제일 먼저 가장 겉에 걸친 싸구려 로브가 가루가 되어 흩어졌다.

찌찍!

이어 내구력이 거의 무한에 가까운 초호화 드레스—수진이 준비한 레어 급 물건이다—가 잠시 반항을 하다 역시 갈가리 찢어져 날아갔다.

순간 두 눈을 부릅뜨는 남정네들.

하지만 그들의 기대(?)와는 달리 드레스 안에는 지금껏 수한의 정체를 감춰주었던 또 하나의 로브가 있었다. 그리고 그 로브는 찢어지는 대신 점차 그 형태를 변형시킴으로써 수한의 알몸 노출을 결사적으로 막았다.

휘리리릭!

바람에 따라 거칠게 나부끼다가 수한의 날씬한 몸체에 달라붙은 로브 자락. 이어 급속한 변화를 통해 수진이 즐겨 입는 것과 유사한, 타이트한 가죽 슈트로 화한다. 덕분에 환골탈태와 마족화(化)로 인해 몸짱―…그 의미를 잘 음미하길 바란다―이 된 수한의 그 이기적인(?) 몸매가 만천하에 공개되었으니… 심지어 지금까지 궁상맞고 칙칙하던 로브의 검은색이 색기 짙은 보라색으로 변하기까지?!

이에 출혈 과다로 쓰러지는 사람들이 속출, 토벌대 일각이 무너지는데… 하지만 정작 가장 먼저 쓰러져야 할 란슬롯은 경악에 찬 눈으로 수한을 바라만 봤다.

"마, 마리안느 양? 설마……?"

점차 변하는 수한의 모습에 따라 성기사로서의 감각을 자극하는 그 무언가. 그것은 바로 천적과 마주쳤을 때나 느낄 수 있는 맹목적인 적의였다. 그렇다면 역시…

"아, 안 돼, 이런 순 없어……."

도저히 부정할 수 없는 사실을 억지로 외면하려 하는 란슬롯. 하지만 재차 장내에 펼쳐지는 결정적 증거가 그의 마지막 희망조차 짓밟아 버렸다.

파스스스슥.

로브에 이은 또 다른 변화. 지금껏 수한의 손가락 중 하나를 장악하던 죽음의 세례, 그것이 변하고 있었다. 본래 반지의 형태에서 벗어나 하나의 긴 선으로 화해 마치 먹이를 본 뱀마냥 손을 타고 올라가는 그것. 종국에 이르러선 팔목을 휘감은 채 팔찌가 되었고, 이어 수한의 기운에 동조해 한층 더 강화된, 그리고 사악한 기운을 내뿜는다.

새로운 데스로드를 맞이해 자신의 능력과 형태를 변화시킨 죽음의 세례. 로브에 이어 수한 '전용' 이벤트 급 아이템이 됨으로써 그의 권능 중 일부를 책임진 것이다.

하지만 수한의 그런 급격한 외형적 변화조차 이후 벌어진 일에 비하면 한낱 애니 방영 직전의 스폰서 광고에 지나지 않았으니…

번쩍!

지금껏 수한의 가면이 되어온, 연약하면서 청초한 분위기의 70%를 책임지던 그 맑고 투명한 눈이 일순간에 흉성이 이글거리는 혈안으로 변했다. 더 이상 자신의 본성(?)을 감출 필요가 없게 된 수한이 마침내 자신의 정체를 드러낸 것이다. 그리고…

"크크크크크… 크크크크카카카카카카카카!"

"으억?! 귀가……!"

난데없이 광소를 터뜨리며 그에 실린 거력을 통해 자신의 존재감을 보다 확실히 어필하는 수한. 주위에서 뭐라 떠들든 말든 신경조차 쓰지 않는다.

그렇다. 이제 더 이상 신경 쓸 필요가 없는 것이다.

온몸으로 느껴지는 이 강렬한 힘! 이제 변신을 할 때마다 늘 하던 절차(?), 상태창을 비롯한 스킬창 확인 따윈 더 이상 필요없다. 지금 느끼는 이 힘만으로도 세상을 능히 뒤엎을 것만 같았으니 이제 누가 감히 나를 막으랴!

"크크크! 크카카카카카카카카!"

주체 못할 희열에 광소를 터뜨리는 수한. 광소는 이내 무형의 거력으로 화해 장내의 마나를 뒤흔들었고, 그를 중심으로 거세게 퍼져 나가 란슬롯 일행을 겁박했다. 그것은 청제국에서 말하는 '사자후' 따위완 비교조차 할 수 없는 어마어마한 압력이었다.

"크윽, 이건……."

'드래곤 피어'나 '데스로어' 같이 시전자의 '의지'가 실리지 않았음에도, 그저 단순한 웃음임에도 수백의 고렙 유저를 단숨에 제압한 절대적인 힘.

"크크크크! 이게 바로 진정한 힘! 이것이 바로……."

모든 것이 느껴진다. 말 그대로 오감이 깨어난다고 할까? 자신으로 인해 대기에 요동치는 마나의 비명과 불안에 떠는 군웅들의 불규칙적인 심장 소리, 그 모든 것이 느껴진다. 심지어 수한 사신이 가장 두려워하던 수진의 작은 기척조차 제법 먼 거리에 있음에도 감지할 수 있었다.

"…진정한 대마왕의 힘!"

파아아아앙!

"커억!!"

수한의 음성이 끝남과 동시에 주위 장내에 한층 더 가해지는 거대한 압력. 데스 나이트들의 마역처럼, 그리고 디스룹의 마력장과 같이 수한은 그렇게 너무나 자연스럽게 공간을 장악했다. 단순히 능력치로 산출할 수 없는 능력. 대마왕 정도가 되면 이런 능력이 자동으로 생긴다는 건가?

"크크크크! 이거 정말 최고군. …응? 이게 뭐지?"

한참 자신의 힘에 도취되어 괴소를 흘리던 수한. 그러다 불현듯 자신의 몸에 연결된 가느다란 실 같은 것을 발견한다. 그 끝이 어딘지 알 수 없는 길고 긴 실. 그것은 지금껏 보지 못했다가 수한이 대마왕이 된 지금에서야 볼 수 있는 그 누군가의 모종의 조치였다. 하지만 그 사실을 모르는 수한은 그저 거추장스러운 느낌일이 들 뿐.

"쯧, 언제 이런 게 붙은 거야?"

서걱!

수한의 가벼운 손놀림에 금세 잘려진 실. 그 때문에 어디선가 심하게 '난리법석'이 났지만, 그 사실을 모르는 수한으로선 그저 홀가분할 뿐이다.

그리고 그 실뭉치로 인해 잠시 자아도취 상태에서 벗어난 수한. 그는 그제야 주위의 따가운 시선들, 공포와 경악에 물들어 있는 눈동자들을 감지하는데… 이에 잠시 어색한 미소(?)를 지으려 하지만… 이내 자신의 본분을 깨닫고 토벌대 사람들에게 차가운 비웃음을 선보인 뒤 그대로 자취를 감춘다.

파악!

…나름대로 연출에 신경을 쓴, 이형환위의 급속 전개의 결과. 하긴 텔레포트를 비롯한 워프 마법을 쓰지 못하는 수한으로선 그게 최선의 방법일 터. 덕분에 몇몇 최고렙들은 열심히 질주하는 수한의 신형을 저 멀리 끝자락에서 확인할 수 있었다.

그리고 그렇게―양심 탓에 차마 토벌대에 손을 쓰지 않고―멀어져 가는 수한의 등 뒤로 언제나 늘 그렇듯 란슬롯의 애절한 절규가 울려 퍼지는데…

"마리안느!!!"

*　　　*　　　*

"어떻게?!'

수영은 경악했다. 지금껏 수한의 위치를 표시하던 마지막 모니터가 완전히 침묵한 탓이다. 그것은 곧 수한이 그들의 통제에서 완전히 벗어났다는 의미. 다른 사안에 밀려 동생에 대해 신경 쓸 수 없는 상황에서 이런 식의 전개는 정말 최악이었다.

"어떡하죠? 지금이라도 '큐티보이' 전담 추적팀을 편성할까요?"

"칫, 지금 상황에서 어떻게?!"

가뜩이나 자이드 제국의 네 악동 때문에 인력 부족에 시달리는 상황. 수한을 마크할 인력이 있을 리 없다. 결국 믿을 거라곤 수한의 천적인 수진뿐이란 건데…

"…결국 이렇게 되는 건가?"

수한의 데스로드 승급. 겉으로 보기엔 단지 우연과 행운의 결과인 것처럼 보인다. 하지만 그 중간중간 미심쩍은 과정을 찬찬히 살펴본다면 도저히 이해할 수 없는 일이기도 했다. 특히 수진 혼자의 힘만으로 지금과 같은 결과를 단시간 내에 이루어냈다는 건 아무리 그녀의 능력을 높게 평가한다고 해도 거의 불가능한 일. 그렇다면 '루나' 조차 침묵하는 지금 대체 누가 그녀를 도와준 거지?

"수진아, 내가 널 믿어도 되겠니?"

친구에 대한 굳은 믿음과 점차 짙어지는 의심 속에서 수영의 힘없는 독백은 담배 연기 사이로 허무하게 사그라졌다.

[제4권 끝]

◆ 설정집

[팔라스 연합 삼대재앙 정리]

1. 죽음의 기사단(The Order Of The Death)[마역(魔域) 구현 시 기준]

성명:無[각 개체의 구분 불가] 칭호: 공포와 파멸의 원정대

직업:데스 나이트(Death Knight) 성향: 마(魔)(적대)

레벨:350

근력(STR):698

민첩(DEX):65

근골(CON):357

지력(INT):65

지혜(WIS):65

마력(MEN):97

운(LUCK):16

보너스 스탯:0

생명(HP):18200/18200

마나(MP):3690/3690

공격력:905(+700)

방어력:274(+500)

체력:無 포만감:無

전대 데스로드의 소환에 의해 마계에서 직접 공수되어 온 엘리트 상급 언데드들. 개념없는 상관 탓에 고생하는 현장 근무원들(?)의 전형.

항마전쟁 당시 데스로드의 직속 친위대가 되어 왕국과 도시들을 잔인하게 침습했고, 집단다굴로 드래곤조차 때려잡는 무용을 자랑했다. 하지만 직속상관인 데스로드의 패배 이후 그 대다수가 비참한 최후를 맞이한다. 그나마 소수의 생존자들이 항마전쟁 이후 우연한 계기로 뭉쳐 새로이 기사단을 조직, 그 막강한 전력으로 인해 현재 삼대재앙 중 하나로 꼽힌다. 그러나 그 실상은 자체 마력의 조달. 즉, 식량을 찾아 방랑하는 부랑자 무리.

혹시나 있을지 모를 강적에 대비, 백 기에 달하는 개체를 하나로 묶는 스피릿 유니온(Spirit Union)을 전개 중. 그로 인해 전체 구성원이 전멸하지 않는 한 개개인은 절대 세상에 환원되지 않는 불사신 상태 유지. 그러나 그 부작용으로 청제국의 '내공대결' 식 공격에 극히 취약한 모습을 보인다.

현재 노예 계약서에 묶여 수한에게 복속 중. 중간에 잠시 디스룹에게 넘어가 반란(?)을 꾀하나 결국 그것으로 인해 수한에게 완전히 약점이 잡힘.

능력치 계산, 상급 마족 기준 적용

초기 스탯 제각기 50(운 25), 보너스 스탯 25

레벨 1업 시 보너스 스탯 5씩 부여

로드를 잃은 관계로 그 본래 능력치의 50% 하락. 그나마 마역(魔域)을 구현함으로써 그 일부를 되찾은 상태(마역 구현 시 능력치, HP 회복 속도 30% 상승)

특정 아이템을 통한 능력치 상승은 거의 전무

2. 대마도사, 디스룹[피라미드 내부 기준]

성명: 디스룹[마왕(The Devil):모든 마법 스킬을 습득 제한 없이 습득 가능, 스킬 습득 시 숙련도 +99.9%] 칭호: 나르빌의 이름없는 군주

직업: 데미 리치(Demi Lich), 대마도사(Arch mage) 성향: 마(魔)(적대)

레벨: 600

근력(STR):120

민첩(DEX):86

근골(CON):120

지력(INT):1416

지혜(WIS):768

마력(MEN):4800(+100000)

운(LUCK):220

보너스 스탯:0

생명(HP):12000/12000[라이프베슬 파괴 전까지 무한 재생]

마나(MP):2105000/2105000[마법 스킬 운용 시 MP 소모량 *1/3]

공격력:1463(+200)[마법 스킬 운용 시 *2]

방어력:1230(+50)

체력:無 포만감:無

인간 시절 영웅으로서 온갖 부와 명성을 누렸으나, 그에 만족하지 못하고 마법에 미쳐 날뛰다 결국 비명횡사 …할 뻔했으나 최후의 순간 라이프베슬을 제작, 그 스스로 리치가 된 나름대로 불운한 인물.

리치로 전직한 이후, 마법에 대한 권태감을 이기지 못해 결국 그 이상의 경지를 편법적으로 노린다. 하지만 수많은 희생을 치른 뒤 이룬 경지는 그에게 도리어 실망과 좌절을 안겨주었고,

대륙의 삼대재앙이라는 악명과 함께 마신 이블린의 선택을 받는 실로 어처구니없는─그가 인간일 당시 한 일을 생각하라─일을 당한다.

현재 초거대 피라미드에서 은거 중이며, 감히 측정 불가능할 정도로 엄청난 마나가 결집된 피라미드 내부에서라면 거의 무적을 구가 …해야겠지만, 토일의 분전과 수진의 치명적인 암습, 이어 릭블러드의 얍삽함에 의해 세상에 환원됨.

대마도사(5차 전직)로의 전직, 보너스 스탯 +380

인간으로서 한계 레벨(8서클 마스터) 달성, 모든 능력치 20% 상승

한계 레벨 달성 이후 리치가 됨. 보너스 스탯 +1500

데미 리치가 되어 레벨 500 돌파(상급 마족의 기준 적용), 모든 능력치 두 배, 공격력, 방어력 1000씩 상승

데미 리치 이후 레벨 100상승. 보너스 스탯 +1000

죽음의 세례 습득[아이템이 아닌 권능 습득으로 적용, 본신의 일부로 인식](데스로드 후보자로서 추가 능력치 상승), 공격력 +200, 모든 능력치 20% 상승

피라미드 공간 내부 마력장 구축, 마법 딜레이 90% 감소, 마력 +100000[단, 피라미드 내부에서만 사용 가능]

직업(데미 리치 & 대마도사)적 특징에 인한 부가 능력, 마법

스킬에 한해 MP 소모량 최소화(*1/3), 위력 증대(*2)

3. 데스 윙(Death Wing)

성명:데스 윙(Death Wing) 칭호:용의 계곡의 은거자

직업:본드래곤(Bone Dragon) 성향:마(魔)(적대)

레벨:850

근력(STR):5400

민첩(DEX):500

근골(CON):1000

지력(INT):100

지혜(WIS):100

마력(MEN):無

운(LUCK):345

보너스 스탯:0

생명(HP):58500/58500

마나(MP):無

공격력:8075

방어력:5250

체력:無 포만감:無

항마전쟁 당시 데스로드에 대항하나 결국 그의 손에 의해 본 드래곤으로 강제 전직된 비운의 레드 드래곤 수장(에이션트 급) 완고한 성격 탓에 뭔가 했다 하면 반드시 손해를 보는 전형적인 저주 캐릭.

항마전쟁 막판, 카오틱 드래곤의 카이저 브레스에 의해 산산조각이 나나 운빨의 힘으로 간신히 본체 중 일부가 살아남아 부활한다. 1년 전 간신히 본체를 수복, 본격적으로 활동을 재개했고, 그와 동시에 아무 짓도 안 했음에도 삼대재앙 중 하나로 꼽히는 영광을 떠안게 되었다.

마스터(전대 데스로드)의 도움 없이 자체적으로 육신을 수복한 탓에 드래곤으로서의 권능을 대부분 상실, 있는 건 힘밖에 없는 마초 성향의 본드래곤이 됨. 그 탓에 간절히 마스터의 존재를 염원하며 수한의 등장을 기다렸고, 마침내 수한의 권속이 됨.

용언 마법을 비롯한 마법 구현 능력 상실(마력 스탯 無, MP 無 상태)

지혜와 지력 수치(-700) 급락

언데드 특징상 근골 1000으로 한성

드래곤으로 지닌 기본적인 공격력과 방어력 유지, 각기 +2000씩

본드래곤으로서 뼈 경도 강화, 방어력 +1500

본드래곤으로서 항마력(降魔力) 극대, 성(聖) 속성을 제외한 모든 속성의 마법 데미지 50% 감소

[적룡기사단장 카잔 백작 정리(본신(本身) 기준)]

성명: 카자베이너스(가명:카잔) 칭호: 위블 산맥의 지배자

직업: 레드 드래곤(Red Dragon) 성향: 중도(중간)

레벨: 650

근력(STR):3400

민첩(DEX):500

근골(CON):2200

지력(INT):600

지혜(WIS):600

마력(MEN):5200

운(LUCK):180

보너스 스탯:0

생명(HP):176500/176500

마나(MP):107250/107250[스킬 운용 시 MP 소모량 *1/2]

공격력:5975[스킬 운용 시 *1.5]

방어력:3310

체력:99% 포만감:99%

대륙 변두리 작은 산맥에 레어를 둔 극히 평범한 웜 급의 드래곤. 레드 드래곤 주제에 '신중한' 성격을 지닌 것이 특징.

아버지가 데스로드에 의해 본드래곤이 된 이후 아버지를 편히 쉬게 하겠다는 일념―극히 드래곤답지 않은 반응―하에 말론 왕국에 투신, 적룡기사단을 조련하는 등 나름대로 만반의 준비를 한다. 하지만 중간에 릭블러드를 만나 기껏 준비한 적룡기사단을 잃고, 결국엔 그의 꾐에 넘어가 '감히' 주인공 수한과 대적하는 실수를 저지른다.

릭블러드가 건네준 정보를 통해 수한과 육박전을 벌일 경우 백전백패라는 사실을 인식, 처음부터 전력을 다해 용언 마법과 브레스로 승부를 결정지으려 하나 결국 수한의 필살기에 의해 최후를 맞이함.

능력치 계산, 드래곤 기준 적용

초기 스탯 제각기 100(운 50) 보너스 스탯 50

레벨 499까지 레벨 1업 시 보너스 스탯 +10

레벨 500 이후(成龍) 레벨 1업 시 보너스 스탯 +10(이전 모든 능력치 두 배, 공격력 +2000 방어력 +2000)

종족적 특징에 의한 부가 능력, 모든 스킬(브레스 제외)에 MP

소모량 최소화(*1/2), 위력 증대(*1.5)

[피의 군주(Lord Of Blood) 릭블러드 정리(야간 기준)]

성명: 릭블러드(Rick Blood)[마왕(The Devil):능력치의 극대화(종족 설정 한계치 감소), 종족적 특징에 기인된 권능의 극대화(숙련도 +99.9%), 데이워커(Day Walker)] 칭호: 피의 군주(Lord Of Blood)

직업: 뱀파이어 로드(Vampire Lord) 성향: 마(魔)(적대)

레벨: 502

근력(STR):986(+298)

민첩(DEX):5862(+1,386)

근골(CON):586(+158)

지력(INT):543(+154)

지혜(WIS):481(+148)

마력(MEN):1722(+472)

운(LUCK):210(+21)

보너스 스탯:0

생명(HP):42220/42220

마나(MP):46390/46390[스킬 운용 시 MP 소모량 *3/4]

공격력:6659(+1000)[스킬 운용 시 *1.2]

방어력:8605(+700)

체력:99% 포만감:99%

수진을 능가하는 템빨의 지존이자 벼락출세의 장본인. 본신 능력이 아닌 오직 템빨의 힘만으로 종족적 한계마저 벗어난 사기 캐릭의 전형.

본래 평범한 뱀파이어(레벨 250)에 지나지 않았으나, 이블린을 향한 끝없는 연모─…신조차 질릴 정도로의─의 감정으로 이블린을 귀찮게 한 끝에 마침내 '멸절의 비수'를 획득, 뱀파이어 로드가 된다. 이후 이블린의 첫 번째 권속이 되고자 안간힘을 쓰며 음모를 조장, '죽음의 세례'를 획득하지만 결국 뜻을 이루는 데 실패. 이에 재차 음모를 꾸며 완전히 탈진시킨 수한을 도모하나, 그 시각이 야간이 아닌 주간인 탓에 간발의 차이로 실패. 이후 잇따른 다굴의 힘에 굴복, 지극히 뱀파이어다운 모범적인 최후를 맞이한다.

스피드에 특화된 뱀파이어로서 자신이 직접 나서기보다 다수의 분신(뱀파이어 로드의 권능, '개체 분열'에 의한 실제 분신)을 활용한 간접 공격을 즐김. 단, 결정적인 마지막 순간엔 직접 본신으로 등장하는 얍삽함을 보임.

'멸절의 비수' 습득[아이템이 아닌 권능 습득으로 적용, 본신의 일부로 인식](습득과 동시에 한계 레벨 달성), 모든 능력치

50% 상승(한계 레벨 당시 능력치 기준)

레벨 250부터 상급 마족 기준 적용(능력치 계산), 레벨 업 시 보너스 스탯 +5

뱀파이어 로드 취임. 보너스 스탯 +1000

한계 레벨 돌파('죽음의 세례' 습득 이후), 모든 능력치 두 배, 공격력, 방어력 1000 상승

'죽음의 세례' 습득[아이템이 아닌 권능 습득으로 적용, 본신의 일부로 인식](멸절의 비수와 상호 보조, 상승 작용), 공격력 +500, 모든 능력치 40% 상승

한계 레벨 돌파 이후 레벨 2업(적룡기사단, 수진 '섭취'), 보너스 스탯 +20

아이템(부츠, 반지 3개, 귀고리 2개, 목걸이, 팔찌, 망토, 장갑) 착용에 따른 능력치 상승, 공격력 +1000, 방어력 +700, 보너스 스탯 +1600 & 모든 능력치 10% 상승

아이템 착용에 따른 부가 능력, 스킬 운용 시 MP 소모량 최소화(*3/4), 위력 증대(*1.2), 3개의 최상급 스킬, 4개의 상급 스킬 구현 가능. 뱀파이어로서의 권능 강화. 성(聖) 속성을 제외한 모든 마법 데미지 30% 감소

종족적 한계로 인한 페널티, 주간 시 모든 능력치 20% 하락

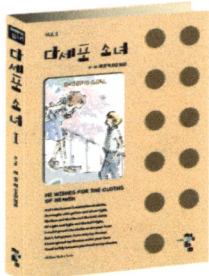

입소문을 통해 아는 분은 다 알고 계십니다!
올 한해 공인중개사 최고의 화제작!

1~2권 합본 | 이용훈 지음
3~4권 합본 | 이용훈 지음
5~6권 합본 | 이용훈 지음
용 어 해 설 | 이용훈 지음
1~2차 문제풀이집 | 이용훈 지음

수험생 기본 필독서
만화 공인중개사

제목 : 만화공인중개사 쓰신 분에게 감사드립니다.

학원을 두달 다녔어요. 근데 과연 그 숫자 외우기 그렇게 몇 문제나 나올까 생각을 했어요.
아니라는 생각이 드네요. 학원강의를 뒤로 하고 서점을 갔어요. 내 머리에 가장 이해될 수 있는
책이 없나 하구요. 거기서 만화를 발견했어요. 무조건 세번 봤어요. 3개월 걸렸어요. 문제집을
보라고 했는데 그건 시행을 못했어요. 근데 합격을 했네요.
어떻게 감사의 말을 해야 될지…
도서관에서 만화책 들고 다니니까 사람들이 비웃더라구요. 만화책으로 공인중개사를 공부한
다고 미친사람처럼 보더라구요. 근데 그거 다 감수하고 했던 내가 자랑스럽습니다.
어떻게 감사의 말을 해야 할지 정말 감사합니다.
부디 행복하세요. 제 나이 41살에 좋은 스승을 만난 거 같습니다.
엎드려 감사드립니다.

−본사 홈페이지에 독자분이 올린 메일 中 에서 발췌−

잘나가고 싶은 사람은 읽어라!

그에게 한눈에 반했다! 그것은 분위기 탓?
애인과 나란히 걸어갈 때 당신은 좌, 우 어느 쪽에 서는가?
이성은 왜 서로 끌리는 걸까? 그 심층 심리를 해명한다!

30초의 심리학

■ **30초의 심리학**
아사노 하치로우 지음 / 계일 옮김 | 값 8,500원

처음 본 사람인데 와 닿는 느낌이
너무나도 강렬한 사람이 있다.
흔히 하는 말로 '필이 꽂힌 사람',
그래서 잊혀지지 않는 사람,
한눈에 반했다고 하는 것이 바로 그것이다.
이런 인간의 감정을 논하는 데
남녀의 구분이 있을 수 없다.
사랑하는 그, 혹은 그녀를
생각하는 것만으로도 가슴이 두근거린다.
이상할 것 없다. 당연히 그럴 수 있는 것이다.
그렇기에 인간을 감정의 동물이라 하지 않는가.
그러나 그렇게 좋아하는 그 사람이
어느 날 갑자기 싫어지는 경우는 왜일까?

Psychology